徳間文庫

新・御算用日記

一つ心なれば

六道　慧

徳間書店

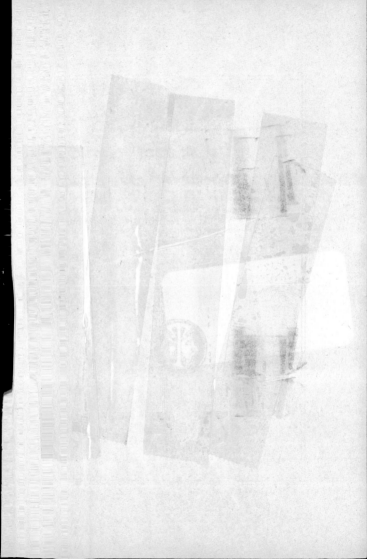

目次

主な登場人物

生田数之進《いくたかずのしん》　元加賀藩の勘定方《かんじょうかた》。二十七歳。姉二人がつくった借金を返すため、幕府の御算用者《ごさんようもの》となった。仕事は身分を隠して疑惑の藩に勘定方として入り込み、内情を探る。

早乙女一角《さおとめいっかく》　数之進の盟友《めいゆう》。二十六歳。御算用者。タイ舎流の剣の遣《つか》い手。藩主に仕《つか》える小姓《こしょう》として入り込み、数之進と協力して内情を探る。

村上杢兵衛《むらかみもくべえ》　数之進、一角の上役。幕府の徒目付組頭《かちめつけくみがしら》。六十四歳。

鳥海左門《とりうみさもん》　御算用者を従える指揮官。幕府の両目付《りょうめつけ》。幕府の直臣《じきしん》である旗本《はたもと》のほか、諸大名の動静を昼夜、監察している。

生田冨美《いくたふみ》　数之進の三人いる姉のうちの次姉。国元の加賀で嫁《とつ》いだが、離縁され、妹の三紗《みさ》とともに江戸の数之進のもとに転がり込む。数之進は二人の姉に振り回され、頭が上がらない。長姉の伊智《いち》は婿《むこ》をとって家を継いだ。

松平信明《まつだいらのぶあきら》　老中首座《ろうじゅう》。大名の取り潰《つぶ》しに積極的で、左門と対立している。

序章

「潰《つぶ》せ」

徳川家斉《とくがわいえなり》は、押し殺した声で言った。

「なぜ、あやつらを封じ込められぬ。なにをしているのじゃ、忠耀《ただてる》よ。活躍の場を与えたつもりだったが、まったく役に立たぬではないか。わしを落胆させるでない」

江戸城の小書院《こしょいん》に、家斉を含めて四人が顔を揃《そろ》えている。ふだんは直接の上司として、松平伊豆守信明《まつだいらいずのかみのぶあきら》との会談なのだが、今日は様子が違っていた。十一代将軍は可能な限り怒りをあらわにしないようにしていたが、抑えるあまり、顔が赤くなっている。

直《じか》に怒りをぶつけたいがためのお召しなのは確かだろう。家斉は激昂《げっこう》していた。

「申し訳ありませぬ」

林《はやし》忠耀は平身低頭、謝るしかない。なかば自虐的に手暗《てぐろ》三人衆と自称していたが、自分以外の二人――岡部平馬《おかべへいま》と渡辺甚内《わたなべじんない》は、まさに家斉が言う通りの役立たずである。甚内は忠耀の命令に従うのでまだましだが、平馬にいたっては不満を隠そうとしない。いつも暗い顔をしていた。

「なれど、上様《うえさま》。こたびは、入念に策を練りましてございます。すでに必要な物は手に入れて罠《わな》を仕掛けました。あとは結果を待つばかりで……」

「それがし、かような策には、いささか疑念を覚えております」

隣に座していた平馬が反論する。年は十六、一千五百石の旗本の嫡男である点が、跡継ぎではない三男坊の忠耀とは大きく違っていた。臆《おく》することなく意見を具申《ぐしん》するのも、自信があるゆえだろうか。忠耀は舌打ちしながらも仕方なく、引き攣《つ》るような笑みを返した。

「岡部殿におかれましては、なにか気に入らぬという仰せでござるか。あらためて言うまでもないことだとは思いますが、こたびの策につきましては、すでに上様のご了解を得ております。反論するのは他ならぬ上様への批判になりまするが、そのあたりのことはお分かりでござりましょうな」

棘《とげ》のある言葉を叩《たた》きつける。忠耀の父・林述斎《じゅっさい》は林信敬《のぶたか》に跡継ぎがいなかったことから、幕命により林家を継ぎ、寛政の改革の折に手腕を振るった人物だ。三男坊といえども家格としては一番高い、と思っていた。

「いや、それがしは」

口ごもった平馬を、甚内が笑って受ける。

「棘が刺さりましたぞ、林殿。仲間割れは、御法度《ごはっと》。上様が笑うておられまする」

年は十八、六尺（約百八十センチ）を超える大男であるとともに、無類の女好きでもあった。遊女屋への招待をちらつかせれば、人を殺《あや》めることさえも厭《いと》わぬ男だが、つかみどころがない一面も感じている。油断できなかった。

「例の件は、いかがじゃ」

家斉は急に話を変えた。目は甚内に向けられている。先日、とんでもない話を持ちかけられてしまい、さすがに忠耀は二の足を踏んだのだが……どうやら密かに甚内が受けていたようだ。

「は。ご命令通りに整えました」

と、甚内は畏《かしこ》まる。

――かような命令を実行するとは。

忠耀は渋面《じゅうめん》にならざるをえない。手暗三人衆は、女子《おなご》の騒ぎには関わらぬのを信条としているつもりだったのだが、相通じるところがあったのではないだろうか。

「さようか」

家斉は破顔した。

「甚内はよう気がまわる男よの。渡辺家の三男とのことじゃが、さよう。こたびの件が首尾良く運んだ暁には、馬廻《うままわ》り役に就《つ》けようではないか。折良く跡継ぎがおらぬ家があるゆえな。そこへ養子に入るのもよし、悪いようにはせぬ」

数えで四十の男盛り、欲しいとなると止められない子どものような部分がある。特に女子に関しては、年明けに元服式を終えたばかりの若い忠耀には、理解できないものが感じられた。

「…………」

なにゆえ、甚内を取り立てるのか。

三人の中では一番若いが、もっとも有能だと自負している。忠耀は激しい怒りと嫉《しっ》妬《と》を覚えた。互いに切磋琢磨《せっさたくま》するよう、家斉がわざと煽《あお》っているのは察している。この将軍は他者が嫌がる話をして、悦に入るようなところがあるのだ。

わかってはいるが、というやつだった。

「まことでござりまするか」

対する甚内は単純明快な男だ。喜びを隠そうともせず、じりっと膝《ひざ》でにじり寄る。

家斉は鷹揚《おうよう》にうなずいた。

「うむ」

「ありがたき幸せ。それがし、命を賭《か》けてご奉公いたしまする」

「ご奉公したければ、じゃ。わかるな」

家斉は言った。作り笑いが消えていた。

「幕府御算用者《ばくふごさんようもの》を潰せ」

むしろ静かに命じる。

忠耀は、将軍の冷ややかな目に、青い焔《ほのお》が燃えているのを視《み》た。

第一章　番町の怪

一

聞こえてくるのは、風の音だけだった。

文化九年（一八一二）四月。

生田数之進《いくたかずのしん》は、盟友《めいゆう》の早乙女一角《さおとめいっかく》とともに番町を訪れていた。時刻は暮五つ（八時前後）ぐらいだろうか。武家屋敷が建ち並ぶ区域は深い闇《やみ》に包まれている。各屋敷の前に置かれた石灯籠《いしどうろう》や吊《つ》りさげられた家紋入りの提灯《ちょうちん》の明かりが、門前に薄ぼんやりとした淡い光を広げていた。暑くもなく、寒くもない、非常に心地よい春の宵《よい》といえた。

「徳松《とくまつ》さん」

数之進は少し前を歩く男に話しかける。

「かれこれ一刻《いっとき》（二時間）ほど歩いているが、おぬしの言う怪しい音は聞こえぬ。やはり、風の音だったのではあるまいか」

多少、うんざりした声になったかもしれない。

徳松は野菜の振り売りで生計《たつき》を立てている男で、数之進が住む本材木町《ほんざいもくちょう》一丁目の〈四兵衛《よへえ》長屋〉にも売りに来ることから知り合いになった。番町を通ると決まって気味の悪い音が聞こえるという話をされたのは、三日前のこと。たまたま時間が空《あ》いたことから友と一緒に確かめに来たのだった。

「いえ、祭り囃子《ばやし》のような音が、確かに聞こえるのでございます。こちらかと思えば、あちら。あちらかと思えば、また、こちらというように、聞こえて来る方向が変わるのでございますよ」

徳松は答えた。年は四十前後、石灯籠の明かりで浮かびあがる顔は、狸《たぬき》そっくりで数之進はつい笑みを浮かべている。以前、汚れた手で鼻をこすったときなどはまさに狸そのものとなり、その場にいた全員が笑ったほどだった。

「おまえの腹鼓《はらつづみ》ではないのか。妖怪の狸囃子であろう」

一角はいつもの悪態をつき、にやりと笑った。

「あるいは、古狸が仲間と勘違いして、ポンポコポンと腹を打ったのやもしれぬ。いずれにしても……む？」

不意に黙り込む。問いかけようとした数之進を仕草《しぐさ》で遮って、一角は自分の耳に右手をあてた。

「祭り囃子のような音が」

「よせ、一角。おぬしも知っているように、わたしは、幽霊や物の怪《け》の話は苦手なのだ。何度も請われたゆえ致し方なく来た次第。早く帰ろう」

「こちらの方角じゃ」

友に無理やり身体《からだ》の向きを変えさせられる。耳に全神経を集中していると、かすかにお囃子のような音がとらえられた。笛と太鼓《たいこ》の音が、風に乗って流れてくる。気をつけないと聞こえないほどだった。

「確かに聞こえたが」

ほどなく、音がやむ。ほとんど同時に吹いていた風もやんでいた。

「春祭りや夏祭りが近いため、集まって稽古をしているのであろう。風向きによって、それが聞こえるに相違ない。物の怪の仕業《しわざ》ではあるまいさ」

自分に言い聞かせるような呟《つぶや》きになっていた。妙な輩《やから》が現れないか、注意深く道の前後を確かめている。と、暗い道の先に灯《ひ》が見えた。

一角も気づいたのだろう、

「お。あれは蕎麦屋《そばや》の屋台じゃ。ちょうど良いときに現れたものよ。お助け侍《ざむらい》への礼金は、蕎麦を奢《おご》るというものであったな、徳松」

腹を撫《な》でながら催促した。

「わかっております。呼んでまいりますので、お待ちください」

走り出した徳松を、二人はゆっくり追いかける。黙り込んだ数之進の表情を読んだに違いない。

「我が友は、近頃、深い憂悶《ゆうもん》をかかえておる様子。いつ話してくれるかと待っていたが、なかなかそのときは訪れぬな。水くさいことよ」

明るい声で言った。

「あ」

数之進は、目をあげた。

石灯籠の灯が、友の笑顔を浮かびあがらせている。気づいていたのかと、閉ざしていた心が開くのを感じた。

「じつは」

一角は先んじて言った。それしかないだろうという断言を含んでいた。数之進は小さく頷《うなず》いた。

「うむ。先月、江戸に戻って来た後、どうも暗くてな。まともに目を合わせようとせぬ。国許《くにもと》の母《はは》御《ご》の具合が、また、悪くなったのであろうか。金子《きんす》が要《い》るのであれば遠慮せずに言えと声をかけるのだが」

答える声が、ふたたび沈んだ。

世津は、言い交わした愛《いと》しい女子であり、しばらくの間、母の看病のために越後の実家へ帰っていたのだが、ようやく戻って来た。商いを続けたいと言ったことから、新肴場《しんさかなば》の近くに小店を借りてやり、惣菜《そうざい》屋を始めている。数之進としては、きちんと祝言を挙げてお披露目をし、夫婦《めおと》として一緒に住みたいと思っているものを、いっこうに色よい返事がないのだった。

気がつくと世津のことを考えていた。

「おまえは侍、世津は町人。身分差に、いささか憂いがあるのやもしれぬ。小萩《こはぎ》に頼んで気持ちを確かめてもらおうではないか。案ずることはない。じきに申し入れを受けるであろうさ」

「世津《せつ》のことか」

小萩は一角が惚《ほ》れた深川芸者だ。金貸し業者と揉《も》めていた小萩を助けたのが縁で男女の仲になっている。二人とも相手を得て、幸せいっぱいのはずであるものを……。

「身分の差か」

数之進は独り言のように呟いた。世津が気にしているとは思えなかったが、あるいは言うとおりなのかもしれない。もとより数之進には、うるさい姉が江戸に二人もいる。長女の伊智《いち》は能州《のうしゅう》の実家を継いでいたが、二女の冨美《ふみ》、嫁いだばかりの三女の三紗《みさ》は、弟を頼って江戸に出て来た。

一筋縄ではいかない相手なのは言うまでもない。世津は、そのあたりのことを案じているのかもしれなかった。

「手強《てごわ》い姉たちもいるからな」

心を読んだように一角が告げる。

「おれが世津の立場であれば、そうよな、たやすく応《はい》とは言えぬわ。とはいえ、冨美殿はむろんだが、三紗殿は杉崎《すぎざき》三紗となってからは、美しさによい意味での強さが加わったように見ゆる。小姑《こじゅうと》としていびるような真似はすまい」

「そうであればよいのだが」

数之進はさらに気持ちが重くなる。

「姉様は深川で惣菜屋を営んでいるではないか。初夏の品書きを考えろというお達しをすでに受けている。しかし、わたしとしては、お世津さんの店に力を入れたい。では、新たな惣菜を簡単に考えつくかと言えば……」

「出たな、数之進得意の苦労性と貧乏性の業《ごう》が」

と、一角は笑った。

「おまえは心配事があると落ち着くという厄介な性癖《せいへき》の持ち主じゃ。あれこれ考えすぎるな。三紗殿の惣菜屋は深川、世津の新たな小店は新肴場の近くではないか。離れているゆえ、客が重なるとは思えぬ。同じ惣菜の献立でも大丈夫だ」

「そう、だろうか」

言われて、不安は半分ほどになる。が、完全には消えなかった。

「なれど」

「三紗殿は、そろそろ店の献立は自分で考えるべきじゃ。すでに今は浅草の奥山に五《ご》色飴《しきあめ》の小店を出している。深川の惣菜屋を切り盛りしているのは、亭主の杉崎殿のお母上。さよう。杉崎家で初夏の献立を考えればよい話よ」

二度目の提言で胸の重さは八割がた減ったものの、それでも三紗の般若顔《はんにゃ》が浮かび、落ち着かない気持ちになった。

「おぬしから姉様に話してくれぬか」

なさけない嘆願が出る。ちなみに数之進は、能州の伊智を姉上様、冨美を姉上、三紗を姉様と呼び習わしていた。

「引き受けた。杉崎殿から話してもらうさ。なにしろ、あの三紗殿を手なずけているからな。われらよりも年下だが、なかなかどうして、立派なものよ」

一角は言い、腹を押さえる。

「いかん、腹の虫が鳴り始めたぞ」

「生田様、早乙女様」

ちょうど前方の闇から徳松の呼びかけがひびいた。

「十六文とは、安い礼金じゃ。二杯までは許されるであろうか」

一角はすでに走り出している。足が速いので、一瞬のうちに闇に消えたように思えた。追いかけようとしたとき、

「あの、もし、すみません」

後ろから女の声が聞こえた。

「はい？」

数之進が振り向くと、侍女を連れた武家夫人らしき女子が立っていた。若い侍女は

提灯を持ち、足下《あしもと》を照らしている。数之進はいやな感じを覚えて、先に行った一角を素早く振り返った。

――まるで一角が離れるのを待っていたようではないか。

首筋の毛が逆立ってくる。物の怪にしては、きちんとした身なりと言葉遣いだが、幽霊かもしれない。足はちゃんとあったが、話したときに見えた歯が武家の妻女らしからぬ白さだったことに、疑惑はいや増していた。

なぜ、お歯黒をしていないのか。

「道に迷うてしまい、難儀しております。本郷へ行く道を教えていただけませぬか」

どこから来て本郷へ行くのかは知らないが、おかしな問いだと思った。番町に隣接している町ではないし、近くもないからだ。仮に番町の住人であれば、道に迷うこと自体、ありえない話ではないだろうか。

「本郷でございますか。それがし、このあたりは不慣れでございますので友を呼んでまいります。ちと、お待ちください」

偽りを告げるや、相手の返事を待たずに踵《きびす》を返して、走った。足はあったが幽霊やもしれぬ、とにかく一角に知らせなければ。

「一角っ」

明かりが灯《とも》る屋台が見えたときには、心底安堵《あんど》した。

「いかがしたのじゃ、青い顔をして」

「で、出た、ゆ、ゆ、幽霊が」

「幽霊？」

友は蕎麦を食べる手を止める。

「そう、そうだ、武家のご妻女と思《おぼ》しき幽霊よ。侍女も一緒だったが、道に迷っただの、本郷へはどう行くのかだの、奇妙な問いを投げられた。わたしはとにかく、おぬしを呼びに行くと答えて走った次第よ」

「やはり、出ましたか」

徳松は言い、丼《どんぶり》を置いた。

「奇妙な祭り囃子は、そやつらの仕業でしょう。まずは、生田様も腹ごしらえしてください。ささ、どうぞ」

「いや、蕎麦は後でよい。一角、一緒に……」

振り向いたとき、すでに姿は消えていた。短気なたちゆえ、自分で確かめに向かったのだろう。

「数之進」

早くも呼ぶ声がした。徳松は闇を見つめている。

「捕まえたのでしょうか」

「幽霊を、か？」

数之進は答えて、来た道を戻った。武家屋敷の前に置かれた石灯籠のそばに、一角は屈《かが》み込んでいる。数之進が近づくと立ちあがった。

「おれが来たときには、すでにおらなんだわ。これが落ちていた」

差し出したのは、綺麗《きれい》に刺し子が施された布。穴や綻《ほころ》びを刺し子で飾りのようにしながら、うまく繕《つくろ》った古布だ。

「慌てて落としたのだろうか」

数之進の言葉を、友が継いだ。

「わからぬ。が、いくつかの足跡は残っているゆえ、幽霊の類《たぐい》ではあるまいさ。おれが来るのを察して、いち早く逃げたのやもしれぬ」

ふたたび遠くの方から祭り囃子のような音が聞こえてくる。

思わず身震いしていた。

刺し子が施された古布は、前掛けであるのがわかった。しかも二女の冨美が作った品のように思えた。

二

「姉上が作った前掛けですか」

翌朝の四つ（午前十時）過ぎ、数之進は姉の家を訪れた。四兵衛長屋は片側に三軒ずつ建っており、半畳程度の土間に三畳と六畳という比較的ゆったりとした造りの家だ。奥の六畳間には押入も設けられている。数之進は右側の一番奥、そして、向かいの奥の家を今は冨美がひとりで使っていた。

「ええ。わたしが作った前掛けです」

冨美は即座に断言した。神経質で上気症の気質なのだが、ここにきて、だいぶ落ち着いている。とはいえ、数之進同様、幽霊や物の怪は大の苦手だ。前掛けを手に入れた経緯は、詳《くわ》しく話していない。

「なぜ、言い切れるのでござるか」

一角が当然の疑問を口にする。奥の六畳間には冨美が指南する縫い物の弟子《でし》がいるため、三人は手前の三畳間で話していた。

「ここに」

冨美は前掛けを手に取って、一番下の右角を指した。

「わたしの名前の一文字、『冨』を刺繍《ししゅう》してあるのです。あまり目立たぬように海老《えび》色の糸を用いておりますが、気づいた方からは『冨』を招くようで縁起がいいと言われました。もう少し目立つ色にしてもよいのではないかと助言されましたが、品位を保つにはこれぐらいの色で充分ではないかと」

「ああ、これですか」

数之進は、土間の明るい方に前掛けを向けて目を近づける。幼い頃から算盤《そろばん》を弾《はじ》いてきたせいか、少し目が悪くなっていた。確かに前掛けの右下角に、『冨』の文字が刺繍されていた。

「その前掛けが、どうかしたのですか」

今度は冨美が訊《き》いた。答えようとしたのだが、とっさにうまい嘘《うそ》が浮かばない。

「それがしの知り合いの前掛けでござってな。小店を出す祝いに贈られたらしいのでござるが、刺し子の美しさに感服して、もう一枚、ほしいと頼まれました次第。だれが作った前掛けなのか、わからなかったため、念のために伺ったのでござるよ。数之進が『もしかしたら』と言いましたので」

一角が機転を利《き》かせた。よく思いつくものだと、いつも感心してしまう。頼もしい相方の言葉は、新たな注文とあって嬉《うれ》しかったに違いない。

「そうでしたか」

冨美の顔がほころんだ。

「前掛けは、いちおう殿方用と女子用に仕立ててあるのです。小さめのこれは女子用ですが、同じ大きさでよいのでしょうか」

「は」

一角は、前掛けを冨美の方へ押して畏まる。それに倣《なら》い、数之進も隣で頭をさげた。

「お願いいたします」

「それでは、さっそく、取りかかりましょうか。着物の仕立ても頼まれているのですが、わたしは古布を継ぎ合わせて刺し子をするのが楽しいのです。弱くなった部分や破けてしまったところには、当て布をしたり、繕ったりして新たな一枚の布に仕上げる。使い込まれた古布の風情にも心惹《ひ》かれるのですよ」

やさしい面《おもて》になっていた。年ごとに皺《しわ》やシミは増えていたが、最近は冨美の美しさに見惚《みと》れることが多くなっている。

二人の視線に気づいたのだろう、

「なんですか、じっと見て」

冨美が言った。

「近頃、二人はわたしをよく見つめますね。なんだろう、紅がはみ出しているのかしら、などと気になってしまいます」

「いや、幸せを絵に描いたような顔を見て、それがしも、なんと申しますか。こう、胸が熱くなりまして」

一角の言葉にすぐ同意する。

「同じでございます」

「こうなりますと、はて、鳥海《とりうみ》様と冨美殿の祝言はいつなのかが気になりますな。まだなのでござるか」

鳥海左門《さもん》は、能州の加賀《かが》藩に奉公していた数之進を引き抜いた恩人であるとともに、幕府の両目付《りょうめつけ》を務める上役であり、非常に信頼できる人物だ。数之進と一角は左門の下で、幕府御算用者として動いている。

一歩踏み込んだ友の問いに、冨美は渋面を返した。

「わたしは二度目ですからね。数之進が先だと思うております。なぜ、祝言の話が出ないのですか。お世津さんが戻って、かれこれ、ひと月になるではありませんか。仮に武家と町人の身分云々《うんぬん》ということであれば、鳥海様がいかようにも取り計らってくれましょう。わたしの心配より、まずはあなたですよ」

真心のこもった催促に、友同様、胸が熱くなってくる。自分のことはさておき、弟を案じるとは……能州にいたときには考えられなかったことだ。

「姉上」

数之進は我知らず目頭を拭《ぬぐ》っていた。数之進を追いかけて二人の姉が江戸に来て以来、どれほど振りまわされたか。父親のような気持ちで支えながら、距離を取ったり、縮めたりして見守ってきたつもりだ。

苦労が実ったかと万感の思いを嚙《か》みしめていた。

「なんですか、泣いたりして。侍は涙など見せるものではありません。なさけないこと」

悪態が出たものの、感激が伝わったのかもしれない。冨美の目にも涙が滲《にじ》んでいる。振り払うように一度、目を閉じて告げた。

「さあ、では、ご注文いただいた前掛けに取りかかりましょう。古布は仕入れたばかりなので、材料はありますから」

「今、ふと思いついたのですが、白い古布が手に入ったときに、雛《ひな》祭りの内裏《だいり》雛や端午《たんご》の節句に飾る兜《かぶと》を刺繍してみるというのは、いかがでしょうか。江戸の民は狭い長屋暮らし、場所を取る人形は飾れません。なれど、布に刺繍した内裏雛や兜ならば飾れるのではないかと」

数之進の案に笑顔を返した。

「とても良い考えですね。ちょうど白い古布が手に入ったところなのです。試しに内裏雛を刺繍してみましょうか」

冨美が立ちあがりかけたとき、

「ごめんくださいませ」

戸口で男の呼びかけがひびいた。

「大屋の彦右衛門《ひこえもん》じゃ。どうせ、また、金にならぬ相談事の話であろう。千両智恵《せんりょうちえ》をひねり出すのは数之進であると言うに、あやつは勝手に引き受けるからな。困ったものよ」

一角はブツブツ呟きながら、土間に降りて引き戸を開ける。左門がよく言うところのひょうたんなまずのような男が、愛想笑いとともに辞儀をした。

「ご自宅におられないので、こちらかと思いまして」

年は四十二、三。表店で絵双紙屋〈にしき屋〉を営み、四兵衛長屋の大屋をまかせられていた。家主は蚊帳《かや》や畳表を扱う〈北川《きたがわ》〉で一角の実家なのだが、友は四男だったことから貧乏旗本の早乙女家に多額の持参金付きで養子に入ったのである。裕福な実家の恩恵に与《あずか》るのは数之進だけではない。

冨美や三紗もなにかと隠居《いんきょ》の伊兵衛《いへえ》──一角の実父に助けられていた。

「勝手に引き受けた相談事は、おまえが自分で解決するがよし、じゃ。お助け侍は忙しいゆえな」

一角は冷ややかに返した。彦右衛門は作り笑いを浮かべる。

「こたびのご相談は、千駄木《せんだぎ》は七面坂下の植木屋、宇平次《うへいじ》さんからのものでございます。生田様のお噂《うわさ》を聞いて是非《ぜひ》一度お目にかかりたいと思われた由《よし》。会《お》うておいて損のないお方ではないかと存じます」

「七面坂下の植木屋」

数之進は記憶を探る。

「主に盆栽の草木を商う植木屋だったように憶《おぼ》えておるが」

三畳間の上がり框《かまち》に進み出て言った。常設のお店《たな》を構えて植木を仮植えしておく植溜や、庭園を所有する植木屋が増えている。現在の将軍・徳川家斉公も植木屋を遊覧するのが、楽しみのひとつとされていた。

当初は盆栽・植木生産・作庭といった全般にわたる仕事をしていた植木屋だが、仕事量が多すぎたのだろう。次第に細分化していき、それぞれが得意とするものを売りにし始めていた。

「さようでございます、主に盆栽を扱う植木屋でございます」

我が意を得たりとばかりに一角を押しのけて、彦右衛門が土間に入って来る。

「是非、お助け侍のご意見を賜《たまわ》りたいとのことでして、いかがでございましょうか。ご承知であるならば、すぐさま使いを出しますが」

「気合いが入っているところに、口利き料をふっかけたという真実が表れているな。無理するでない、数之進。こやつの懐《ふところ》を潤すために、おまえが苦労する必要はないぞ」

「また、早乙女様はそのような戯《ざ》れ言《ごと》を仰《おっしゃ》って。口利き料など頂戴《ちょうだい》しませんよ。まあ、手に入りにくい盆栽を二鉢ほど分けていただく話はいたしましたけれどね」

「ほう。ひと鉢、いくらの盆栽であろうな。マツバランか、その名も百両金のカラタチバナか、はたまた、ここにきて人気があがっているオモトか」

一角は辛辣《しんらつ》に言った。どれも見た目は地味な草木ばかりなのだが、口にした三種類は特に投機熱が高まっている。珍草、奇木の流行が顕著になっていた。

「……よくご存じですね、早乙女様」

さすがに彦右衛門は驚きを隠せない。金子ではなく、値があがっている草木の盆栽を紹介料にしたのは、おそらく間違いなかった。

「暇を持て余している親父《おやじ》殿が、別宅に植木屋を雇い入れて育てておるのじゃ。盆栽や数之進も作る盆景、他にも手に入らない草木が多数ある。いやでも詳しくなるわ」

答えた一角の目が、長屋の狭い路地に向いた。

「世津ではないか」

「え？」

数之進は、目をあげる。長屋の路地に現れた世津は、こちらを見て、はにかむような笑みを浮かべた。布巾《ふきん》を掛けた小鉢を持ったまま、会釈《えしゃく》する。

とたんに憂悶が吹き飛んだ。暗く沈んでいた気持ちが一気に晴れて、爽《さわ》やかな風を感じた。世津はいつも少し恥ずかしそうな表情をするのだが、その風情がたまらなく好きなのだった。

——やはり、わたしには、お世津さんしかおらぬ。

立ちあがって上がり框に降りようとしたが、

「では、生田様。千駄木の植木屋・宇平次さんのご相談をお引き受けいただけますね」

彦右衛門は退《ひ》こうとしなかった。

「わかった。いかような相談なのか、いささか案じられるが話だけは聞く。引き受けるか否かは、聞いてからだ」

「承知いたしました」

ようやく外に出た彦右衛門を横目に見て、数之進は路地に出る。なんとなく照れくさくて、すぐには言葉が出なかった。

「おれは冨美殿と話が」

冨美の家に戻ろうとした一角の腕を素早く摑《つか》む。

「おぬしも一緒にいてくれ」

気を利かせたのだろうが、越後から戻って以来、まともに話したことがない。妙な緊張感があった。

三

「初夏のお惣菜を考えてみました」

世津は、布巾を被《かぶ》せて大事そうに抱えていた二つの小鉢を箱膳《はこぜん》に置いた。光沢を放つ上質の木綿《もめん》らしき藍色《あいいろ》の着物が、よく似合っている。世津のきめ細やかな白い肌を引き立てていた。

「自分で考えるとは、見上げたものよ」

数之進の褒め言葉に、世津は笑顔で答えた。

「三紗様に言われたのです。惣菜店を始めるにあたっては、自分で献立を考えなさいと。数之進様を頼ってばかりでは駄目ですとも言われました」

生田様ではなく、名前で呼んでくれたのが、嬉しくてならない。いっそう気持ちが近づいたように思えた。

「よけいなことを」

一角が代弁するように言い、渋面になる。

「今の言葉、そのまま三紗殿に返したいほどよ。数之進の千両智恵を独《ひと》り占《じ》めしたいがゆえであろう。身勝手な考えは、小姑らしいと言えなくもない」

それを聞きながら数之進は「なるほど」と得心している。

――姉様に色々言われたがゆえ、お世津さんは暗くなったのやもしれぬ。

妙にぎこちなくて、しっくりこなかった裏には、やはり、姉の存在があったのかもしれない。弟の千両智恵にも限りがあることを、三紗はよく知っている。一角の考えどおりなのかもしれなかった。

「二種類も考えたのか」

数之進は小皿に、二種類の惣菜を取り分ける。一角と味見をするためだ。

「はい。最初の小鉢は、若布《わかめ》の炒《いた》め煮です。ちょうど新物の若布が出まわる時期ですが、生《なま》の若布はやわらかすぎて合いません。少し堅めに戻した若布を胡麻《ごま》油で炒めました。翡翠《ひすい》色になったところに、削り節とお醤油《しょうゆ》を加えてざっと混ぜただけの簡単な一品です」

「胡麻油を買い置いたり、炒め物を作ったりする家はほとんどないからな。貧乏長屋の女房どもは、飯を炊《た》くのがせいぜいじゃ。目先の変わった惣菜は喜ばれるであろう」

一角はさっそく口にする。

「うん、美味《うま》い」

「美味いな。ただ、若布は色が悪くなるうえ、味も落ちるのが早い。あまり作り置きせずに、少量ずつ売るようにした方がよいかもしれぬ。朝作ったものは午頃《ひる》までに売り切り、夕方の分は直前に作る。それがよかろうな」

「わかりました。もうひとつの小鉢は、糸こんにゃくと貝柱の含め煮です。貝柱がちょっと高くて量が少なめですので、物足りなさを補うため、お出汁《だし》を濃いめに取りました」

創意工夫の後が伺える。値段を抑えるには、節約するのがあたりまえではあるものの、味が今ひとつでは売れない。

「今ならアサリを使うとよいのではないか」

数之進は言った。

「臭《くさ》みを感じるようであれば、生姜《しょうが》の絞り汁をほんの少し加えるとよかろう。辛くなりすぎぬように気をつけるのが肝要よ。子どもも食べるゆえ」

「そうですね」

書くものを探す素振りを見て告げる。

「後で書いたものを渡す。全体的に水っぽいのが、いささか気になるな。糸こんにゃくの下ごしらえは、どのようにしているのだ？」

「糸こんにゃくの下ごしらえ、ですか？」

理解できないようだった。

「糸こんにゃくは、空炒《からい》りしないと水っぽさが残る。煮含める前に空炒りして、その後、アサリや貝柱を加えるのがコツよ。手間暇惜しんでは、美味いものは食べられぬ。また、売るからには、ひと手間かけねばな」

「空炒りでございますか。やってみます」

「飯は売らぬのか」

一角が口をはさんだ。

「春先は旬の野菜が数多く八百屋に並ぶ時期じゃ。春人参《はるにんじん》や牛蒡《ごぼう》もやわらかくて美味くなる。油揚げなども入れて人参飯を売るというのはどうだ。出汁で炊き上げると……あぁ、腹が減ってきた。朝、味噌汁用に買った油揚げが残っているな。春人参は昨日の残りがある。試しに作ってみるか」

腹を撫《な》でながら立ちあがる。

「ご飯まで手がまわるかどうか」

世津が慌て気味に言った。

「気にせずともよい。一角は、話しているうちに自分が食べたくなっただけなのだ。そうだな」

「さよう。多めに炊いて、冨美殿にもお裾分けするか。しめじ飯や青じそ飯も捨てがたいが、今日は人参飯を作る」

答えて、一角は米を研《と》ぎ始める。世津はほっとしたように笑みを浮かべた。

「まめですねえ、早乙女様は」

「うむ。料理が上手《うま》いので、近頃、わたしは腹が出てきた。狸腹よ」

狸で思い出したに違いない、

「そういえば……狸のようなお顔をした方のご相談は、解決したのですか。確か番町で怪しい楽の音《ね》が聞こえるという話でしたけれど」

世津が訊いた。一角に聞いていたのかもしれない。笑みが消えて不安そうな顔になっている。

「解決はしなかったが、わたしは祭りの稽古をしているのだと思った。屋台の蕎麦屋で腹ごしらえをしようとしたとき、奇妙なことが起きてな。武家の妻女と思しき二人連れに話しかけられたのだ」

「侍女が供をしていたのですか」

「さよう。本郷へはどう行くのかと訊かれたのだが、これは物の怪に相違ないと逃げ出した次第よ」

「血相が変わっておったわ」

一角が苦笑いする。

「真っ青になってな。転びそうになりながら走って来た」

「幽霊でしょうか、足はありましたか」

世津は大きく目をみひらいていた。恐ろしいのだろうが、それよりも好奇心が勝っているのか。瞬きするのを忘れていた。

「足は、あった。供をしていた侍女が、提灯で足下を照らしていたゆえ間違いない」

口もとが自然にほころんでくる。こうやって、なにげない話ができる喜びを、あらためて嚙みしめていた。

「ああ、よかった」

胸に手をあてて肩に入った力をぬく。ひとつひとつの仕草や表情が、愛おしくてならなかった。顔を見ているうちに、ふと浮かんだ事柄を口にする。

「なれど、ひとつ、気になることがあった」

「どんなことでございますか」

「歯が白かったのだ。眉毛《まゆげ》は剃《そ》っていたように思えるが、お歯黒をしておらなんだ。なぜかと思うてな」

「その話は、初めて聞いたぞ」

　米を研ぎ終えた一角は、野菜を切り始めている。鍋で出汁を取って、人参飯の準備を進めていた。

「今、お世津さんの口もとを見て思い出したのだ。足はあったものの、やはり、恐ろしゅうてな。自分でも気づかぬうちに、『番町の怪』を遠くへ追いやっていたようだ」

「うまい呼び名をつけたものじゃ。狸そっくりの徳松に案内されて行った番町では、確かに祭り囃子らしき楽の音が聞こえたが、幽霊やもしれぬ女子たちは祭り囃子に招かれたのであろうか」

「足はあったと言うたではないか。なぜ、幽霊やもしれぬという表現になるのだ」

　数之進は恐《こわ》さから細かいことが引っかかる。

「いや、近頃は幽霊も足があるのではないかと、なんとなく思うただけの話よ。足跡も残っていたからな。人であろうさ」

「さきほどの話ですが」

　世津が遠慮がちに話を戻した。

「ご妻女がお歯黒をしていなかったのは、お子を産んだ後だったからかもしれません。あるいは、身籠《みご》もっておられるのか」

「あ」

言われて数之進は得心する。お歯黒は出産後や妊娠している女子は、使わないのが常だった。

「そうか、そうであったな。となれば、やはり、生身の女子か」

「結局、数之進はそこにいくか」

ふたたび一角は笑って、続ける。

「おれはすぐさま数之進が言った場所に走って、周囲を確かめた。足跡が残っていたので、足があったのは間違いない。しかし、なにゆえ、冨美殿の前掛けが落ちていたのかがわからぬ」

「冨美様の前掛けが、落ちていたのですか？」

世津の疑問に、数之進は答えた。

「うむ。姉上に確認していただいたが、自分が作った品だと認めておられた。なれど『番町の怪』については、いっさい伝えておらぬ。わたし以上の恐がりゆえ」

よけいな話はしないようにという含みをもたせる。充分、伝わったらしく、深く頷《うなず》き返した。

「承知いたしました。お伝えしません。冨美様のお話で思い出しましたが、この着物は」

うつむいて着物に視線を落とした後、

「冨美様にいただいたのです。わたしがいつも同じ着物ばかりなのを気遣ってくださったのかもしれません。二枚もくださったのです」

笑みを浮かべて言った。

「姉上が」

数之進の驚きを、友が受ける。

「飽きてしまい、ほとんど着ないものであろうさ。冨美殿は売るほど着物を持っているゆえ、遠慮なく貰《もろ》うておくがよい。礼は今日、作った惣菜がよかろう。糸こんにゃくの水気をちゃんと飛ばして、下ごしらえを忘れるでないぞ。自分ではほとんど作らぬくせに、味にはうるさいからな」

「わたしの作ったお惣菜などで、よいのでしょうか」

「充分だ」

「『番町の怪』だが、片袖《かたそで》を渡す幽霊譚があったような」

自問するような一角の言葉を、今度は数之進が受けた。

「謡曲『善知鳥《うとう》』であろう。山中の霊場に姿を現した死者が、自分の供養を行うよう肉親に伝えてほしいと、証拠の着物の片袖をことづける話だ。説話や寺院縁起にも似た話が載っているらしいが」

ひびきで思い出したに違いない、

「『善知鳥』」

世津が目をあげる。

「以前、数之進様と一緒に行きましたね。撒《ま》かれた引札にあまり観《み》たことのない演目が載っていたので、わたしが行きたいとお願いしました」

「さよう、一緒に行ったな。大きな芝居小屋では、あまり演《や》らない話だったため、宮地芝居に足を運んだ。わたしはちと苦手な話よ」

「まあ、言ってくださればよかったのに」

「言えるわけがあるまいさ。惚れた女子の前では、男は見栄を張るものじゃ」

友の言葉に同意した。

「然《しか》り」

笑い合って、世津が越後国へ帰る前に戻った雰囲気をあらためて嚙みしめる。なにも変わっていない。世津の心は、自分と同じだ。

「お世津さん。そろそろ……」

所帯を持つ話を口にしかけたとき、

「数之進」

聞き慣れた声が、戸口で聞こえた。

四

「姉様」

数之進は立ちあがる。三女の三紗が、ひとりで土間に入って来た。年は数之進より一つ上の二十九。頭が良く、女子ながらも論語や算盤が得意で、おまけに大食いでもある。腹の虫が教えたのか、土鍋をちらりと見やった。

「炊き込みご飯ですか」

「は。人参飯の準備をしております」

友の端正な横顔に緊張が走る。冨美はいい案配《あんばい》に少し抜けた部分があるため、さほど気遣う必要を感じないのだが、三紗に対しては数之進も無意識のうちに力が入る。

「間に合うようであれば、わたしも馳走《ちそう》になりたいと思います」

言い置いて、数之進にふたたび目を向けた。

「数之進、ちと姉上の家へ」

「は」

世津に「すぐ戻る」と小声で告げ、急いで向かいの家に行った。三紗は手前の三畳間に正座している。六畳間にいた冨美が顔を覗《のぞ》かせたが、妹や弟とわかって間の襖《ふすま》を閉めた。

――いったい、なにを言われるのか。

ここ数日の言動を素早く思い浮かべている。三紗に対して特に非道《ひど》い真似をした憶えはない。落ち度はなかったはずだが、難癖をつける傾向が強いので気を抜けなかった。

「五色飴の売れ行きは、いかがですか」

数之進は、あたりさわりのない話を振る。惣菜屋は義母が営んでいるが、飴屋は早くも小女を雇い入れて三紗が励んでいた。五色に色づけた飴は、口に入れると蕩《とろ》ける後引き飴で、流行《はや》っているのは聞くまでもなかった。

「上々です。作るのに手間がかかるので、腕が太くなってしまいましたが」

さりげなく右の袖をまくって逞《たくま》しくなった右腕を見せる。夫の杉崎春馬《はるま》は、数之進たちの仲間に加わり、両目付・鳥海左門の配下として働くようになっていた。合間に手伝うだけでは、人手が足りないのだろう。

小女を雇えた点にも飴屋の繁盛ぶりが伺えた。

「それで、いつなのですか」

三紗は不意に言った。姉にしては、やんわりした口調だったかもしれない。弟の目から見ても瓜実《うりざね》顔の美人であり、三月には十一代将軍家斉公に奇妙な形で目通りをはたしていた。将軍様は一目惚れしたらしく、人妻であるのを未練たらしく今も嘆いていると伝えられていた。

なんの話かと一瞬思うが、ここで「え？」と訊き返したりすれば、菩薩《ぼさつ》顔が般若に変わるのは間違いない。

「ちょうど、その話を持ち出そうとしたときに姉様が」

そう言いかけたとたん、三紗の眉毛がぴくりとあがる。わたくしのせいにするのですかと、怒り出す兆候が見えた。

「あ、いえ、今日、話してみるつもりです。借りた家で一緒に暮らし始めてもよいのではないかと思うております。できれば白無垢《しろむく》を着せてやりたいですが、まだ、借金がありますので」

「わたしが仕立てて三紗が着た白無垢を、使えばよいではありませんか」

冨美が一尺（約三十センチ）ほど襖を開けて言った。

「祝言は伊兵衛さんの家で挙げさせていただけば、仕出し料理を頼む程度で済みます。そうそう、料理は三紗に頼みましょう。お金はほとんどかからないと思いますよ」

「姉上。お世津さんが、見憶えのある着物を着ておりました。あれはわたしにくださると言うていた上等な木綿の着物ではないのですか」

鋭く切り返されてしまい、冨美は慌てて襖を閉める。よけいな口出しは無用ということだろう。それにしても、一瞬、座敷を見ただけなのに、よく世津が着ていた着物の持ち主を見極められたものだ。

——恐ろしい。

穏やかな日和《ひより》なのに、なにやら寒気《さむけ》を覚えていた。数之進にとっては、今も頭があがらない姉なので、自分よりも年下の杉崎春馬を尊敬せずにいられなかった。三紗を呼び捨てにするだけでも尊敬に値する。

「惣菜屋を始めるにあたって、お世津さんには、新たな惣菜を考えるように言うておきました。いかがでしたか」

　三紗は話を変える。

「若布の炒め物と、糸こんにゃくの含め煮を作ってきました。含め煮は貝柱を使っていましたので、アサリにした方が安くなるのではないかと助言いたしました次第。生姜汁を隠し味として使うのがよいのではないか、とも」

「生臭みが消えますからね。まずまずですか。お世津さんが良い考えを出してくれれば、そなたが楽だろうと思い、力試しを兼ねて言うてみたのですよ」

　三紗自身が楽をしたい部分もあるように思えたが、むろん口にできるはずもない。切りあげようとしたのだが、

「あの、すみません」

　戸口で男の呼びかけがひびいた。年は五十前後だろうか。仕立てのよい着物に羽織姿は、裕福な商人を思わせた。大店《おおだな》ではないかもしれないが、中店あたりの主《あるじ》といった印象を受けた。

　気づいた一角が、向かいの家からこちらに来た。

「お助け侍への頼み事か」

「あ、はい」

「相談事を受けるのは、こちらの家じゃ」

顎《あご》を動かして案内する。

「すまぬが、世津は冨美殿の家に行ってくれぬか。三紗殿も惣菜の味見がしたいだろうからな。小鉢を持ってゆくがよい」

気配り怠りない友は、細かいところまで行き届いている。

「はい」

世津は盆ごと持って、冨美の家に来た。数之進は会釈しながら移った。世津ひとりで大丈夫だろうかと不安になるが、これは友がいつも言うところの苦労性と貧乏性ゆえだろう。三畳間に正座して、互いに挨拶《あいさつ》した。

「それがしは、生田数之進。こちらは、盟友の早乙女一角でござる」

短い挨拶の後、

「てまえは、両国薬研堀《りょうごくやげんぼり》で〈三ツ目屋〉という屋号の薬屋を営んでおります。作左衛門《さくざえもん》と申します」

作左衛門は言った。

「はて、〈四ツ目屋〉は有名な薬店《くすりだな》だが、似たような品を売る見世《みせ》なのか」

一角は肘《ひじ》で数之進を突きつつ、にやりと笑った。〈四ツ目屋〉は両国薬研堀で強壮剤や性具を商う有名な大店だ。薬研堀は普通とはいささか異なる薬店が数多く建ち並ぶ場所であり、客が訪れやすくするために昼でも店内を薄暗くしていた。

「さようでございます。てまえは以前、〈四ツ目屋〉にご奉公しておりました。同じ屋号を名乗るのは、さすがに憚《はばか》られましたので、ひとつ数を少なくした次第です」

作左衛門は告げた。数之進としては、よけいな話は省きたいというのが正直な気持ちである。愛しい世津とようやく語らいの場を持てたのだ。早く片付けたかった。

「して、相談事というのは、どのようなことであろうか」

さっそく切り出したが、一角に仕草で止められる。

「待て。その前に礼金の話をせねばならぬ」

「引き受けると決めた時点でよかろう」

数之進は冷静に返して、促した。

「作左衛門さん、話してくれぬか」

「は、い」

と、答えたのに、なかなか次の言葉が出ない。躊躇《ためら》う素振りがあった。三紗がまた、世津によけいなことを言うのではないかと、数之進は気が気ではなかった。

「作左衛門さん」

さまざまな気持ちを抑えて促した。それでも作左衛門は唇を嚙みしめていたが、次

第に気まずさが漂い始める。どちらからともなく、二人が顔を見合わせたとき、

「娘が、神隠しに遭《あ》いまして」

作左衛門が重い口を開いた。

「別宅の女子が、産んだ娘なのです。年は十五、母親に似た美人でございまして、三ツ目橋の近くに設けた支店の看板娘です」

後は言葉にならない。膝の上で拳《こぶし》を握りしめ、唇を真一文字に引き結んだ。両目は一点を見据えたまま動かない。

「それは」

数之進はどう答えたらよいのか、悩んだ。

「気の毒だとは思うが、町奉行所のお役目であろう。われらは一介の浪人ゆえ、作左衛門さんの相談事に力は貸せぬ。引き受けているのは、主に商売繁盛の相談事よ。人探し、ましてや神隠しとなれば、法力を持つ山伏《やまぶし》あたりに相談するのが筋ではあるまいか」

やんわりと断りの言葉を告げる。裏のお役目を口にするわけにはいかないので、いつも浪人と言っていた。

「数之進の言うとおりじゃ」

一角の同意を受け、作左衛門はじりっと膝で前に出る。

「神隠しに遭ってすぐ、町奉行所の与力にご相談いたしました。知り合いがいるのです。ところが、男と逃げたのだろうとか、二、三日すれば戻って来るなどと言いまして、まったく取り合っていただけません。思いあぐねて、お助け侍様にお縋《すが》りしようと考えた次第でございます」

うなだれたまま、畳に額《ひたい》をつけた。泣いているのか、肩を小さく震わせている。数之進は深い吐息をついた。

「いつ、行方知れずになったのだ」

訊きたくはないが、仕方なく訊いた。

「三日前でございます」

作左衛門は、涙声で答える。さすがにみっともないと思ったのだろう。背筋を伸ばし、懐《ふところ》から手拭《てぬぐ》いを出して涙を拭《ふ》いた。

「娘御が住んでいるのは、三ツ目橋近くの支店と言うていたが、薬研堀の本店には正妻がいるのか」

一角が問いかけた。数之進同様、仕方なくという感じに思えた。いつになく、声が沈んでいる。

「はい」

「御内儀《おないぎ》と支店の女子は、うまくいっているのか、いないのか」

愛妾と言わないのは、気遣ってのことだろう。正妻が愛妾に恨みや憎しみをいだいていた場合、人を頼んで娘を拐《かどわ》かすことも考えられた。

――あるいは、自分で動いたかもしれぬが。

心を読んだわけではないだろうが、即座に強い否定を返される。

「うまくいっております。女房との間には、跡継ぎの男子《おのこ》しか授かりませんでした。女の子は初めてですので、女房も可愛がっております。こたびの騒ぎには、てまえ以上に胸を痛めておりまして」

男子しか授からなかったものを、新たな相手に生まれたのは女子《めのこ》。どこかで聞いたような話だが、ここでする話ではなかった。

「惚れた男がいたのではないか」

友がさらに疑問を口にする。

「申し合わせてどこかで落ち合い、あらかじめ用意しておいた家、これは男の家かもしれぬが、そこで男女の仲になる。子でもできれば親も反対できぬだろうと……」

「早乙女様」

作左衛門の口調が、やや強くなった。

「てまえは、そのような育て方はしておりません。それに本店の若い手代が、許嫁《いいなずけ》になっております。五月に祝言を挙げる段取りを整えておりました。相思相愛でございまして、他の男が入り込む余地などありませんよ」

さすがに怒りをあらわにしていた。とはいえ、人探しはお助け侍の仕事ではない。

数之進は言った。

「申し訳ないが、こたびの頼み事は引き受けかねる。お知り合いの与力に、相談するしかあるまい。何度でも足を運び、拐かされたのかもしれぬと訴えるのが筋であろう」

「ご免」

折良く、割って入る者がいた。鳥海左門の配下で頭格の三宅又八郎《みやけまたはちろう》が、いったん土間に入って来た後、会釈して路地に出る。場所を変えて話そうと仕草で告げていた。

「すまぬ」

数之進は詫《わ》びて、腰をあげる。作左衛門は恨めしげな目を向けたが……うなだれて立ちあがった。神隠しに遭ったという〈三ツ目屋〉の看板娘。受けられない相談事は、数之進の胸に苦い思いを残した。

五

「神隠し騒ぎは、新宿でも起きたとか」

三宅又八郎が歩きながら言った。

「小さな宿屋の看板娘が、湯屋に行ったきり、戻らないとのことだ。かれこれ、ふた月ほど前だったか。瓦版《かわらばん》が配られていた」

懐から瓦版を出して、数之進に渡した。〈三ツ目屋〉の主・作左衛門の相談内容を、直接の上司・村上杢兵衛《むらかみもくべえ》の屋敷に向かう道すがら話している。ふだんは左門の屋敷が多いのだが、季節外れの大掃除中であることを又八郎から聞いていた。

「看板娘が狙われるのは、別嬪《べっぴん》揃いだからでしょうな。上方にでも連れて行き、遊女屋に売れば金になる。〈三ツ目屋〉の主には言いませんでしたが、それがしは、そう思いました次第」

一角は、数之進から受け取った瓦版を又八郎に返した。旗本に昇進した杢兵衛は、左門の屋敷の近くに引っ越しをしたらしく、二人は場所がわからない。又八郎が、案内役を務めていた。

空は青く晴れわたり、穏やかな風が頰《ほお》を心地よく撫でている。たいした距離ではないものの、ぶらぶら歩きがてらになっていた。

「考えられるな」

又八郎は同意して、続ける。

「表に出ないだけで実際の数は、もっと多いのやもしれぬ。町奉行所に届けると、役人の厳しい調べがあるからな。あれこれ詮議《せんぎ》されるのは、いやなのだろう。〈三ツ目屋〉は通常の薬屋とは異なるが、中店のひとつであるのは間違いない。祝言を控えていた大事な看板娘が消えてしもうては、商いにも障りが出かねぬ」

「村上様にお話ししても、よろしいですか。念のために〈三ツ目屋〉の周辺を、調べていただいた方がいいのではないかと思います」

数之進の提案を、又八郎は即座に受けた。

「わたしからお伝えしておこう。わかっているだけでも、すでに二件の神隠し騒ぎが起きている。内々に調べた方がよかろうな」

「話は変わりますが」

数之進は言った。

「なにゆえ、鳥海様は季節外れの大掃除をなさっているのですか。年末に人を頼み、念入りに大掃除をしたと聞いておりましたが」

両目付の行動が、いささか引っかかっている。ここ数日、四兵衛長屋に姿を見せないのは、そのためなのだろうか。

「わたしも同じ疑問をいだいた。これはあくまでも私見だが、冨美殿を迎え入れる下準備ではあるまいか。掃除だけでなく、畳を新しくしたり、左官屋に壁を塗らせたりするのやもしれぬ。直接、伺ったわけではないが、それしか思いつかなんだ」

「なるほど」

数之進は頷きながら、ふと隣を見る。隣を歩いていた一角がいなかった。

「一角」

振り返ると、友はかなり後ろの方で足を止めていた。刀の鞘《さや》を握りしめ、背後を睨《にら》みつけている。全身から殺気のようなものを迸《ほとばし》らせていた。数之進は、又八郎とともに急いで戻る。

「いかがしたのだ、一角」

「いや」

一角は曖昧《あいまい》に答えて、パチリと鯉口《こいぐち》をおさめた。そこで初めて数之進は、抜く準備をしていたことに気づいた。

「妙な気配があったのよ。本当にごくわずかな殺意というか。時折、ピリリとこめかみが疼《うず》いてな。振り向くとすぐに消える。いやな感じがしたゆえ」

「わたしは、なにも感じなんだが」

又八郎も厳しい表情になっていた。

「気のせいでござろう。さて、村上様の新たな住まいは、いずこでござるか」

友は、不自然なほど明るい声で促した。不吉な思いが去っていないのを、数之進は察している。それでも話を合わせた。

「案内《あない》をお願いいたします」

「承知」

踵を返した頭格に、二人は従った。黙り込んだままの一角が、気を張り詰めているのが感じられた。無意識のうちに首だけねじ曲げて後ろを見たが……。

「見るな」

小声で友が制した。

「間違いない、尾行《つ》けられている。気配がほとんど感じられないのは、相当な手練《てだ》れだという証《あかし》。ひとりではないな」

自称武芸十八般のような部分もあるが、剣術に限っては自他ともに認める遣い手だ。

立ち止まったときに、尾行を確信したのかもしれない。

「わかった」

数之進は同意して、先を歩く又八郎を追いかけた。

「鳥海様はおいでになるのですか」

「うむ。同じ番町で近くなったゆえ、村上様への引っ越し祝いがてら来ると言うておられた」

「供は？」

と、一角。相変わらず、厳しい表情をしていた。

「新たに入った若手の金森正也《かなもりまさや》が供役よ。それゆえ、わたしはひとりで、おぬしらを迎えに行った次第。両目付様は、常に人手不足だからな」

又八郎は笑って、一軒の屋敷前で立ち止まる。意外にもこぢんまりした造りで、隠居所といった風情がした。

「ご免」

門前で頭格が、声を張りあげる。が、なかなか答えがない。一角が潜《くぐ》り戸を叩いて呼びかけると……ようやく、間延びした声がひびいた。

「はーい、ただいま」

ほどなく潜り戸が開いて、若い男が顔を覗かせる。

「どちらさまで」

おっとりとした人の好《よ》さそうな感じだが、多少、鈍く見えなくもない。又八郎が姓名と来意を告げた。

「主より伺うております。どうぞ中へ」

下男という感じの若い男は、そのまま引っ込んだ。

「鳥海様がおいでになるというに表門は開けぬのか」

一角は言い、いったん潜り戸から入って表門を開ける。屋敷内は外から見た印象どおり、さして広くはなかったが、茶室と思しき離れがあった。引っ越したばかりなのか、植木職人や畳職人が立ち働いていた。

「ここに住むのは、村上様と御内儀だけなのやもしれぬ。本家は倅《せがれ》殿が継いでおるゆえ、住まいを分けたのではないか」

又八郎の考えに、しわがれた声が重なる。

「おお、よいところに来てくれた」

杢兵衛が奥から現れた。三月に生まれたばかりの赤児を抱いている。村上杢兵衛にとっては初めての女子《めのこ》だ。

六

「日奈《ひな》殿でござるか。いやはや、わずかひと月の間に、大きゅうなられた。大福《だいふく》に目鼻ですな」

一角の悪態に、李兵衛は赤児を押しつけた。

「だれが大福じゃ。子守《こも》りをせい」

今度は数之進と又八郎に目を向ける。

「すまぬが、玄関先の荷物を座敷に運んでくれぬか。片付けを頼んでいた者たちが、来られなくなってしもうてな。上を下への大騒ぎよ」

「御内儀はどちらでございますか。ご挨拶をさせていただきたく存じます」

数之進は訊いた。

李兵衛は行儀見習いで屋敷に出入りしていた町人の女子に手をつけてしまい、還暦を過ぎて新たな子を授かる流れになっていた。内々のお披露目を行った三月に、お祝いを持って行ったのだが、御内儀は人と話すのが苦手なのかもしれない。短い挨拶だけで台所に引っ込んでいた。

「後で挨拶させる。まずは荷物よ」

「村上様。日奈殿、いきんでおりまする。大きい方が出たのではないかと。それがし、お襁褓《むつ》までは替えられませぬゆえ」

一角は抱いていた赤児を、李兵衛の腕に戻した。お襁褓を替えるお守りよりも、荷物運びの方が楽だと思ったのだろう。

「確かに臭《にお》うな。ちと我慢せい、日奈。箪笥《たんす》と鏡台、あとは着物や小間物などを包んだ風呂敷じゃ。台所で使う品は奥へ、それ以外は座敷に運べ」

「では、わたしと一角が、箪笥を運びます」

数之進は答えて、刀と脇差《わきざし》を外した。三人とも玄関先に置き、袖に入れておいた腰《こし》紐《ひも》で襷掛《たすきが》けして袴《はかま》の股立《ももだ》ちを取る。

「わたしは鏡台や風呂敷類を」

又八郎が、先に立って動いた。李兵衛は忙《せわ》しない足取りで、いったん奥に消える。さすがにお襁褓を取り替えてやらねばと思ったようだ。台所へ行き、すぐにひとりで座敷に来た。

「そっちの壁際に箪笥、鏡台は適当でよい。着物を引き出しに入れてくれぬか。冨美殿に縫うてもろうた新しい着物もあるゆえ、粗略に扱ってはならぬぞ」

冨美の名を出せば、丁寧《ていねい》にやると思ったに違いない。李兵衛は数之進や左門ほどではないが、策士のところがある。

――姉上が縫ったものか。

ごく自然に『番町の怪』を思い浮かべていた。謎の武家夫人だけでも充分、怪しいが、冨美の前掛けを落としていった件は、薄気味悪くてならなかった。もしや、気をつけろという善意の警告なのか。それとも御算用者をやめろという悪意を込めた脅しなのか。

――後者の方が、しっくりくるな。

頭の隅に留めおいた。

「あれやこれやと注文の多いことで」

一角はそう言いながらも素早く着物を簞笥に収めていく。又八郎は李兵衛に、神隠し騒ぎの瓦版を渡した。新宿だけでなく、両国薬研堀と三ツ目橋近くに支店を持つ〈三ツ目屋〉の話もする。

「なに、〈三ツ目屋〉とな?」

李兵衛は目を剝《む》いて答えた。声や仕草に、口にはしない言葉が浮かびあがっている。一角が意味ありげな笑みを向けた。

「もしや、行きつけの見世でござるか。さもありなん、若い御内儀と褥《しとね》をともにするのは、なかなか骨が折れまする。さらに有名な〈四ツ目屋〉では、だれかに見られる懸念がなきにしもあらず。ゆえに中店の〈三ツ目屋〉を贔屓《ひいき》にしておられまするか」

「な、なにを、わ、わしはだな」

「村上様は、〈三ツ目屋〉の看板娘を、見に行かれただけでございましょう」

数之進の助け船に、すぐさま乗った。

「さよう」

「であれば、看板娘は瓜実顔の別嬪でござるか。三紗殿もそうでござるが、村上様がお好きな女子ですな。そういえば、それがし、はっきり御内儀の……」

「お茶をお持ちいたしました」

噂の御内儀が、盆を手に現れた。手拭いで姐《あね》さんかぶりをして、前掛けを着けている。おそらく冨美が作ったものではないだろうか。

「…………」

黙り込んだ数之進たちを見て、杢兵衛が盆を受け取る。

「ここは、わしがやる。庭の職人たちにも茶を頼む」

「はい」

御内儀が立ち去ったとたん、

「母大福、子大福でござるな」

一角が言った。

「瓜実顔の別嬪は、あくまでも頭の中の想い人。いや、実際には、なかなかむずかしいものでござるよ。こき使うには、あ、いやいや、まめまめしく働いてもらうには、ちょうどよいのではござらぬか。時が経《た》つにつれて、味わいが増していきそうなお顔立ちに感じました次第」

「褒めておるのやら、けなしておるのやら」

李兵衛の溜息《ためいき》まじりの呟きに、三人は同時に笑った。

「褒めておりまする。似合いの夫婦と……」

数之進の言葉は、突如、甲高《かんだか》い笛の音に遮られた。なにかを知らせる仲間うちの笛に思えた。ピーッと何度もひびいている。

「村上様っ、賊でございます!!」

次いで聞こえた叫び声に、全員が立ちあがった。新参者の金森正也であろう。一角の不吉な考えが、当たってしまったのだ。玄関に走って刀と脇差を腰に携えるや、まず友が裸足《はだし》で外に飛び出した。数之進は又八郎と競うようにして友を追いかける。

杢兵衛は刀を取りに行ったのか、すぐには来なかった。

「鳥海様っ」

数之進は走りながら刀の鯉口を切る。鳥海左門と若手が、前方で四人の男と刃を交えていた。祝いの酒樽《さかだる》らしき樽が、真っ二つに割れて転がっている。刀を受け止めるのに用いたのかもしれない。酒の匂いが広がっていた。

賊は黒っぽい着物と袴姿で、やや短めの刀を握り締めていた。手甲《てっこう》だろうか。全員が右手に黒いなにかを着けていた。四人は左門たちを取り囲み、そのうちの二人は後ろから襲いかかろうとしている。

「てやぁっ」

一角はひとりに袈裟《けさ》斬りを浴びせつつ、すぐさま刀を変化させた。横にいたもうひとりに水平斬りを叩きつける。二人は素早くさがったが、ひとりの左肩が切れていた。

数之進は友に加勢し、又八郎は左門たちに加わる。五対四になったのを見れば、すぐに逃げるかと思ったが、四人は退《ひ》かなかった。

「はっ」

数之進は真っ向斬りをお見舞いしたが、ガツッという鈍い音とともに弾き返された。男は右手に着けた黒い手甲のようなもので刃を受け止めたのである。

「気をつけろ」

左門が言った。

「鉄製の手甲らしきものを着けておる。それで弾き返すのじゃ」

答える暇もなく、襲いかかって来る。数之進は一角と背中合わせになって小さな陣を作った。突き出された刀を受け止めながら弾き返して、すぐに踏み込む。相手の腹を狙った一撃だったが、そこに賊はいなかった。

「後ろじゃ！」

一角が数之進の背後にまわった男を雷光のように斬りつける。さすがにそれは避《よ》けきれなかったのだろう、首に刃が食い込んだ……はずなのに、男は左に避けた。影のごとき動きに、目が追いつかない。

「先を読め」

一角が言った。

「次の動きを読まねば討てぬ」

と、告げる間に攻め込まれた。短めの刀であるにもかかわらず、長さの差を感じさせない。むしろ短い分、動きが速いように見えた。次を読むなど、とうてい不可能。

数之進は受けるだけで精一杯だ。

——鳥海様が手こずっている。

遣い手であるのは、だれもが認める左門でさえ、倒せずにいた。上役のこんな姿は初めてだった。

「鳥海様っ」

杢兵衛が遅ればせながら駆けつけて来る。一緒に来た中間《ちゅうげん》らしき男は、槍《やり》を持っていたが、はたして使えるのか。それでも賊を攪乱《かくらん》するには、よい武器だったかもしれない。闇雲に突き出された槍に四人の動きが乱れた。

「はあぁっ」

すかさず一角が踏み込んだ。気合いを込めた真っ向斬りが、ひとりの右腕を切り落とした。手首の上あたりで切られた右手が、ぼとりと重い音をたてて地面に落ちる。

しかし、切られた男は、呻《うめ》き声ひとつ洩《も》らさなかった。

「退け」

ひとりの静かな命令に、他の三人は従った。去り際も鮮やかで搔《か》き消すように姿が見えなくなっていた。

残されたのは、地面に落ちた右手首。

血が流れ出しているのを見て、数之進は悪夢ではないのだと知った。影のような動きと痛みをこらえる姿は尋常ではない。鍛錬《たんれん》した侍であろうとも、右手首を切られれば声をあげるはずだ。

「まさか」

忍びか？

公儀御庭番《おにわばん》、だろうか。

右手に着けた鉄製と思しき手甲が、彼の者たちの正体を教えているように思えた。

第二章　公儀御庭番

一

公儀御庭番は、紀州の『薬込役《くすりごめやく》』が前身であり、徳川将軍独自の情報収集機関だ。

八代将軍吉宗《よしむね》公が、紀州藩主から将軍職を継ぐにあたって、二百余名の紀州藩士を幕臣団に編入。側近役の大半と御庭番全員を紀州藩士で固め、しかも『御庭番筋』については全員が旧紀州藩士の世襲と定めたことに始まる。

手足となる側近なしでは、世の中の動きを独自に入手するのはむずかしいと考えたのだろう。将軍自身が幕政の主導権を握るためには、命令に従う臣下が必要だったのだ。

表向きの職務のひとつとして『御庭御番所の宿直《とのい》』があるのだが、これが公儀御庭番の語源になったとされる。内密御用を勤めるには、御庭番家筋の長老や先役の承認が不可欠であった。

また、内密御用には、その調査や地域によって、『江戸地廻り御用』と『遠国（他所）御用』の区別がある。監視役としての職務が主ではあるものの、命令を受ければ暗殺をも実行するに違いない。

切り落とされた右手が着けていた装具は、鉄拳《てっけん》と呼ばれる忍び道具のひとつと判明した。

幕府御算用者を葬り去るために、十一代将軍家斉公が放った刺客だろうか。刃を交えたうえで思うのは、並外れた遣い手揃いという事実だ。

「内々に簡単な祝言を挙げてからと思うていたが」

左門は、重々しく告げた。

「冨美殿には、わしの屋敷に来てもらうことに決めた。数之進が『番町の怪』と名付けた騒ぎは、お役目に関わりがないとは思えぬ。手を引けという脅しであろう。他にも気になることが、いくつかあるのでな。用心のうえにも用心をと思うた次第よ」

そう言ったきり、黙り込んだ。今まで見たことがないほど、思い詰めた表情をしていた。他にも気になることとは、いったい、なんなのか。冨美にも関わりがあるのではないだろうか。

「姉上の件につきましては、異存はございませぬ」

数之進は、江戸における生田家の主として答えた。夫婦として暮らすという宣言だが、左門にまったく喜びや嬉しさが見えないのが引っかかる。そして、なによりも御庭番と思《おぼ》しき刺客部隊。

次に戦ったとき、勝てるだろうか。

不安をかかえたまま、幕府御算用者としての潜入探索が始まる——。


十日後。

生田数之進は、近江《おうみ》国坂田郡宮川（滋賀県長浜市宮川町）・玉池《たまいけ》藩赤堀《あかぼり》豊前守《ぶぜんのかみ》正民《まさたみ》の上屋敷に勘定方《かんじょうがた》として奉公した。小姓方には、盟友の早乙女一角が潜入している。いつも以上に緊張していた。

玉池藩は、わずか一万石の譜代《ふだい》大名家であることから、口さがない連中は『譜代小名』などと陰口をたたいたりする。とはいえ、格式はそれなりに高く、かつての藩主の中には、奏者番《そうじゃばん》の役目を任じられた者もいた。大名の席順は、石高《こくだか》ではなく、官位で決まる。

幕府内では、それなりの待遇を受けているはずだ。

上屋敷は愛宕下《あたごした》佐久間小路に約二五四一坪、拝領添屋敷もまた、同じ愛宕下田村小路に約八九七坪、さらに浅草諏訪町に二八九三坪の中屋敷、巣鴨《すがも》に三百坪の下屋敷を賜っていた。諸藩の例に洩れず、財政は逼迫《ひっぱく》しているはずだが……朝から笛や鼓の音が聞こえている。

──心なしか、香《こう》の薫《かお》りもしているような。

数之進は、勘定方の部屋で風の匂いを確かめている。笛や太鼓の音は、お囃子《はやし》の稽《けい》古《こ》だろうか。近頃は祭り囃子を耳にすることが多く、いやでも『番町の怪』が甦《よみがえ》っていた。

もしや、奇妙な依頼をした徳松は、だれかに頼まれたのではないか。

すぐに姿を消すかと思ったが、狸のような風貌の男は、変わりなく本材木町の四兵衛長屋を訪れていた。考えすぎなのだろうか。しかし、侍女を連れた武家夫人と思しき女子は、このうえなく怪しかった。

──本郷へ行く道を訊いたのは、なぜなのか。

行く先の本郷が、繰り返しひびいている。とはいえ、これはおそらく考えすぎだろう。一角が言うところの苦労性と貧乏性の業が、疼いているのだと思うことにした。

しかし、ひとつ落ち着けば、またぞろ次の不安が浮かぶ。

――なぜ、姉上の前掛けを落としていったのか。

幕府御算用は不要、さっさと手を引け。引かねば、冨美はどうなるかわからぬぞ。

誤って落としたというのは考えにくい。脅しであるように思えた。そうであるがゆえに、左門は深い憂悶を浮かべていたのではないか。冨美が作った前掛けを利用するあたりに、裏で動く者の陰湿な考えがちらついているように感じられた。

手暗《てぐろ》三人衆。

数之進の脳裏には、左門の仇敵《きゅうてき》・松平伊豆守信明がいやでも浮かんでいる。三人衆とは信明の下で働く林忠耀、岡部平馬、渡辺甚内たちだが、なかでも林忠耀は、寛政の改革の折に手腕を振るった儒学者の父・林述斎の実子である。三男坊であろうとも、家斉の覚えめでたき者であるのは間違いない。

数之進は前々回の潜入探索のとき、同じ勘定方として林忠耀に出会っていた。仕掛けられた罠が正々堂々という戦い方ではなかったため、今回の前掛けが引っかかっている。冨美を利用して、左門を追い詰めようとしているのではないか。

――渡辺甚内に関しては、盗人の罪で一度、投獄されたにもかかわらず、すぐにお解き放ちとなった。

背後の松平信明が、動いたのは確かだろう。智恵伊豆の異名を持つ名君の血筋であり、あたりまえだが家斉の信頼も厚いはずだ。左門を潰すために、新たな策を打ち出したのでは……。

考えに集中するあまり、渡されていた帳簿類から目を離していた。

「奥御殿で殿が、舞いの稽古中なのでござる」

隣席の長野桂次郎《ながのけいじろう》が話しかけてきた。数之進の様子を見て、楽の音《ね》を気にしていると思ったのかもしれない。最初に挨拶したとき、慣れるまでの世話役だと勘定頭から紹介されていた。

「雅《みやび》なことが、お好きな方でござってな。朝な夕なに舞いや笛、鼓の稽古に励んでおられる。華道や茶道、香道、蹴鞠《けまり》に短歌と、優雅な日々を過ごしておいでなのでござるよ」

年は三十前後だろうか。鋭い目が能吏であることを示しているように思えた。語尾に多少、皮肉めいた含みが感じられたのは、正直すぎる気質の表れかもしれない。上級藩士はともかくも、下級藩士の窮乏ぶりは譜代も外様《とざま》も関係なかった。

みな苦しいなか、懸命にやりくりしている。にもかかわらず藩主は……言葉にされない不満が、つい出たようにも思えた。

「我が藩は譜代小名じゃ。『鉢植え大名』ゆえ、ご公儀の命令ひとつで、どこにでも移されるのが常よ」

前の席の老藩士が、振り返って言い添えた。

「国許では城下町に集まって住み、城も預かり物と考え、引っ越しにそなえて城付き道具の引き継ぎ書類まで、あらかじめ作ってある。殿はそういった憂き世の辛《つら》さを忘れるために、舞いや蹴鞠に打ち込まれるのであろう」

首をねじ曲げるのが辛かったのか、数之進の方へ身体の向きを変える。他の藩士たちも、それとなく一番後ろの席を気にしているのが伺えた。勘定頭をはじめとして、ちらちらと視線を向けている。

「佐竹源之丞《さたけげんのじょう》じゃ」

挨拶をした皺だらけの顔は、すでに齢《よわい》七十を超えているように見えた。老体に鞭打って奉公し続けるのは、家計が苦しいからだろうか。

——いや、佐竹様は玉池藩の重臣やもしれぬ。

数之進は気持ちを引き締める。勘定方のふりをして御算用者を探るべく、藩主自ら近づいて来たこともあった。心を柔軟にしなければ、とうてい務められない。

「生田数之進でござります。宜《よろ》しくお願いいたしまする」

あらためて挨拶する。

「おぬし、蹴鞠は?」

源之丞の短い問いには即座に頭《かぶり》を振る。

「心得はありませぬ。舞いや能、雅楽といったものは、大の苦手でございまして」

「さもありなん。勘定方は算盤が武器じゃ。さらに、財政改革の案が出せれば、言うことなしよ。わしも蹴鞠は好かぬ」

藩主への非難めいた語尾を感じ取ったのか、

「村の郷帳や明細帳は、いかがでござろうか。わからないことがあれば、なんなりと訊いていただきたい」

隣席の桂次郎が話を変えた。数之進は気になる点を記した手留帳を開いた。

「まずは特産品について伺いたく思います。我が藩の特産品といたしましては、万能薬の他、アサクラサンショウと菜種《なたね》が挙げられております。アサクラサンショウは聞いたことはあるのですが、目にしたことはありませぬ。大粒で江戸では人気が高いとか」

事前に村上杢兵衛から渡された調書《しらべがき》を読み込み、玉池藩の話はある程度、頭に入っている。が、現物は見たことがなかった。

質問されるかもしれないと思い、用意しておいたのかもしれない。

「これでござる」

桂次郎が、袖に入れていた巾着《きんちゃく》の口を広げ、紙の上にアサクラサンショウを出した。独特の良い薫りがふわりと広がる。

「見事な大きさでござりますね」

数之進は顔を近づけて見た。

「そうであろう。サンショウには普通、棘《とげ》があるのじゃがな。棘のない雌株が昔、但《たじ》馬《ま》国は朝倉郷（兵庫県養父市八鹿町朝倉）で見つかったのよ。それが株化されて、栽培品種のアサクラサンショウとなった。実が大きいので、江戸ばかりか、京や大坂でも人気が高いのじゃ」

源之丞が胸を張って説明した。誇らしげだった。棘のない雌株云々の話は、当然、知っていたが、敢《あ》えて口にしなかった。

「夕餉《ゆうげ》のときに、味わってみるがよい。味噌汁に少し入れても美味《うま》いゆえな」

源之丞の言葉に、数之進は大きく頷いた。

「はい。是非、食してみたく思います」

「他にはござらぬか」

桂次郎にふたたび促されて、手留帳に目を落とした。

「冬作の菜種は、麦よりも肥料代がかかります。そうであるにもかかわらず、力を入れておられる理由はなにゆえでございますか」

菜種は、中世までの荏胡麻《えごま》に代わり、近世に入ってからは近畿一円に普及した灯火用の油料植物だ。当初は畑地での種の直播《じかま》きだったが、享保年間に苗を仕立てて十一月に移植する技が確立されると、水田の裏作として畿内に急速に広がった。

玉池藩の領地は平地面積が狭く、山や湖に囲まれているため、わずかしか米が採《と》れない。おそらく自分たちで使用する分ぐらいしか、収穫できないだろう。裏作や狭い土地で作れる特産品に力を入れるのが得策と思われた。

「琵琶湖よ」

源之丞が鼻の穴をふくらませていた。アサクラサンショウのときと同じく、得意そうなのが見て取れた。わかりやすい御仁《ごじん》のようである。

「ははあ、なるほど。佐竹様のお言葉で、それがし、答えが見えました。琵琶湖で採れるヨシや藻草を用いれば、肥料代はほとんどかからぬのではないかと存じます」

「然り」

源之丞は自分の文机《ふづくえ》から領地の絵図を取って、数之進の前に置いた。

「琵琶湖のヨシ地には、個人の私有地以外に村の共有地があっての。刈り取りには口開け日（解禁日）を設けるなどして、厳格に管理されておる」

琵琶湖は、世界的に見ても二十ほどしかない稀少な古代湖のひとつであり、さらに他の古代湖にはない特徴をそなえている。千年以上もの間、京都に隣接して人間活動の影響を受け続けてきた点に我が国の特色があるのだった。

人間の手が入ることによってゴミや藻草が除去されて湖が浄化されるのは、人間にとっても湖にとっても悪いことではない。ヨシや藻草は菜種の栽培に使えるし、湖は美しさを保たれたうえ、悪臭を防げる。

数之進がよく口にする『自分よし、相手よし、世間よし』の三方よしだった。

「菜種の栽培に力を入れるのは、とても良い策だと思います」

調書で気になった点を口にする。

「このところ、菜種は値があがり続けております。江戸ではまだ幸いにも不足するまではいきませんが、京では信じられないほどの高値になっている由。言い値で買うしかない状況であるとか」

一瞬、場の空気が緊張した、ように感じられた。きゅっと胃の腑が縮み、痛みの前兆が起きる。

――玉池藩は菜種の高騰に、なにか関わりがあるのか？

源之丞と桂次郎に、さりげなく目を走らせた。

二

「さよう」

老藩士が答えた。

「京では、菜種油の高騰が続いておるようじゃ。持って行けば飛ぶように売れるとも聞いた。近頃は領地の村方でも使うようになっておるゆえな。魚油で充分なものを、贅沢《ぜいたく》が身についてしもうているのであろう。困ったものよ」

大きな吐息をついた。目を逸《そ》らしたように感じたが、気にしすぎだろうか。数之進はもうひとつの事柄を問いかける。

「桑の生産量が、増えております。水害に強い草であるため、琵琶湖周辺で育てるのに適しているからでしょうか」

二度目の気になる問いかけには、深い沈黙が返った。勘定方の部屋全体が、重い空気に覆われたのを感じた。

——桑は蚕《かいこ》を育てるのに使う。絹織物を得るのに必要な蚕の餌《えさ》だ。

だが、玉池藩では、絹織物は生産されていないはずだ。あるいは、これから特産品にしようという考えなのか。

——返事を躊躇《ためら》うのは、菜種よりも深い闇が隠れているためか？

数之進の疑問を、今度は桂次郎が受けた。

「今は領地近隣の蚕農家に、桑を売っておりますが、ゆくゆくは我が藩でも絹織物を特産品にできぬかと考えております。着物と言えば京でございますが、質の良い反物を生み出せれば京の問屋が買い求めてくれましょう。狭い領地をうまく活《い》かすには、智恵を振り絞るしかありませぬゆえ」

「僭越《せんえつ》ながら『桑は河泥《かでい》少なければ興《おこ》らず』と唐の諺《ことわざ》にもございます。長野殿のお言葉どおり、領地の特性を活かして桑を生産するのは、自然な流れであると存じます」

数之進が答えると、張り詰めていた場の空気がふっとゆるんだ、ように思えた。蚕の成育に欠かせない桑は、絹織物の生産に一役買っている。美しい絹を生み出すためには、汚く思える河泥が要るという教えだ。

数之進は胃の腑の痛みがやわらぎ、異様な緊張感が弱まったのを感じた。

——京における菜種の高騰と、桑の栽培は要注意か。

二人に見られるとまずいので手留帳には記さない。頭の隅に留めおいた瞬間、ちょうど終業の鐘が鳴る。

「ひとつ、みなに考えてもらいたいことがある」

五十前後の勘定頭が立ちあがった。

「領地では、水路が汚れて困るという訴えが出た。すでに襁褓《むつき》や汚れ物を洗った水などは、一カ所に貯《た》めておき、畑の水やりに使ったりしているが、それでも汚れるらしゅうてな。なにか考えはないかという国家老からの文が届いた次第」

目が数之進に向けられる。

「みなに智恵を振り絞ってもらいたい。二、三日中に答えを集める。生田数之進。妙案を期待しておるぞ」

お助け侍であるのを知っているような言葉が出た。素知らぬ顔で、数之進は神妙に畏《かしこ》まる。

「ははっ、役に立つ案を考えたいと存じます」

「では、本日はこれにて解散とする」

廊下を見た勘定頭の目が、来客らしき者にとまる。だれでも気になるだろう。あきらかに外国人の風貌をした長身の男が二人、上級藩士と思しき年嵩《としかさ》の男に案内されて書院に向かっていた。後ろには、三人の随行者もついている。

見られてもよい来訪者なのか、それとも、なにか手違いがあったのか。

――わたしが幕府御算用者であるのは、わかっているはずだが。

表情には出さないようにしたが、当然、気づいたに違いない。

「江戸家老・高山重冬《たかやましげふゆ》様自ら案内役を務めておられる客人は、『植物収集探検家《プラントハンター》』とやらでござるとか。公ではありませぬが、江戸での案内役は玉池藩が密かに仰せつかった由。おいでになるという知らせはございましたが、今日だとは思いませなんだ」

桂次郎が言った。

プラントハンターは職業的庭師であり、植物学や園芸に関する知識はもとより、鳥類学、動物学、地質学、測量術、そして、医学についてもある程度の知識はあるとされた。順応性に富み、現地の人々とうまくやっていかなければならないのは当然だ。人並み外れた粘り強さと忍耐力が必要な仕事でもある。

通常は三名ないし四名の欧州人に、百五十名から二百名もの随行者――通詞や護衛、荷物運搬人、料理人、召使いが付き添っているのだが、わずか三名が後ろについているだけだった。大名家への密かな訪問に百名単位の者が随行することはないだろうが、三人というのもまた、異例なように思えた。

そのうちのひとりは、おそらく通詞だろう。

「日時は、はっきりせなんだわ。ご家老は珍しい花木に通じておられるゆえ、こたびの話を受けたと聞いておる。殿は、口出しなさらぬお方じゃからの。我が藩は高山様の天下、逆らう者は……おっと、いささか口が滑ったわ」

源之丞は、桂次郎に目を投げられて話をやめた。老藩士の説明を信じるとすれば、玉池藩の政《まつりごと》を握っているのは高山重冬ということになる。しかし、わざと偽りを伝えることもあるため、鵜《う》呑《の》みにはできなかった。

終業の鐘を受けた時点で、ほとんどの藩士は退出したが、数之進たち三人と勘定頭だけは残っていた。

「ご家老様は花木に通じておられると仰《おっしゃ》いましたが、我が藩では珍しい花木を育てたりしているのですか」

数之進は訊《たず》ねる。杢兵衛の調書には、一行も記されていない話だった。

「うむ。殿もそうだが、ご家老自身、殊《こと》の外《ほか》、花木がお好きでの。谷中《やなか》や染井《そめい》、千駄《せんだ》木《ぎ》の植木屋と懇意にしておられるようじゃ。浅草諏訪町の中屋敷では、時折、持寄《もちより》展示会を催されている由。来月であったか。ハナショウブの展示会を行うと聞いた」

持寄展示会は、その名のとおり、自分が育てた花木を持ち寄る会である。武家だけではなく、町人も加わるのが多少、珍しいかもしれない。植木屋が品種改良した苗を売るために開催することもあるが、好事家《こうずか》による会も少なくなかった。

「ハナショウブはアサガオと同じように、奇花が出やすい種と聞いた憶えがございます。お許しいただけるのであれば、持寄展示会に足を運んでみたいと思います」

数之進の言葉を聞き、二人は同時に顔を見た。

「詳しいようじゃな」

源之丞の呟《つぶや》きを、桂次郎が継いだ。

「我が殿にお目通りする際、その旨、お伝えした方がよろしいかもしれませぬ。花木に詳しい藩士が国許に帰ってしまい、中奥や奥御殿の庭の手入れをする者が、いなくなってしまったのです。町方の職人も雇い入れているのですが、殿は剪定《せんてい》のやり方が気に入らぬと仰せになりまして」

「いや、それがし、剪定まではできませぬ。盟友の早乙女一角、小姓方に奉公した彼《か》の者であれば、承れるのではないかと存じます」

一角の名を挙げた。近頃は隠さぬようにして、堂々と密談の場を設けられるようにしている。盟友同士が庭の片隅で話をしていようと気にする者は少ないからだ。

「盟友と申す小姓方の者は」

源之丞が言った。

「新たなツツジの話を存じ寄るであろうか。キリシマツツジを元にして、品種改良している藩があるらしいのじゃが」

うがち過ぎかもしれないが、数之進と一角が密偵であるがゆえの問いにも感じられた。幕府に通じているため、表に出ない話にも詳しいのではないか。そんなふうにも取れたが、気づかぬふりをした。

「キリシマツツジは、染井の植木屋〈きり嶋屋〉で売られておりますが、さて、新たなツツジの話は、それがし、初めて耳にいたしました。どちらの藩で栽培されているのですか」

「久留米《くるめ》藩よ。我が殿は、新種の花木にご執心での。どこから聞いてくるのか、ようご存じなのじゃ」

新種を見つけ、育成して売ることができれば、一般に広まるまでの間、そこそこ稼ぎになる。藩を挙げての花木栽培が、玉池藩のめざす新しい商いなのだろうか。

――それゆえ、殿とご家老様が執着しておられぬのやもしれぬ。

これも頭に留めて受けた。

「さようでございましたか」

「もうひとつ、ツバキじゃ。真紅のツバキの花弁に、斑《ふ》の一種・白雲が入る花があるとも聞いた。まあ、わしの話は、すべて殿の受け売りじゃがの。いかがであろうか」

「花弁に白雲でございますか」

記憶を探ってみたが、浮かばなかった。

「それがし、聞いた憶えはありませぬ。町に出た折、ちと調べてみますゆえ、お時間をいただけまするか」

「むろんじゃ。お？」

と、源之丞は耳に手を当てる。中奥か、それとも奥御殿だろうか。華やかな笛と鼓の音が聞こえてきた。

「殿でござりましょう」

桂次郎が立ちあがる。

「生田殿。不束《ふつつか》ながら、それがしが屋敷を案内いたします。ちと驚かれるやもしれませぬが、殿のお許しは得ておりますゆえ、中奥から奥御殿へも入れます」

「よろしくお願いいたします」

数之進は、手留帳と矢立《やたて》を袖に入れて、立ちあがった。朝は緊張していて気づかなかったが、表の庭は見事なほど美しく仕立てられていた。

——一角は殿にお目通りできたであろうか。

日射《ひざ》しを受けて、花木は輝いている。数之進は桂次郎とともに廊下へ出た。香の薫りが漂っていた。

三

奥御殿の御座所には、高価な香の薫りが満ちみちている。早乙女一角は、赤堀豊前守正民への目通りを許されていた。

「面《おもて》をあげるがよい」

藩主の側近の小姓頭に言われて顔をあげる。名は近藤音三郎《こんどうおとさぶろう》、年は二十六、七。頭役を務めるには若いような気もするが、おそらく幼い頃より藩主の側《そば》にいたお伽衆《とぎしゅう》のひとりではないだろうか。一角の世話役であり、ここまで案内して来たのも音三郎だった。

〝驚くでないぞ〟

小姓頭から事前に言われた言葉が甦っている。あげられた御簾《みす》の向こうに座していたのは……文官の束帯《そくたい》姿をした若い藩主だった。一角は突然、源氏物語の時代に戻ったかのような錯覚に陥る。

藩主の装束は、季節に合わせた杜若《かきつばた》襲《かさね》だろうか。薄青と薄緑が混じったような正装をしている。ご丁寧に冠まで着けており、冠の下の髪型は武家侍のそれではないように思えた。

そして、正民の隣には十二《じゅうに》単衣《ひとえ》をまとった奥方が行儀良く座している。襲の色目まではわからないが、豪華絢爛《けんらん》であるのは間違いない。一角は言葉を失った。

「………」

ここは京の御所か。

上段の手前に控えていた音三郎と目が合った。

〝わかったであろう〟

というように、小姓頭は会釈で応《こた》えた。李兵衛の調書によると藩主の年は二十五。奥向きの話は伝わりにくいため、奥方の年まではわからないが、正民と同い年ぐらいではないだろうか。代替わりしたばかりらしく、並んだ様子はまさに一対《つい》の雛人形のようだった。

――殿は、なぜ、礼服の束帯姿なのか。

素朴な疑問が湧いた。非礼にあたるとわかっていながら、一角は夫婦雛のごとき二人を凝視していた。そんな様子を見て、ほう、という溜息まじりの感嘆が、藩主と奥方から洩れる。

「殿。これはまた、見目麗《みめうるわ》しき藩士でござりますなあ。直衣《のうし》が似合いそうでござります。武官の束帯姿であれば、さらによいかもしれませぬ。凛々《りり》しい五月人形になるのは間違いないほどの美丈夫《びじょうふ》。侍女たちが大騒ぎしていた理由を知りました」

奥方は、金銀綾錦《あやにしき》に彩られた煌《きら》びやかな扇を広げて囁《ささや》いた。一角は目や耳がよいので、はっきり聞こえた。

天皇家から嫁いだわけではなく、同じ近江国の小藩から嫁入ったと調書には記されていたが、今は御所の女君になりきっている。おすべらかしの黒髪は、まだ伸ばしている途中なのかもしれない。腰のあたりまでしかなかった。

「さもありなん。男の目から見ても、見惚れるほどに美しい。是非、武官の束帯姿を見てみたいものよ」

白い顔の正民は、なぜか、四兵衛長屋の彦右衛門を想起させた。のっぺりとした感じがよく似ている。

――殿の方がより妖怪に近いやもしれぬ。

などと意地の悪いことを思い、わずかに唇をゆがめた。

それをどう思ったのか、

「直答《じきとう》を許す、早乙女一角。余の問いに答えよ」

正民が言った。

「ははっ」

「音三郎の話では、そのほう、花木のことに通じておる由。中奥の御座所に飾られていた見事な立花《りっか》を活けたのは、そちか」

初期の頃の、花瓶に合わせた生け花を立花《たてはな》と呼び、その後、現れた花瓶の何倍もの大きさに花を活けることを立花と呼び習わしている。一角は派手やかな活け方が好きだった。

「は」

短く答えて、いっそう畏まる。香の薫りまでは許せるのだが、そこに白粉《おしろい》の匂いが混じると、けっこうきつい感じがした。廊下に面した障子戸を開け放せばいいものを、閉めきっているので匂いがこもる。強い薫りに噎《む》せ返りそうだった。

「華道はなかなかの腕前、活けられた花を見る楽しみが増えたわ。余はさまざまな趣味を持っておるが、庭造りもそのひとつでの。四季折々の景《けしき》を存分に味わえるように各屋敷を整えているのじゃ。ひとつ確かめたいのだが、そのほう、谷中や巣鴨の植木屋に、知り合いはおるか」

ずいぶんと具体的な問いを投げる。庭造りと言っても自分でやるわけではないだろう。あれこれ指図をするだけだろうが、気に入った景を生み出すには、手足となって動く優れた職人が必要になる。藩邸の庭を見る限り、素直な気質には感じられるものの、はたして、そのとおりか否か。

「おそれながら申しあげます。それがしの実父は、蚊帳《かや》や畳表《たたみおもて》を商う〈北川〉の隠居でございまして、別宅に植木職人を雇い入れております。彼の者に訊ねれば、殿の望む答えが得られるのではないかと思います次第」

わざと実父・伊兵衛の話を出した。面倒が起きたときには、世話好きな隠居にまかせればいいと思っている。口ではあれこれ文句を言うが、伊兵衛は息子に頼まれるのをけっこう楽しんでいるふしがあった。

「さようか。余は斑入りのツバキが、ほしゅうてな。手づるを使い、頼んでいるのだが、なかなか気むずかしいお方なのやもしれぬ。いまだ余の庭には、おいであそばされぬのじゃ。いかがであろうか」

ツバキを擬人化して訊いた。

「斑入りのツバキと申されましたが、色々とありまする。殿は、いかような花をお望みなのでござりまするか。吉田、曙、村雨、大飛入などなど……」

「詳しいではないか！」

正民は勢いよく立ちあがるや、上段から飛ぶようにして、一角の前に来た。いっそう強い香の薫りに包まれる。

——臭い。

ほどよく漂わせれば心地よい香も、すぎれば不快感となるが、こらえた。

「手に入るのか、斑入りのツバキが」

正民は屈《かが》んで顔を覗き込む。

「ここで明言はできませぬが、今、それがしが口にしたツバキであれば、おそらく手に入るのではないかと存じます」

記憶が確かであれば、伊兵衛の別宅の庭に植えられていたはず。裕福な隠居の庭には、あたりまえのように珍しい花木があるため、さして気にとめていなかったが、見憶えがあった。

「花を運ぶ際に用いる花簞笥《はなだんす》や、飾りつける花筒の良いものはどうじゃ。腕の良い職人を存じ寄るか」

さらに訊いた。

「は」

薫りがきつすぎるので、最低限の返答になる。思いきり吸い込むと咳《せき》が出てしまうかもしれない。それこそ非礼になるので懸命に我慢していた。

「さようか」

正民は言い、満足したように振り返る。

「音三郎。余のもとにも、ようやく花木に通じた家臣が現れたようじゃ。これで持寄展示会が開かれるたびに悔しい思いをしなくても済む、あ、いや、済むやもしれぬ」

告げて、ふたたび一角に目を向けた。

「金に糸目をつけぬ町人は、新たな花木を手に入れるのが早いのじゃ。ゆえに、余は彼の者たちの花木を見て、奇花や奇木を知る始末よ。いつか町人どもを驚かせてやりたいと思うているのじゃが」

力がぬけたように上段の端に座る。

「そのような日を望むのは、もはや、無理なのやもしれぬのう。知ってのとおり、我が藩は譜代小名よ。ご公儀に大坂へ行けと命じられれば、畏まりましたと従うしかない『鉢植え大名』じゃ」

口もとに苦い笑みが滲《にじ》んだ。

「花木に力を入れれば、まさに『鉢植え大名』と笑われるやもしれぬがな。これといった特産品もないゆえ、余と奥が玉池藩の名物になるしかないと思うた次第よ」

話が終わらないうちに、家臣がなにかを知らせに来た。音三郎に耳打ちして、すぐに出て行く。

「殿。客人がおいでになられたそうにござります。中奥の御座所へ、おいでくださいとのことでございます」

「ご家老様のご命令とあらば、まいろうではないか」

吐息まじりの言葉には、強い皮肉が込められているように思えた。うまくいっていないのか、微妙な緊張状態にあるのか。一角は心に刻み込む。

「わたくしも、お供いたします」

奥方がゆっくり立ちあがる。仰々しい装束では、たやすく移動できないのはあきらか。藩邸内の移動にも輿《こし》が要るように見えた。

「申しあげます」

音三郎が言った。

「殿は奥方様と、しばしお待ちくださりませ。侍女たちに申し伝えて準備させます。

さらに、もし、中奥に向かわれるのであれば、奥方様。付け毛をお忘れにならぬよう、お願い申しあげます」

遠慮がちな訴えに、奥方は「あら」と声をあげた。

「付け毛のことは、すっかり忘れておりました。いつもより頭が軽いとは思っていたのですけれど」

肩をすくめて座り直した。奥方の隣に、正民は戻る。

「いっそ客人を奥御殿に案内しては、いかがじゃ。珍しさに目を輝かせるのは確かであろう。ご家老様にお伺いせよ」

皮肉な口調のまま命じた。

「奥御殿に、でござりまするか」

音三郎は怪訝《けげん》な表情になる。

「僭越ながら、いつものように殿は廊下をお歩きあそばされるのが、よろしかろうと存じます。奥方様は輿をご利用ください。侍女たちを随《したが》えた平安絵巻行列は、見ごたえがござりますので」

やはり、輿を使うようだ。

「念のため、高山にいつも通りでよいか確かめよ。ここで問答しても仕方あるまい」

決定権は家老にあると明言した。

「承知いたしました」

「早乙女一角」

正民に呼ばれて、畏まる。

「ははっ」

「そちも武官の束帯に着替えて、余の先触《さきぶ》れを務めよ」

「………………」

一瞬、返事に詰まったが、

「心得ました」

仕方なく答えた。

――殿は軽口のように仰せあそばされたが、もしや、これは本当に玉池藩の『特産品』のひとつなのか？

贅を尽くした平安貴族の装束は、藩の宣伝に使えるし、接待場所として藩邸を提供すれば、いくばくかの金子を稼げる。

そこまで考えて自嘲した。あまりにも途方もない考えだと思ったからだ。いずれにしても、武官の束帯など着けたくなかった。

「早乙女一角。それがしと別室へ」

「ははっ」

音三郎に促されて、渋々従った。

四

中奥の廊下は、平安絵巻の様相を呈していた。

「…………」

数之進は驚きのあまり、二の句が継げなかった。同役の桂次郎に連れられて中奥に来たのだが、いっそう香の薫りが強まったのを感じている。御座所の様子を見に行った後、庭に降りたとたん、笛の音が響き渡ったのだ。

——一角ではないか。

藩主と思しき者の先触れ役を、一角が務めていた。武官の束帯姿で冠《かぶ》を被り、蒔絵《まきえの》弓《ゆみ》を携えていた。我が友ながら惚れぼれするほどの男ぶりに、数之進は内心、誇らしさを覚えている。後ろを歩く文官束帯姿の者は、おそらく藩主の正民であろう。一角よりも豪華な装束なのに、かすんでしまっていた。

さらにその後ろには、女房装束を着けた六人の侍女が、輿とともにゆっくりと歩いている。ひとりは笛の名手らしく、歩きながら吹いていた。そして、輿を担いでいるのは小直衣姿の二人の藩士だったが、これは侍女に担ぎ役は無理だからだろう。特別に奥御殿への出入りを許されたようだ。

尋常ならざる事態に気づき、先程、姿を見た二人の外国人もまた、三人の随行者と庭に降りて来た。

二十代なかばぐらいの若い男と、年嵩の方は五十前後だろうか。辺り構わず大声をあげているのは、感動のあまりに違いない。叫ぶ言葉は理解できないものの、顔を真っ赤にして興奮しているのが見て取れた。

家老の高山重冬は、書院の前で行列の到着を待っている。

――平安絵巻行列は、金子が相当かかるに相違ない。

数之進は思った。ともすれば初めて見る行列に、つい魅入《みい》ってしまいそうになる。が、お役目のことを考えて冷静になるよう努めた。そもそも、なんのためにやるのか。たかだか一万石の譜代大名家に、こんな贅沢をする余裕はないはずだ。

――客をもてなすためとは、とうてい思えぬ。

ちらりと隣の桂次郎を見たとき、

「平安絵巻行列は、我が藩の『特産品』でござる」

心を読んだような答えが返った。

「ご家老様が考えたことでござってな。前殿《さきのとの》が京の御所の暮らしぶりに、尋常ならざるほどに憧れておられたため、それならばいっそとなった由。大切な客人が訪れるときは、あのように派手なお出迎えになりまする。ここだけの話でござりますが、上様もお忍びで、おいでになられました」

桂次郎は、顎《あご》で行列を指した。将軍が訪れたというのに、なんとなく醒《さ》めた表情をしているように見えた。他の藩士たちも見慣れているからなのか、特に感動した様子はなかった。

「藩邸を接待の場として、貸し出すのでございますか」

数之進は訊いた。

「さようでござる。はじめは、かような考えはなかったのでござるが、少しずつ話が広まっているのでござろう。玉池藩で客人を接待したいという相談も寄せられるようになり申した。先月は二件ほど、見物を兼ねた訪れがありました次第」

客人を接待、藩の特産品、藩邸を貸し出すと思い浮かべて、ふと閃《ひらめ》いた。

「装束は貸し出さないのでございますか」

藩主が着て楽しむだけでは、もったいないように感じられた。他になにか使い途《みち》はないものか。そう思った瞬間、千両智恵の出番になったわけである。

意味がわからなかったらしい、

「え？」

桂次郎は疑問を返した。

「訪れる客人の中には、文人や武人の束帯を着けてみたいと思う方がいるやもしれませぬ。装束を貸し出して、一日、平安貴族の優雅な時を過ごしていただくという楽しみ方もあるのではないかと思いまして」

閃いたことを告げただけなのだが、桂次郎は驚きを隠せないようだった。目を大きくみひらいていた。

「なるほど。かような楽しみ方があるとは、それがし、思いませなんだ。『装束を貸し出して、一日、過ごしていただく』でござるか」

噛みしめるように一部を繰り返して、笑みを浮かべた。

「生田殿は面白いことを申される」

笑うと驚くほど親しみやすい顔になる。よそよそしい雰囲気が消えて、少し心が近づいたように思えた。

「香や装束にかかる費用が頭をよぎりまして、もったいないと思うただけのことでございます。苦労性と貧乏性でございますゆえ」

「今の案でござるが、殿に提言してもかまいませぬか」

功労者と思しき家老ではなく、藩主への提言となったのは、家老への反撥心《はんぱつしん》からだろうか。数之進はすぐに同意した。

「はい。あれだけの装束をたまにしか使わぬのは、着物や冠にとっても不満ではないかと存じます。物にも魂が宿ると申しますので、彼の者たちが得心するほどに着古してやるのがよろしいのではないかと存じます」

「変わったことを」

そう言いかけて、桂次郎はやめた。面白いと言った後では、非礼になると思ったのかもしれない。

平安絵巻行列は、書院の前で止まっていた。輿から出た奥方の十二単衣や長い黒髪を、数人の侍女が後ろで持ちあげた。助けないと重すぎて歩けないのだろう。しずしずという動作は、不便な装束がもたらすものだった。

「あの長い御髪《おぐし》のお手入れは、大変そうでございますね」

思わず出た言葉を、桂次郎は笑って受けた。

「すべて本物の髪の毛ではござらぬ。付け毛でござるよ。一番大変なのは衣装の手入れでござってな。梅雨《つゆ》から夏にかけては、伏籠《ふせご》に袍《ほう》や袴を広げて香を焚《た》きしめるのですが、回数が増えます。なれど生田殿が言われた通り、香も安くはありませぬゆえ」

「確かに」

表まで香の薫りが流れて来るのはすなわち、相当量、使っているという証に他ならない。玉池藩の藩邸は、そこかしこに京の薫りが満ちていた。

「まいりましょうか、生田殿。われらも書院の廊下に控えるよう、ご家老様に申しつけられました」

「ご家老様が」

すぐに湧いた警戒心を抑えつける。中奥の庭に集まっていた藩士たちは、三々五々散って行った。宴《うたげ》で客人をもてなすに違いない。支度《したく》を手伝うためだろう、藩士はみな大台所の方に向かっていた。

数之進と桂次郎は、藩主夫妻が書院に入って、客人のすべてが座に落ち着くまでの間、庭に控えている。随って来た六人の侍女は、それぞれ廊下に座していた。書院に一角の姿を見て、不安や警戒心が軽くなる。

上段の手前に家老の高山重冬、小姓頭と思しき若い藩士、そして、友が並んでいた。

藩主夫妻と向き合う形で、二人の外国人と三人の随行者が座っている。

ふと随行者のひとりと目が合った。

——え?

向けられた時が、なんとなく長いように感じられた。存じ寄りの者だろうか。なんとなく見憶えがあるような……と思ったが思い出せない。年は四十前後、これといった特徴のない顔立ちであるため、記憶に残らなかった可能性もある。

なにか合図があったのか、

「あがります」

桂次郎に言われて、数之進は廊下にあがる。短い挨拶をして廊下に畏まった。二人の外国人は上段の藩主夫妻や、廊下に並ぶ十二単衣の侍女たちを、まじまじと見つめている。時折、通詞になにか訊ねては、得心したように頷いていた。

「玉池藩へのご訪問、歓迎いたしまする」

家老の重冬が、藩主より先に挨拶をした。

「洩れ伝え聞いたところによれば、上様に外国《とつくに》の珍しい花をご献上なさりたい由。文が届いた時点で、ご老中に可否をお訊ねいたしました。今月中には、許可がおりるはずでござる。しばしお待ちいただきたく存じます次第」

年は五十前後、顔には皺やシミが少なく、声にも張りがあった。小柄だが、がっしりとした身体つきの持ち主で、整った怜悧《れいり》な顔立ちが印象に残る。見た目通り、剃刀《かみそり》のように切れる男なのかもしれない。数之進は、のしかかるような家老の威圧感に、早くも圧倒されていた。

通詞が訳して、二人の外国人に告げる。家斉への献上花となれば、公にしてもよさそうなものだが、極秘裡《ごくひり》に動いている点が解《げ》せない。だいたいが植物収集探検家は、きちんと筋を通さなければ日本には入れないはずだ。

——つまり、家斉様が許したのか。

あるいは、非公認の訪問は、けっこう頻繁に行われていることも考えられる。一般には知らされないだけかもしれなかった。

年嵩の外国人は、頷きながら通詞に何枚かの紙を手渡した。通詞から家老に渡り、見たうえで藩主の手に渡る。ちらりと見えたのは、花らしき絵だった。

「これは」

正民の顔に、当惑と困惑が浮かんだ。もう一度、家老に戻して、問いかける。

「わかるか」

「さあて」

首を傾《かし》げた重冬を見て、通詞が口を開いた。

「サクラの図譜のようでございます。それが載っている書を手に入れたいと言うているのですが、見つからず、難儀しているようでございまして」

「おそれながら、ちと拝見いたしたく存じます」

一角が堂々と申し出た。数之進であれば、場の雰囲気に呑まれてしまい、なかなか口にできなかっただろう。重冬が頷いたのを見て、一角が家老ににじり寄り、もとの場所に戻った。

「おそれながら、申しあげます」

紙を見た友は、畏まって言上《ごんじょう》する。

「申せ」

正民の許しを得て答えた。

「は。それがし、見た憶えはあるのでございまするが、書物の名までは思い出せませぬ。もしかすると、我が友、勘定方の生田数之進であれば、わかるやもしれませぬ。確かめてもろうても、よろしゅうございまするか」

「はて、生田数之進とな」

廊下に目を向けた正民を、今度は桂次郎が受けた。

「それがしの隣に控えておりまする、殿。勘定方に新しく入った藩士にございます」

「ふむ」

即答を避けた藩主を重冬が継ぐ。

「渡すがよい」

一瞬、間が空いたのは、一角の躊躇いと思われた。藩主の許可を得なくてもいいのかと、普通は思うからである。

「よきにはからえ」

「ははっ、ありがたき幸せ」

正民の返事を聞き、一角は数之進のところに来た。廊下に座していた侍女たちから小さな溜息が洩れる。ひとりひとりの溜息は小さくとも、六人同時となれば、場の空気に変化が出る。

友の美しさに、みな目を奪われていた。

五

「拝見いたします」

数之進は恭《うやうや》しく受け取って紙片を見る。すぐに書名が甦った。

「それがしは一度、見ただけでござりますので、定かであるか否かは断定できかねます。なれど、サクラの図譜であるならば、これは、おそらく『花壇綱目《かだんこうもく》』ではないかと存じます」

答えると、すぐに通詞が訳して伝える。おお、と、喜びをまじえた声が、外国人たちからあがった。

ふたたび通詞になにかを訊ねた後、

「新たな問いが出ました。生田殿におかれましては、『花の鑑《かがみ》』と呼ばれる書物はご存じありますまいか」

その問いに頷き返した。

「存じております。寛政の改革の折、ご老中として執政なされた松平越中守定信《まつだいらえっちゅうのかみさだのぶ》様が、やはり、サクラの図譜を纏《まと》め始めていると伺いました。なれど、まだ、書物としては刊行されていないと思います」

松平定信は、八代将軍吉宗の孫であり、名君として領地の民にも慕われている。彼は御三卿《ごさんきょう》——尾張、紀伊、水戸の御三家に次ぐ田安《たやす》、一橋《ひとつばし》、清水《しみず》の三家の一卿・田安家に生を受け、幼少の頃より頭脳明断であったとされた。それを疎《うと》まれたのか、出自の良さを含めて嫉《ねた》まれたのか。

時の老中・田沼意次《たぬまおきつぐ》が発した将軍の命として、奥州白川藩の養嗣子になった。次期将軍になれる家柄と器でありながら、奥州に追いやられたわけである。

白川藩の家督を継いでまもなく、浅間山の噴火による凶作、天明の飢饉を迎えたが、定信はよくこれに対処し、自国からひとりも餓死者を出さなかったと伝えられている。その才覚を評価されて、寛政の改革を断行したのだが……厳しすぎたのかもしれない。

今は風雅の道に親しんでいるという噂だった。

「どのような書物でござりまするか」

通詞が訳しながら訊いた。

「松平越中守様は、ご自身の屋敷に珍しいサクラを集めておられる由。別邸の『春秋園』や『浴恩園《よくおんえん》』に植えて愛《め》でられていると伺いました。ご自身で楽しむだけでは、もったいないとお考えあそばされたのかもしれませぬ。親しい画家の方に、描かせているようでございます」

一語一語、選びながら慎重に答えた。

数之進は、松平定信を密かに敬愛していた。寛政の改革は失敗したように言われているが、その原因を作ったのは、だれあろう徳川家斉に他ならない。贅沢奢侈《しゃし》を禁じながらも改めようとしない将軍に勅言した結果、定信はお役ご免になったというのが通説だ。

——鳥海様は、内々に定信様と連絡を取り合っておられるやもしれぬ。

あくまでも数之進の考えだが、鳥海左門と松平定信は似ているところがあるように思えた。両者ともに命懸けでお役目に臨んだ結果、はからずも家斉と相対せざるをえなくなったが、左門にしてみれば仇敵・松平伊豆守信明に対抗するためには、強力な後ろ盾が必要になる。

密かに協力し合うのは、自然な流れのように思えた。

「豊前守様」

通詞が、改まった口調で告げた。

「お二人は、松平定信様の別邸を訪問できぬかという仰せです。無理だとお答えしたのですが、いかがでござりましょうか」

「重冬」

正民は即座に答えを譲る。決定権がないことを示しているように感じられた。

「さあて、難問でございまするな。それがし、松平越中守様に繋《つな》がる伝手《つて》がございませぬ。特に職を辞されてからは、御城への出仕も最低限にしておられるとか。なかなかお目にかかれませぬゆえ」

「佐竹源之丞はいかがじゃ」

藩主の正民が、老藩士の名を出した。

「かつては留守居役を務めたこともある。余は、頼りにしておるのだが、近頃は腰が痛い、肩があがらぬと言うて、隠居したも同然の様子でな。寂しい限りよ」

かなり私的な一面を覗かせた。佐竹源之丞は、留守居役と勘定方、さらには他の役目も兼任していたのかもしれない。江戸家老に遠慮して隠居という形を取っていることも考えられた。

案の定と言うべきか、

「佐竹殿でございまするか」

重冬は渋面になる。敵対関係なのか、対立程度の反目なのか。藩を二分するような諍《いさか》いは、避けるのが得策だろう。佐竹源之丞はさまざまな事情を慮《おもんぱか》って、自ら退《しりぞ》いたのかもしれなかった。

「もうひとつ、よろしゅうございますか」

通詞が割り込んでくる。

「申せ」

正民に促されて、答えた。

「シャクヤクでございます。花の栽培法や実生法、さらに図入り花形・花容・草姿などを論じ、花の良《よ》し悪《あ》しの品評論が記された図譜、これは書物やもしれませぬが、あるらしいとの話です。いかがでござろうか」

通詞の目は、まっすぐ数之進に向けられていた。口調も途中から下級藩士へのものになっていた。次から次へと持ちかけられる難問に、二人のプラントハンターの我儘《わがまま》が見え隠れしている。

──家斉様へのお取り次ぎを担う玉池藩は仲介役か。それにしても、いささか質問が多すぎる。

なにかを隠すために、矢継ぎ早の質問をしているのではないか。疑問はあったが、胸に秘めた。

「おそれながら、申しあげます」

数之進は畏まって続けた。

「寛政元年（一七八九）に、白蝶翁なる人物が書いたとされる『芍薬仕立一件』が、お訊ねのものではないかと存じます。シャクヤクはなにより品位が大切と説《と》き、十段階に分類し、『芍薬十徳』とした由。ただし、書物ではなく、写本ではないかと存じます。手に入れるのは、なかなかむずかしいやもしれませぬ」

できるだけ正確に伝えるよう心がけた。求める者が多ければ書として売り出されるが、趣味的な色合いの強いものは、写本しか手に入らなかったりする。通詞の説明を聞き、外国人たちの表情に落胆が滲んだ。

諦《あきら》め切れなかったのか、

「ユリは、手に入らないでしょうか」

通詞がさらに新たな相談事を口にする。

「欧州には、小輪多花性の、ええと、マルタゴン・リリーとやらがあるのみで、我が国のカノコユリやヤマユリのように巨大輪で美しい花は、ないようでございましてな。憧れ中の憧れであるとか」

欧州産のユリは、名前を憶えられなかったのだろう。途中で紙片を見て確かめた。話している最中にも、若い外国人がかなりの早口で喋《しゃべ》り続けている。待てまてと通詞は手で止めて、急いで紙片に訳した内容を書いた。

「彼が申しますには、知人のプラントハンターが、以前、我が国に来た折、何種かのユリを持ち帰ったようでござってな。発芽させようとしたらしいのでござるが、花木の渡航は思いのほか大変である由。発芽しなかったようでござる」

植物収集探検家ではなく、外国語の表現になっていた。やりとりが退屈だったに違いない。上段に座した藩主は、船を漕《こ》ぎ始めている。奥方も隣で目を閉じたままだが、背筋をぴんと伸ばして姿勢だけは保っていた。

「ええと、ヤマユリの変種、これは名がわからぬのでござるが、間違いなくあるとか。ご存じでござりましょうか」

通詞は外国人の話を聞きながら訊いた。もはや、紙片に書きとめる暇がない。矢継ぎ早の質問をその場で訳していた。

「殿。今の問いには、それがしが答えても、よろしゅうござりまするか」

一角が訊ねると、はっとしたように正民が目を開けた。

「苦しゅうない。よきにはからえ」

「は」

畏まって、一角は答えた。

「お訊ねの儀は、紅筋ではないかと存じます。幸いにもユリは、これからが季節。夏までご滞在できれば、実物をお目にかけられると思います。知り合いの別宅は、ユリの種類が豊富でござりますゆえ」

別宅とは言うまでもない、伊兵衛が主の家だろう。数之進も何度か訪れたが、できるだけ自然な風景というのが、好みであるに違いない。苔《こけ》などをうまく配して、さりげなく金をかけていた。

おお、と、二人の外国人は感嘆の声をあげる。通詞に話しかけたのを見て、家老の重冬が言った。

「そろそろ宴の時刻でござる。広間に案内いたしますゆえ、ご相談の続きはそのときに」

うんざりしているのが、表情に出ていた。家老ならずとも相談事が多すぎると思うに違いない。廊下に居並ぶ十二単衣姿の侍女たちは、度々扇子を取り出して顔を隠していた。欠伸《あくび》を嚙み殺しているのは確かだった。

「生田数之進」

家老の重冬に呼びかけられる。

「ははっ」

「彼の者たちの問いに答えられるのは、そのほうしか、おらぬようじゃ。早乙女一角であったか。彼の者と二人揃って宴に出るがよい」

「心得ました」

答えて、いったん桂次郎と一緒に庭へ降りる。とにかく平安絵巻行列は、移動するだけで大騒動だ。二人の外国人はひと足早く、三人の随行者と書院を後にする。数之進が気になった男は、目を向けることなく広間へと歩いて行った。

——見憶えがあるように思えたが、勘違いやもしれぬ。

他人のそら似と相手も思ったのではないだろうか。一瞥《いちべつ》もしなかったのが、勘違いという証なのかもしれなかった。

「数之進」

一角が、廊下に出て来る。顎を動かした合図は厠《かわや》の密談だろう。広間へ行く前に、なにか話があるようだ。

「長野殿。それがし、ちと用足しにまいります」

数之進の申し出に一拍、間が空いた。

「わかりました。では、先に広間へ行っております」

世話役としては、監視の目をゆるめたくなかったのだろうが、厠への同道を口にするほどの熱意と度胸はなかったようだ。桂次郎と別れて中庭を進み、厠に近い場所の廊下にあがる。平安絵巻行列が動き出すには、まだかなり間があるはずだが、先触れ役の友はなるべく早く戻らなければならない。

すぐに一角が来た。

「なにかあったのか」

数之進の問いに、友は袍の袖から小さな紙片を出した。

「おまえのそばへ行ったとき、侍女のひとりが袖にこれを入れたのじゃ。まだ読んではいないのだが」

厠近くに置かれていた行灯《あんどん》のそばに行く。数之進も横から覗き込んだ。

「恋の歌であろう。みな、おぬしに見惚れていたゆえ」

茶化したが、友は笑わなかった。

「とんでもない恋の歌よ」

読んですぐに手渡される。数之進は訝《いぶか》しげに眉を寄せながら、いっそう行灯に顔を近づけた。

〝侍女がひとり、神隠しに遭いました〟

驚くべき内容が記されている。

「…………」

藩邸《ここ》でも神隠し騒ぎが、起きているのか？

数之進は、友としばし無言で見つめ合っていた。

第三章　神隠し騒ぎ

一

数之進と一角が、番町の鳥海家を訪ねたのは、五日後の未明だった。外はまだ暗く夜は明けていない。それでも下男や女中が、音もなく廊下を行き交っている。女主となった冨美の前掛けだろう、みな刺し子の前掛けを着けていた。

「藩邸の神隠し騒ぎは、どうやら真実《まこと》のようでございます」

一角が口火を切る。行灯の明かりが、障子を閉めた奥座敷をほのかに照らしている。人がいないかのような静けさに覆われていた。

「いなくなった女子の年は十六。奥御殿の侍女の中でも、ひときわ美しかった由。雪のように白くなめらかな肌をしていたようで、京から取り寄せている白粉《おしろい》が要《い》らないと評判になったほどだとか」

ひと呼吸置いて、続けた。

「夜、床についたときはいたようなのでございますが、朝、起きたときにはいなくなっていたそうでござる。あくまでも推測だと前置きしたうえで、相部屋だった女子が話してくれました」

侍女の言葉として告げた。

〝たぶん深更、厠へ行ったのだと思います。何刻頃かまではわかりかねますが、出て行った気配は、うすぼんやりと憶えております。ただ、戻って来たかどうかは自信がありません。寝入ってしまいましたので〟

そして、起きたときには奥御殿から侍女がひとり、消えていた。

〝上屋敷の隅から隅まで、藩士たちと一緒に探したのでございますが見つかりませんでした。湯殿や厠、物置や藩士の方々の長屋まで探したのですが……ええ、もちろん実家にも知らせました〟

裕福な町家から行儀見習いとして奉公した自慢の娘は、両親やきょうだいが住む家にも戻っていなかった。

「それは、いつのことなのか」

左門の問いに、友は答える。

「四月十日前後だったと話しておりました。身の回りの品は残されたままだったとか。小袖や帯、小物類は上等な品ばかりだそうで、両親の申し出により、すべて実家に返されたとのことでございました」

奥座敷にいるのは、数之進と一角、鳥海左門、村上杢兵衛、頭格の三宅又八郎と新参者の金森正也の総勢六人だ。冨美との暮らしを考えての配慮かもしれない。左門は去年、広い屋敷を求め、屋敷替えを願い出て番町に引っ越していた。

そう、『番町の怪』が起きたまさにその地である。

――たまたまなのだろうか。

数之進は、これも少し引っかかっていた。謎めいた武家夫人と思《おぼ》しき者は、お歯黒をしておらず、侍女をひとりともなっていた。

〝道に迷ってしまい、難儀しております。本郷へ行く道を教えていただけませぬか〟

と、訊ねられたが恐ろしくなって、数之進は逃げ出した。一角と件《くだん》の場所に戻ったとき、落ちていたのは冨美が作ったという前掛けだ。下の右角に『冨』の一文字が刺繍されていたことから、見た瞬間に自分のものだと断言している。

――罠やもしれぬ。

幕府御算用者を陥れるために仕掛けたのではないか、手を引けという強い警告ではないのか。どう考えても良い兆《きざ》しだとは思えない。不吉な胸騒ぎが、おさまらなかった。

――本郷を口にしたのも気になる。

左門に話してみようか、いや、これはさすがに考えすぎだと自分に言い聞かせて、どうにか日々を繋いでいた。

「惚れた男と駆け落ち、ぐらいしか浮かびませぬな」

李兵衛は言いながら苦笑いしている。一角が口を開きかけたのを見たからだろう。案の定、友は即座に頭を振った。

「彼の女子は、四月朔日《ついたち》から奉公したばかりでござる。玉池藩の事情を知ったうえのことだとか。十二単衣を着たいがために奉公先を決めた由。艶《あで》やかな唐衣《からぎぬ》に初めて袖を通したときは、喜びに頰を染めていたそうでござる。惚れているのは男ではなく、十二単衣ではないかと」

おそらく数之進と同じように、いやな気配を感じ取っているに違いない。真剣な目には、神隠し騒ぎへの気持ちが浮かびあがっていた。自ら消えたのか、だれかに連れ去られたのか。背後にいるのは神ではなく、鬼ではないのか。

もしや三人はすでに、と、そこまで考えて打ち消した。どうも暗い方にばかり気持ちがいってしまう。

「わかっているだけでも、すでに三人か」

左門は言い、又八郎に目を投げた。

「だれが一番先だったのであろうな」

「それがしの調べでは、最初にいなくなったのは、新宿の旅籠《はたご》にいた看板娘ではないかと存じます」

一度、調書に目を落として続ける。

「旅籠の娘の年は十五。次が生田殿の元を訪れた薬研堀の薬屋〈三ツ目屋〉の看板娘で年は十五。三番目が、十二単衣の侍女で年は十六。もしかすると、〈三ツ目屋〉の娘と十二単衣の侍女は同時期かもしれませぬ。三人とも年が近く評判の美人であるのが、どの神隠し騒ぎでも同じでございます」

「〈三ツ目屋〉の主、作左衛門だったか」

左門も手元の調書に目を向けた。

「大屋の彦右衛門に確かめたが、あれ以来、作左衛門は四兵衛長屋には姿を見せておらぬようじゃ。お助け侍のもとに日参するのではないかと思うたがな。相当、深刻だったようではないか」

　今度は数之進に問いかけの眼差《まなざ》しを向ける。頷《うなず》き返して、答えた。

「はい。取りすがらんばかりでございましたが、人探しは奉行所のお役目と突き放しましたので、諦めたのやもしれませぬ。胸が痛みます」

「調べ始めてはいるが、今はまだ、公にはできぬ。騒ぎが大きくなれば、動きにくくなるのは必至。致し方あるまい」

　場が沈んだと思ったのか、

「数之進より出された玉池藩の調書でございまするが」

　杢兵衛が話を変えた。

「京における菜種の高騰を口にしたとき、勘定方の場の空気が緊張したように感じられたとか。それが、ちと、引っかかりました次第。はっきり『おかしい』とわかるほどの変化だったのかどうか」

　自身の鈍さを示すような発言に、一角は皮肉な笑みで応えた。

「村上様、愚問であると存じます。数之進の感覚は、常人のそれではありませぬ。われらには気づかぬ小さな変化をとらえるのが特技。実際のところ、数之進に『おかしい』と呟《つぶや》かれても、なんのことやら、さっぱりわからぬではありませんか。村上様が真似ようとしても無理でござります」

揶揄《やゆ》するような言葉に渋面を返した。

「われらではない、わからぬのは一角だけじゃ。なれど、確かに愚問だったやもしれぬ。そうそう、他にも似たような話があったな」

慌て気味に調書の丁を繰り始める。数之進は先んじて言った。

「はい。桑の生産量が増えているのを口にしたときです。さらに深い沈黙が、部屋に広がりました。ご存じのように桑は蚕を育てる餌として使います。あるいは、絹織物を藩の新たな特産品にするべく、まずは蚕の餌となったのやもしれませぬが」

「が、引っかかる、か」

左門が継ぎ、目をあげる。

「『京における菜種の高騰と、桑の栽培には要注意』とある。杢兵衛、まずは菜種のことじゃ。京においては今も高騰しておるのか」

杢兵衛に確かめた。

「は。日に日に値があがっておりまする。四月に入ってからは特に著《いちじる》しく、三月の二倍、いや、三倍ほどの高値になっておるやもしれませぬ」

「三倍でござるか」

一角が代表するような驚きを発した。数之進は自分の手留帳を確かめてから、杢兵衛を見やる。

「江戸や大坂の菜種の値は、高騰しておらぬのでございますか」

「あがってはいるが、京ほどではない。江戸は年明けに示した値のままじゃ。さて、大坂は、と」

目を調書に近づけて言った。

「あがっておるが、江戸とほとんど変わらぬ。我が国全体を調べたわけではないが、京が最高値やもしれぬな。玉池藩は売れば売るほど利益が出るのは間違いない。なれど、菜種の確保がむずかしいのではあるまいか。品不足よ」

値を吊りあげるために、京へ送る菜種を大坂へ送ったのではないか。意図して行ったのであれば、幕府によって厳しく取り締まられるのは必至なのだが……。

——裏に『あのお方』がいるとしたら？

浮かんだ名を遠くへ追いやる。

「絹織物の生産などについては、藩邸の帳簿、あるいは村々の郷帳や明細帳には載っておらなんだのか」

左門が問いかけた。

「絹織物の生産に取り組んだ件は、ございませんでした。あるいは、裏帳簿があるやもしれませぬ」

無意識のうちに、語尾に「が」をつけなかった。平安絵巻行列を見る限り、京の呉服問屋となんらかの繋がりがあるように思えた。桑の生産量が増えていると口にしたとき、菜種のときよりも深かった沈黙が気になってもいた。

「裏帳簿か」

左門の目顔を受け、数之進は畏まる。

「あるとしたら、中奥か奥御殿ではないかと存じます。中奥の御座所には、限られた藩士しか出入りできませぬゆえ」

「引き受けた」

一角が答えて、左門を見た。

「それがしが、調べてみます。文を袖に入れた侍女に、今一度、あたってみようと思います次第」

「待て、ひとつ、確かめておきたい」

杢兵衛が口をはさんだ。

「文を一角の袖に入れた侍女と、神隠しに遭うた者と相部屋の侍女は、別人なのか」

「は。別人にございます」

「話が戻るやもしれぬが、『番町の怪』では、謎の武家夫人が『本郷』へ行く道を訊ねた由。わしは、これが気になってならぬのだが」

左門の疑問に、数之進は同意する。

「それがしもでございます」

おそらく上司も、数之進が思うところの『本郷』に住む者を察したに違いない。非常に厄介な相手だった。

「考え過ぎやもしれませぬが、本郷に藩邸を構えているのは、昔から例の噂が出ては消えの大名家。菜種の件や桑の栽培についても、玉池藩に助言しているやもしれませぬ。裏にいるのは『あのお方』だけではないかもしれませぬ」

「うむ」

「これはまた、いつもどおり、二人だけが通じおうておる様子。例の噂が出ては消えの大名家というのは、なんのことやらわかりませぬ。われらは『蚊帳《かや》の外』でございますな、村上様」

すかさず一角が言った。目顔の以心伝心とも言うべきものが、時々、数之進と左門の間に起きる。それを友は『蚊帳の外』と表現していた。

「ええい、何度も同じ返事をさせるでない。わかっておらぬのは、一角だけじゃ。わしはすべて理解しておるわ」

「そういうことにしておきましょうぞ」

笑った一角を、新参者の正也が受けた。

「ご安心くだされ、早乙女殿。わたしもわかりませぬ。『蚊帳の外』に仲間入りのようですが、お頭はいかがでござりまするか」

「わかっておるわ。あたりまえではないか」

と、又八郎はわかっていない顔をして堂々と答えた。何度目かの笑い声がひびいた後、李兵衛が空咳《からぜき》で窘《たしな》めた。

二

「次、花木のことについて」

李兵衛は話を進める。

「豊前守様と家老の高山重冬は、新種の発見や育成に執着しておる由。花木栽培も藩の特産品にしようというお考えなのであろうか」

「どちらとも言えませぬ。はっきりしているのは、家老の高山様は殿を軽んじている傾向がなきにしもあらず。一角も同様の意見にござりました」

数之進の答えに、友がすぐさま同意する。

「さよう。殿のお返事を待たねばならぬ場面であるにもかかわらず、高山重冬が答えたりしておりました。ちと気になりました次第」

厠の密談や、夜、あてがわれた藩士の部屋で話をしていた。盟友として奉公したことで、動きやすくなっているのは事実だろう。数之進は引っかかっていた疑問を口にする。

「玉池藩に来たプラントハンターとやらのことですが、鳥海様のお耳には届いておりましたか」

念のための確認が出た。

「いや」

左門は小さく頭を振る。

「松平越中守定信様もまた、与《あずか》り知らぬことだと仰せになられた。おそらく上様のお考えではないか、となっ、言うておられた」

この答えに、数之進は小さな驚きを覚えた。配下たちの前で、ここまではっきりと松平定信の名を口にするのは、おそらく初めてだ。一角たちも同じだったのではないだろうか。みな一瞬、黙り込み、深呼吸したような感じがした。

それは安堵だったのかもしれない。

数之進も、ふっと楽になったのを感じた。

「手留帳をもとにして調書に記しましたが、ひとり、気になった者がおります。プラントハンターに随行してきた三人のうちのひとりでございまして、年は四十前後、これといった特徴のない顔立ちの男でございます。目が合った瞬間、やけに長く見つめられましたのが引っかかりました」

「世話役を務めた玉池藩の藩士ではないのか」

左門の問いかけに答えた。

「違うと思います。催された宴の後、三人とも外国《とつくに》の者たちと帰りました。随行者は、どこのだれなのか。特に気になるのが、今、申しあげました男。なんとなく引っかかっておりますが、もうひとりは通詞であると存じます」

「通詞となれば、天文方《てんもんかた》じゃ。まずはそこからあたってみるか。繋がりを追っていけば、件《くだん》の男に行き着くやもしれぬ」

李兵衛を見た左門のそれが、調べよという命になる。

「は」

畏まって引き受けた。

幕府天文方は、地図作成や暦の改変といった西洋技術導入の一大拠点であった。この頃は通詞の多言語化が求められるようになっており、阿蘭陀《おらんだ》語だけでは通用しなくなっている。フランス語、ロシア語、英語、満州語などへの対応ができないと使ってもらえなくなっていた。

「今、話に出た男ですが、生田殿は、見憶えがない男なのでございまするか」

新参者の金森正也が、紙片に記しながら、遠慮がちな問いを投げる。何度も口を開きかけては、やめたことに気づいていた。密議の際に発言するのは、相当、勇気が要る。

「見憶えがあるような、ないような」

「数之進にしては、曖昧ではないか。物覚えもよいが、人の顔を憶えるのも得意であろう。特徴がないのが特徴と思えなくもないが」

一角の意見に頷き返した。

「うむ。仏頂面《ぶっちょうづら》が、似合うていたのは確かだな。帰り際は一顧《いっこ》だにせず、廊下を歩いて行った。もしかすると、わたしの様子を察したがゆえの態度やもしれぬ」

「向こうは気づいたが、おまえは気づいていないようだと気づいたがゆえ、わざと気づかぬふりをした、か？」

「早乙女殿。それがし、わけがわかりませぬ」

正也の率直な感想に、一同、どっと湧いた。いつもはめったに大きな声をあげて笑うことのない左門もまた、珍しく手を叩きながら笑っている。見る者をも幸せにするような笑顔だった。

「それにしても、鳥海様は勘働きがよいなと、あらためて思いました。三宅様から伺うた話では、季節外れの大掃除をなされた由。姉上を迎え入れる準備だったのだと気づきまして……」

数之進は言葉を切った、いや、切らざるをえなかった。破顔していた左門の顔つきが、急に変わったからである。眩《まばゆ》いほどに輝いていた太陽が翳《かげ》り、いきなり月も星もない闇夜になったように見えた。

他の配下たちも気づいたのだろう、奥座敷は静まり返った。

「鳥海様」

思わず出た呼びかけに、左門は笑みを返した。

「いや、すまぬ。長年、勤めていた女中が、辞《や》めてしもうてな。その分、わしが動かねばならなんだ。腰を痛めてしまい、毎夜、按摩にかかっておるのじゃ。グキッときた痛みを、つい思い出してしもうたわ。さて、朝餉の支度はいかがであろうか」

無理やり話を変えたように思ったが、よけいなことは言わなかった。左門は二度、大きく手を叩いた。障子越しではあるものの、しらじらと夜が明けてきているのがわかる。ほどなく、冨美が顔を出した。

「お支度を調《ととの》えております。つい今し方、仕出し屋から料理が届きましたが、あと少しだけ、お待ちくださりませ」

穏やかに告げる顔は、さながら菩薩のよう。着物の袖を襷掛けして頭には姐《あね》さん被《かぶ》りという、新妻にしては、いささか暮らしぶりが表れすぎているかもしれない。が、今まで一度も見たことがないほど神々《こうごう》しく輝いて見えた。女子の美しさというのは、左門《おとこ》の豊かな想いがもたらすものなのだと、数之進はあらためて知った。

「調いましたら、お知らせにまいります」

冨美は、そそくさと奥座敷をあとにする。みなの視線が、恥ずかしかったに違いない。そこはいかにも新妻らしく頬を染めていた。

〝弱くなった部分や破けてしまったところには、当て布をしたり、繕《つくろ》ったりして新たな一枚の布に仕上げる。使い込まれた古布の風情にも心惹かれるのですよ〟

不意に冨美の言葉が甦る。古布に施す刺し子の話が出たとき、口にしたものだ。男女の仲にも通じるのではないだろうか。喧嘩をしたり、心が離れたりしたら、互いに歩み寄る術《すべ》を必死に考えて元に戻ろうとする。ひとつ壁を乗り越えたことによって、今までよりもわかりあえるようになるのは確かだろう。

良い言葉だと噛みしめていた。

──お世津さん。

自然と愛《いと》しい女《ひと》を思い浮かべていた。

世津は、冨美が暮らしていた四兵衛長屋の部屋に、三紗と仮住まいしていた。護衛役として何人かの配下が、数之進たちの家に交代で寝泊まりしている。不穏な空気が濃くなったときには、三紗と世津も左門の屋敷に来る手筈になっていた。

「ようやってくれる」

閉められた障子を見やって、独《ひと》り言のように呟いた左門がまた、蕩《とろ》けそうな表情になっている。妻を亡くして以来、男鰥《やもめ》をつらぬいてきたが、冨美に出逢《であ》ったとたん、恋の病に落ちたらしい。数之進たちは、つい顔を見合わせていた。

「なんじゃ？」

左門は照れ隠しの問いを発する。睨みつけつつ笑うという、複雑な表情になっていた。

「いや、われらも幸せのお相伴《しょうばん》に与らせていただき、恐悦至極に存じます。朝餉をいただく前なのに、腹だけでなく胸もいっぱいでござる」

「では、一角は、朝餉は要らぬな」

「鳥海様、いや、それは別の話でございます」

そこでまた、笑いが起きた。先程よりは控えめな笑い声だったが、奥座敷には居心地のよい空気が満ちていた。

「それはそうと、冨美殿は女中頭のごとき姿でございました。もっと、こう、奥方然としておられるかと思いましたが」

一角がなにげない口調で告げる。刹那《せつな》、左門の顔にふたたび緊張が走った、ように思えた。わずかに強張《こわば》ったような感じがしたが……。

「さいぜんも言うたとおり、女中がひとり、辞めてしもうてな。やむなく冨美殿に立ち働いてもろうておるが、まめまめしく務めてくれているゆえ、安堵した次第よ」

落ち着いた表情になっていた。

「冨美殿は数之進と同じく幽霊の類《たぐい》が苦手でござる。ここは『番町の怪』が起きたまさにその地であるだけに、恐《こわ》がるのではないかと思いましたが、あまり気にしておられぬようですな」

続いて発せられた友の言葉には、小さく頷き返した。

「うむ。案外、肝《きも》が据わっておるようじゃ。頼もしいことよと思うたわ」

答えながら目は真っ直《まっす》ぐ数之進だけを凝視《みつ》めている。なにを伝えたいのか、すぐには思いつかない。『番町の怪』、謎めいた武家夫人、立ち去った後に落ちていた富美の前掛け。さて他になにがあったか考えたとき、季節外れの大掃除を遅ればせながら思い出した。

しかし、閃きは訪れない。

――わからぬ、答えが見えぬ。

胸には大きな戸惑《とまど》いが湧いていた。

「村上様。われらはふたたび『蚊帳の外』でございますな」

「なにを言うか。わしはわかっておるわ」

「同じ返事を伺いまして、なんとなく、ほっといたしました。お、支度が調うたようでございますな」

友はいち早く立ちあがって障子戸を開ける。知らせに来た富美が、廊下に膝を突いたまま驚いたように目をみひらいた。

「一角殿は、よう気配がわかりますね」

「それがしは、数之進の身体。わからねば、お役御免にござりますゆえ」

「旦那様」

三つ指を突き、あらたまった口調で言った。

「お支度が調いましてございます。おいでくださいませ」

「あいわかった」

左門は笑みを浮かべたが、数之進は憂悶《ゆうもん》が晴れていないのを感じている。今回は珍しく目顔の以心伝心とはいかなかった。

――なにを仰せになりたかったのか。

いやな予感とともに忙《せわ》しく考えていた。

三

番町の怪、謎めいた武家夫人、立ち去った後に落ちていた富美の前掛け、鳥海家を辞めた女中がひとり。そして、季節外れの大掃除だろうか。

贅沢な朝餉を馳走《ちそう》になった後、数之進と一角は、千駄木は七面坂の植木屋へ向かった。大屋の彦右衛門から頼まれた相談事だが、「是非、お助け侍のご意見を賜《たまわ》りたい」という曖昧《あいまい》な話しか聞いていない。先延ばしするのは相談事が増えるだけと思い、休みを取ったついでに、訪ねることにしたのだった。

「我が友は、ずっと浮かぬ顔をしておるな。またぞろ、苦労性と貧乏性の業《ごう》が疼《うず》いておるように見ゆる」

歩きながら一角が言った。五つ（午前八時）を知らせる前の捨て鐘が鳴り始めている。道の右側に見えるのは、藁葺《わらぶ》き屋根の茶店が一軒のみ。植木屋で苗を仕入れた苗売りが、天秤棒《てんびんぼう》を担いで町屋に向かっていた。

千駄木坂下町を歩いているのだが、ここは駒込《こまごめ》から谷中へ抜ける団子《だんご》坂の下にあり、二人はこれから、宇平次という名の植木屋へ行かなければならない。行き交う人も少なくのどかな日和《ひより》になっている。

雲ひとつない青空の下、爽《さわ》やかな風が頰を撫《な》でていた。

「鳥海様よ」

数之進は言った。晴天とは裏腹に、表情も声も暗くなっている。

「お女中がひとり、辞めたと言うておられたではないか。姉上が番町の地を恐がらんだ云々という話の後、いつもの『蚊帳の外』の流れになったであろう。じつはわたしも、おぬしや村上様と同じく意味がわからなんだ」

「な、なに!?」

一角は驚きのあまり立ち止まる。数之進も自然に足を止めていた。

「今の話は、まことか」

「まことだ。私自身、なぜ、わからぬのかと大きな衝撃を受けている。なさけなくてならぬのだ。父のように思うておる鳥海様のお考えが読めぬとは」

早くに二親《ふたおや》を亡くした数之進は、特に男親への想いが強かった。母親の役目は長女の伊智が務めてくれたが、父親役は親戚の伯父や叔父であり、どうしても互いに踏み込めない部分がある。そこに現れた左門は、両目付としても優秀だが、まさに数之進の父親像を具現化したような上司だったのだ。

「かような流れは、初めてだ」

意気消沈してしまい、何度目かの大きな溜息が出た。

「いや、どうなっておるのやら。おまえと鳥海様は見えない糸、太い縄かもしれぬが、とにかく、がっちりと固く結ばれているように思えたものを」

目で先の茶店を指した。宇平次の店を兼ねた広大な植木屋までさほど距離はないのだが、今の気持ちのまま、相談事を受けるのは辛い。まともに対応できる自信がなかった。

団子を頼んで二人は、茶店の軒先に腰をおろした。刀と脇差は外している。

「わからぬ」

思わず出た呟きを、友が受ける。

「鳥海様が『番町の怪』を口にしておられたのは、おれも気になった。なれど、だれでも引っかかるのではあるまいか。落ちていたのは、冨美殿の前掛けじゃ。本人が言うていたから間違いあるまい。たまたまとは思えぬ」

「いかにも罠の匂いがする」

「さよう」

友は同意して、続ける。

「思い浮かぶのは、手暗《てぐろ》三人衆よ。以前、おまえが言うた話やもしれぬが、おれは一番若い林忠耀こそが頭格だと感じている。陰にこもるというか。笑みを浮かべているのを見たことはあるが、目は冷めていた。確か元服を終えたばかりだったと思うが」

自信がなかったのだろう、確認の眼差しに頷き返した。

「そう聞いた憶えがある。林忠耀は、おぬしとは正反対の気質に感じられた。一度、怨《うら》みを持ったが最後、忘れることがない。いつまでも思い出しては、怨みを再確認して安堵するような者やもしれぬ」

「怨みを再確認して安堵か。数之進ならではの言い方じゃ。普通はかように考えぬわ」

「わたしのどこかに、林忠耀と似たような気質が隠れているのやもしれぬ。暗くて陰湿で執念深い男という……」

「自分を苛《さいな》むのは、それぐらいにしておけ。鳥海様のお心を理解できず、落ち込んでいるのはわかるがな。おまえは林忠耀には似ておらぬ。日《ひ》の本随一《もとずいいち》のお助け侍よ」

最高の賛辞を受け、硬く凍てついていた身体と心が、ようやくゆるんできたのを感じた。左門の屋敷で贅沢な朝餉を馳走になったときも、あれこれ思い悩んでしまい、せっかくのもてなしを味わえていなかったのである。

「お世津さんのことだが」

他の気になる事柄を口にした。

「われらを番町に案内した狸顔の徳松だが、おぬしはお世津さんに相談事の内容について話したか」

「いや、話しておらぬ」

「さようか」

それでは、だれに聞いたのか。とそのとき、「もしゃ」と閃いた。察しのいい友は、すぐに表情を読んだに違いない。

「なぜ、世津は徳松の相談事を知っていたのか、我が友は気になってならぬか。なにやら閃いたように見ゆるな」

鋭い読みを発揮した。

「うむ」

「言うてみろ」

運ばれて来た団子を食いながら促した。

「徳松は、手暗三人衆に命じられて動いたのではないか。四兵衛長屋に姿を出さねば怪しまれると考えた林忠耀が、今までどおり、振り売りの八百屋として四兵衛長屋に行けと厳命していた」

「待て、おれの五両智恵《ごりょうちえ》も疼き始めたぞ。徳松が手暗三人衆の林忠耀に命じられて動いたとすれば、だ。それを知っていた世津もまた」

一角は口に入れた団子を、ごくりと飲み込む。それ以上、続けなかったのは、続けたくなかったからだろう。

世津は、林忠耀と繫がっているのか？

互いの目の中に、口にされなかった答えを見ていた。

「元々、お世津さんは、松平伊豆守信明様の配下だった女子だ。今も繋がっていると は思いたくないが、われらの話を伝えるよう命じられているやもしれぬ」

「では、おまえは世津が裏切っていると？」

打てば響くように問いが返る。何度となく考えては、ありえないと打ち消した自問。友は己を映し出す最高の鏡だった。

「まさか」

数之進は笑った。

「わたしはこう考えている。お世津さんは危険を知らせるために、わざと徳松の話を告げたのではないか、とな」

「ありうるな。なれど、徳松は手暗三人衆には、関わりないのやもしれぬ。話の流れで今、思い出したわ。あいつは番町の武家屋敷、主に鳥海様と村上様の屋敷だが、出入りしているらしいのじゃ。朝餉を馳走になった後、厠へ行った折、徳松が天秤棒を担いで現れたのを見たぞ」

友の話を聞き、心に残っていた最後の憂悶が晴れた。

「そうか。確かめてはいないが、四兵衛長屋によくおいでになる鳥海様が『わしの屋敷にも来い』と、お声をかけたのやもしれぬな」

「世津も然《しか》りよ。徳松が騒いでいたのを小耳にはさんだのではあるまいか。お歯黒をしていなかったという話が出たとき、じつに的確な言葉を告げたであろう。お子を産んだ後か、身籠《みご》もっておられるのか。おまえは浮かんだやもしれぬがな。おれには、あまり考えつかぬ話よ」

「確かに、女子らしい助言であった。わたしもすぐには浮かばなんだわ。しかし、おぬしはまことにもって、わたしの良き鏡よ。『亀鏡《ききょう》なければ我が顔を見ず。敵なければ我非を知らず』という日蓮聖人の言葉を思い出さずにはいられぬ」

鏡がなければ自分の顔を見ることはない。敵がなければ自分の欠点を知ることがない、という教えだ。敵を友に変えても通じるのではないだろうか。

「日蓮聖人の教えとは、おまえにしては珍しいではないか。いつもは孔子や荘子、はたまた戦国武将の言葉を引き合いに出すものを」

「お世津さんよ」

照れくさかったが、正直に言った。

「実家は日蓮宗を信仰しているらしゅうてな。ぽつり、ぽつりと話してくれるのだ。心に染み入る教えだと思い、つい口に出た」

「さようか」

ひやかすような笑みを浮かべた一角の目が、こちらに近づいて来た男にとまる。年は四十代なかば、結城紬《ゆうきつむぎ》と思しき上質な着物姿で若い供を連れていた。背丈は五尺七寸（百七十センチ前後）ぐらいだろうか。背が高い男の部類に入るため、壮健な印象を受けた。

茶店にいる二人連れの侍は、年格好からしてお助け侍に違いないと判断したのだろう。

「ご無礼つかまつります」

腰を折るようにして告げた。

「てまえは、宇平次と申します。〈にしき屋〉の彦右衛門さんに相談した者でございます。もしや、生田様でございますか」

「いかにも生田数之進でござる。こちらは友の早乙女一角」

外していた刀と脇差を差して立ちあがる。一角も会釈して茶代を支払い、数之進ともども宇平次のあとに続いた。

「おいでが少し遅かったので、なにかあったのかと思いまして」

迎えに出た理由を詫びるように言った。植木職人にありがちな『頑固一徹、技は見て盗め』といったような感じではない。一角の父・伊兵衛に似た腰の低い商人に見えた。

「すまぬ。ちと休んでいた」

数之進は答えて訊いた。

「宇平次さんの植木屋は、旧家だと覚えておる。〈紫泉亭〉という梅園を開いているのではなかったか」

裏のお役目では珍しくもない話だが、大名が資金繰りに行き詰まっていることから、庭の手入れに金をかけられなくなっていた。お出入りの植木屋になるよりも、貯めた金を元手にして積極的な商いをする植木屋が増えている。

なかでも宇平次の家は昔から植木屋を営む古株だ。充分すぎるほど儲けているだろうに、いったい、どんな相談事があるのか。

「おそれいります、ご存じでございましたか。お陰様で梅が咲き誇る二月は、客足が途絶えませんでした」

にこやかに同意して、「どうぞ」と立派な門を指した。檜皮葺《ひわだぶき》門の造りで、屋根にはわざと苔を植えたのかもしれない。自然な感じに、屋根で苔が育っていた。供をしていた若い職人が、いち早く門を開ける。盗人を防ぐためなのか、敷地の周囲にはぐるりと板塀が張り巡らされていた。

四

植木屋は、植木を商う者と庭造《にわづくり》に大きく分けられる。

前者は取り扱う草木の種類によって、たとえば鉢植えの奇品や珍品を売買する者、産物を売買する者、ツバキやサザンカ、梅桜や松作《まつづくり》というように得意な花木を作る者が技を競い合っていた。それぞれの専門分野があるのだが、宇平次の植木屋は、ここに来れば欲しい品が揃《そろ》う総合植木屋の様相を呈している。

門を入ってすぐの右手に、数えきれないほどの梅の木が植えられていた。今は青々とした葉だけになっているが、満開の時期には、さぞ美しい眺めになるに違いない。さりげなく贅を尽くした〈紫泉亭〉では、茶を頼むと菓子がついてくるのだと、宇平次が説明してくれた。

「敷地内には、さまざまな区域がございます。てまえの敷地内に小店があると、お考えいただくのが、わかりやすいかもしれません。数多くの種類の苗を扱う場所、てまえどもが得意とする盆栽を売る場所、奇品や珍品を売買する場所」

「奇品や珍品だけは売買と言うたが、売るだけでなく買い取りもするのか」

すかさず数之進は問いかける。一角は葦簀《よしず》で仕切られた奇品と珍品の売り場に入って、興味深そうに眺めていた。どの区域も西側に葦簀を立てて、西日が直接、当たらないようにしている。

濃《こま》やかな気配りができるのは、余裕のある老舗《しにせ》なればこそだろう。

「はい。奇品や珍品は手に入れようとして買えるものではございません。宇平次の店で買い取ってくれるとなれば、持ち込む者が現れます。盆栽も買い取りしておりますが、てまえどもの目鑑《めがね》にかなう品は、なかなか出てまいりません」

力を入れている盆栽では負けないと胸を張って言った。さもありなん、奇品や珍品に見入っていた一角が、片手を挙げて呼んだ。

「見てみるがよい、数之進。奇品を生むマツバランが、所狭しと並んでおるわ。見たことのない鉢揃いじゃ」

マツバランは、我が国に自生する植物のなかでも、もっとも原始的で風変わりな植物のひとつである。根と茎しかない一見スギナのようなシダ植物だ。一角が驚くのも無理はない。茎が歪曲した異様な姿のマツバランが、数多く並べられていた。

「これなどは、シダレヤナギのようではないか。よう育ったものよ」

友の驚きを笑顔で受けた。

「鳳凰柳《ほうおうやなぎ》と申します。ご覧のように、幹が太く枝先にまで捻《ねじ》りが生じております。いちおう売り場に置いてありますが、売る気持ちはございません」

したたかな一面を覗かせた。面白い品があれば、それだけで人気が高まり、一度は行ってみようかとなる。

「では、ここに並ぶ奇品や珍品は、絵に描いた餅か」

いささか辛辣な友の感想には、即座に頭を振る。

「いえ、もちろん売るものもございます。ですが、植木屋としてではなく、草木を愛する嗜好家のひとりとして、どうしても手放したくない鉢もございまして」

次の皮肉を避けたかったのか、先に立って歩き出した。近頃、人気の高いキリシマツツジが左手の区域で咲き誇っている。池が作られた場所には、そろそろアヤメやショウブが開きそうになっていた。

庭は作るのに金がかかるが、維持にはそれ以上の金がかかる。木の剪定だけでも大変だし、池や滝を配した庭だと驚くほどの小判が飛ぶのだった。

「ここからは坂道になっております」

門から伸びた道は途中から急な坂になっており、坂道の両側にはサクラが植えられていた。段々畑のようになった場所にも植えられていることから、春には坂になった場所全体が文字通り、桜色に染まるのは間違いない。

「敷地をうまく利用したいと思っているのですが、坂の上の景色が今ひとつでございまして」

宇平次は登り切った場所で振り向いた。つられるように、数之進と一角も後ろを見る。眼下には、池や石、築山を配した敷地が広がっていた。色とりどりの花木がまた、文字通り華を添えている。

花木の手入れをする職人や、客を案内する者が、路地のような細い道を歩いていた。賑《にぎ》やかな日本橋や神田とは異なるゆったりとした時が流れている。いつまでも眺めていたい風景だった。

「見事な眺めじゃ」

感嘆を込めた一角の言葉に、大きく頷き返した。

「うむ。ここに茶亭を設ければ、さらに人の訪れが増えるであろうな。なぜ、そうしないのか、不思議でならぬ」

梅の木を植えた場所には、茶店を開いて客を呼び込んでいるのに、この眺めを利用しない宇平次の真意をはかりかねていた。我が意を得たりとばかりに答える。

「今のお助け侍様のご提案、実行させていただいても、よろしいでしょうか」

「むろんだ。今まで作らなんだのが理解できぬ」

「ひとつは資金繰りでございます。崖の上ですので、今少し足場を固めなければなりません。もうひとつはお助け侍様のお墨付きがほしかったからでございます。江戸における生田様のご評判は日に日に高まっておりますので、是非、この景観を前にして、ご意見を賜りたいと考えた次第です」

褒められても裏を読んでしまうのが、悲しい性《さが》と言うべきか。手暗三人衆のことが浮かび、心から喜べなかった。

──真意とは思えぬ。

表情を読んだのだろう、

「なにか気になることでも、ございますか」

宇平次が訊いた。少し頬が強張《こわば》っていた。

「いや、なんでもない」

「苦労性と貧乏性という厄介な業の持ち主でな。よけいなことまで、あれこれ考えてしまう気質なのじゃ。武士に二言はない。新たな名所ができて、民も喜ぶであろうさ」

一角が補足すると、安堵したような笑みが浮かぶ。

「ありがとうございます」

「ざっと見ただけなのでわからぬのだが、フクジュソウは扱っておらぬのか」

今度は数之進が問いかけた。

「春先に少し取り扱いましたが、変わり種の株はほとんど出ない草花でございます。蕗《ふき》の薹《とう》を天ぷらにすると、独特の苦みを味わえますが」

「甲州街道の道筋では、数多くの変わり種が見つかると聞いた。栽培できれば、耳目《じもく》を集めるやもしれぬ。わたしも見てみたいと思うてな」

自分がやりたいことを、つい口にしていた。裏のお役目があるため、思うように趣味を楽しめない。さらに宇平次の本音――数之進を呼んだ理由は、他にあるのではないかという疑問を払拭《ふっしょく》できなかった。話しているうちに本音が聞けるのではないかと淡い期待をいだいてもいる。

「初めて聞きました。甲州街道の道筋でございますか。仰せの通り、栽培できれば買い手がつきましょう。さっそく調べてみます」

宇平次の目が、坂をあがって来た若い職人に向けられた。数之進は、ふたたび眼下に広がる植木屋の広大な庭を見る。門を入って来たのは、見憶えのある一団だった。

「プラントハンターではないか」

一角が外国語をまじえて驚きの声をあげた。間違いない、玉池藩を訪れた二人の外国人と、通詞を含めた三人の侍である。遠目なので断言できないが、数之進が気にしていた人物もいるように思えた。

「コウヤマキの客人か」

宇平次が独《ひと》り言のように呟いた。

「え？」

「いえ、なんでもございません。生田様と早乙女様におかれましては、植木鉢や盆栽でお気に召した品がございましたら、お持ち帰りください。今回の相談料は、後日、あらためてお伺いしたときに、お支払いいたします」

言い置いて宇平次は、坂をあがって来た若い職人に合流し、坂を降りて行った。数之進は見るでもなしに二人を見送っていた。

「おぬしは、どう思うた」

浮かんだまま問いかける。

「なんの話じゃ、数之進。おれは遠見や心を読む巫女《みこ》ではないぞ。言うている意味がわからぬわ」

「すまぬ。宇平次さんの呟きよ。『コウヤマキの客人か』と呟いたではないか。独り言にしては、声が大きすぎたように思うてな」

「わざと教えたと？」

「そうかもしれぬ」

「そもそもコウヤマキとは、なんぞや。木の名前であるぐらいはわかるがな。さすがに、親父殿からも聞いたことがない」

「コウヤマキは、プラントハンター曰《いわ》く、我が国にしかない樹木と言われている。尾州の高野山に多いことから、この名があるようだ」

数之進は答えた。

樹高は軽く十五間（約二十七メートル）以上になり、直径は三尺三寸（約一メートル）に達するものも少なくない。きわめて珍しい樹木であるため、産地の尾張藩によって伐採を禁じられていた。

木曽谷の樹木五種『木曽五木』のひとつとされている。他はヒノキ、サワラ、ネズコ、アスナロだ。尾張藩の場合、この五種類はいずれも伐採は禁止である。

「直立した非常に美しい円錐形の木に育つのが特徴よ。水に強く朽ちにくいことから、尾州の裕福な商人は、風呂桶や水桶に用いているらしい。風呂と言えばヒノキだが、実際にはコウヤマキの方が保《も》ちがよいと聞いた」

「もしや、プラントハンターたちは、その珍しいコウヤマキを手に入れようとしているのか？」

一角は、母屋に向かう一団を見つめながら、自問まじりに呟いた。数之進とのやりとりで、ようやく彼の者たちの意図を察したようだ。挨拶を終えた宇平次が先に立って案内している。

「ありうるやもしれぬ」

小さく頷き返して、続けた。

「木そのものでは長い船旅に耐えられぬゆえ、彼の者たちがほしいのは、コウヤマキの球果であろうがな。こうなってくると、三人の随行者がよけい気になる。いったい、どこのだれなのか」

早くも坂道を降り始めていた。むろん三人の随行者は気になるが、それ以上に気になるのは……。

「世津に逢いたくて気が逸《はや》るのはわかるが、おれは宇平次の厚意に甘えたい。ちと目についた盆栽があるのじゃ。おまえも世津への手土産として、なにか選べばよいではないか」

友はお見通しだった。

「そういえば」

鉢で気になった品がある。伊万里染付万年青鉢《いまりそめつけおもと》で、とうてい手が届かぬ値であるのは確かだろう。もとより貧乏長屋の住人は、手持ちの器の底に穴を穿《うが》ち、鉢として用いることが多いのだ。数之進もその例に洩れず、鉢として作られたものを買い求めたことはなかった。

「よいのであろうか」

「鳳凰柳の類でなければ、否とは言うまいさ。ついでに奇品と珍品を今一度、見ていこうではないか」

言われるまま、ふたたび奇品や珍品の区域に足を向ける。プラントハンターの一団が、母屋に入って行くのが見えた。

五

宇平次は、二人がほしいと告げた品を快く譲ってくれた。今回の相談事の料金は、これでいいと言い置いて、数之進は一角と飛ぶような足取りで四兵衛長屋に向かった。

日暮れが近づいている。明日の朝までには玉池藩の藩邸へ戻らねばならないので、急がずにいられない。

「これは、何事か」

数之進は路地の木戸で思わず足を止めた。四兵衛長屋の路地には、数多くの人が集まっている。夕餉前には振り売りの出入りが増えるものの、大屋の彦右衛門をはじめとして、仕事を終えた長屋の住人が井戸の前に顔を揃えていた。

「数之進」

三紗が気づいて声をあげた。

「大変なのです、お世津さんが」

「え」

聞いた瞬間、立ちくらみを覚えて倒れそうになる。世津の顔が見えないそれが、騒ぎの原因であるのはあきらか。いったい、なにが起きたのか。

動き始めた御庭番、襲われた鳥海左門、消えた三人の娘。もしや、神隠し騒ぎも御庭番の仕業《しわざ》ではないのか。世津も拐《かどわ》かされたのか。

それらの事柄が、ぐるぐると頭をまわっている。ついでに目もまわってしまい、立っていられなくなった。

「お世津、さん」

「しっかりしろ、数之進」

一角に支えられて井戸の前まで歩いた。護衛役の配下たちも深刻な面持《おもも》ちで立っている。聞きたくなかったが、聞くしかなかった。

「姉様。お世津さんになにが？」

「今朝から、お世津さんの姿が見えないのです」

三紗は答えた。

「この数日、ふっと遠い目をして、考え込むような素振りをしていたことがありました。ひとりになりたかったのかもしれません。数之進が借りた家に行ったのではないかと思い、確かめに行ってもらったのです」

目顔で配下を指すと、小さく頷き返した。

「はい。雨戸は閉められたままで、お世津さんが戻った形跡はありませんでした。念のために雨戸を開けて中を確かめたのですが」

「………」

やはり、御庭番による拐かしか。手を引けという警告なのか。神隠し騒ぎを装って連れ去ったのではないか。手を引けばよし、だが、このまま続けるのであれば……不吉な考えしか浮かばなくなっていた。

「経緯《いきさつ》を話してくれぬか。お世津の姿を最後に見たのは、だれなのじゃ。そして、それはいつのことなのか」

一角の問いに、左門の若い配下が手を挙げた。

「それがしです」

金森正也と一緒に加わったひとりであり、年は最年少の十七。剣術道場のようになっている左門の武道場に来ていた縁で配下となった。剣術の腕前が非常に優れているため、期待の若手といえた。

「他の方と交代し、夜明けぐらいから見張りを務めました。なれど、眠くてたまらず、はっきりとは目が覚めておらなんだのやもしれませぬ。向かいの家からお世津殿が出て来たことには気づきませなんだ」

「気づかなかったで済まされると思うているのか」

口に出た数之進の怒りに、若手は深々と頭をさげた。

「申し訳ありませぬ！」

そのまま路地に座り込み、土下座をする。

「わかっております、何度、お詫びしても許されることではありませぬ。己の未熟さが招いた騒ぎ。このうえは腹掻《か》き切って……」

「よせ」

一角が、脇差を素早く取りあげた。

「まずは世津を探すのが先よ。三紗殿、それがしの許嫁・深川芸者の小萩《こはぎ》のもとへ使いは出しましたか。気が合《お》うたのか、けっこう仲がようござってな。世津は時々、小萩の家を訪ねていた由」

「そうなのか？」

数之進にとっては、初めて聞く話だった。友はそれには答えず、三紗に問いかけの眼差しを向けている。

「いえ、小萩さんの家には、使いを出しておりません。一角殿の許嫁だとは存じておりましたが、お世津さんとの関わりまでは知りませんでしたので」

「では、使いを」

一角の言葉に、若手がいち早く立ちあがった。

「それがしが」

「頼む」

数之進は早口で小萩の家を伝える。もとより、教えるほどの話ではないが、間違えずに早く行ってほしいという気持ちが先走っていた。

「では、まいります」

若手は失態を取り戻すべく、気合いをみなぎらせている。まさに路地を走り出ようとしたそのとき、

「小萩さん」

数之進はたった今、話していた女子の姿を認めた。地味な色目の着物姿だったが、色白で美しい顔立ちを引き立てている。数之進に会釈をした小萩は、なにやら一角に目顔を送った。

以心伝心だったのだろう、

「世津の行方は、小萩が知っておるようじゃ。心配をかけて、すまなんだな。この話はこれで終わりとしよう」

友は集まっていた大屋たちに告げた。三紗は物言いたげな目を向けたが、今は踏み込むべきではないと判断したのかもしれない。若手の配下とともに、向かいの家に戻って行った。

人払いするような形になり、数之進は一角や小萩と家に入る。

「まずは茶の支度を……」

「茶は要らぬ。早く教えてくれぬか、小萩さん。お世津さんは無事なのだな。どこにいるのだ？」

友を遮って、先に座敷へあがる。その後に小萩が続き、一角は土間で竈《かまど》の火を熾《おこ》し始めた。歩き続けて来たであろう小萩には、確かに茶が必要かもしれない。それでも待っていられなくて促した。

「話してくれぬか」

「はい」

小萩はうなずいて告げた。

「お世津さんは、ずっと越後のご実家にいたわけではありません。病が重い母御の薬代を稼ぐため、品川に出ていらしたのです」

「え」

品川と聞いてまず浮かんだのは、遊女屋である。不吉な胸騒ぎが一気に頂点に達した。

「世間は広いようで狭いもの。わたしの知り合いに、お助け侍をご贔屓《ひいき》している方がいるんですよ。お世津さんのことも、ご存じだったとか。時折、生田様と歩いているところを見かけたりしたそうです。ある日、違うかもしれないが、と言って話しに来たんです」

思い詰めた表情は、そのまま世津の顔に見えた。できれば小萩の口からは伝えたくなかったに違いない。

〝生田様のお相手、お世津さんだったか。似た女子が、品川の遊女屋に奉公しているぞ〟

人の口に戸は立てられない、放っておけば数之進の耳に入るかもしれない。小萩は一角に相談して、すぐさま二人でその遊女屋を訪ねた。

「お世津さんでした」

「…………」

頭が真っ白になる。遊女屋の奉公というのは、下働きではあるまい。遊女として奉公したのだ、つまり、身体を売っていた。

「な、なぜ？」

奉公する前に相談してくれなかったのか。母御の薬代がどれぐらいなのかはわからないが、愛《いと》しい女《ひと》を救うためだ。借金してでも助けたものを……どうして、話してくれなかったのか!?

小萩は鈍い女子ではない、

「生田様にご迷惑をかけたくなかった、と」

求めた答えを返した。

「無事なのか?」

「はい。だれの耳に入るか、わかりませんので、居場所はお伝えできません、というか、わたしも知らないのです。その方がより安全だと思いますので」

「さようか」

つい友に責めるような目を投げていた。

「おぬしは、知っていたのだな」

「すまぬ」

一角は、深々と辞儀をする。気がすまなかったのか、三畳間にあがって先程の若手同様、畳に額をつけて詫びた。

「おまえが傷つくとわかっていながら言えなんだ」

顔をあげて続ける。

「仮に小萩がそうなった場合、おれは受け入れられるが、おまえは違う。一度、苦海に堕《お》ちた女子を、はたして、嫁女として迎え入れられるか否か。それゆえ」

「借金はどれぐらいだ?」

質問しか出なかった。それでも話しながら、懸命に気持ちを整理しようとしていた。伝えられなかった世津の苦しみ、伝えられなかった一角の悩み、そして、友が考えた通りの狭量さを持つ自分への怒り。さまざまな感情を必死に抑えていた。

「五十五両」

一角の答えに目を剝《む》いた。

「な……」

「人参が要る病なのじゃ。おまえが送った五両では、とうてい追いつかなんだわ。そんなとき、世津に小判をやるという奇特《きとく》な者が現れた」

皮肉めいた言葉に、はっとする。

「まさか」

「さよう、松平伊豆守信明様よ。あたりまえだが、条件付きじゃ。昔のように手先となって御算用者たちの動きを逐一知らせよ、となヽ伊豆守様はご命令なされた由。世津は答えることなく、黙って品川宿の女子となった。おそらく、御庭番に見張られていたのであろう。徳松のことなどは、事前に知らされていたのやもしれぬ」

「では、やはり、わたしに伝えるために、わざと徳松の話を出したのか」

「わからぬ。そこまで詳しくは聞いておらぬゆえな。なれど、おれはおまえのために、徳松の話をしたのではないかと思うておる」

「五十五両の借金を返せたのは」

「親父殿が動いてくれた」

一角が答えた後、沈黙が訪れた。遊女屋に奉公した女子を、生田家の嫁として迎えられるのか。国許の伊智は許すだろうか、冨美や三紗はどう思うか。いや、そもそも自分の気持ちはどうなのか。心のどこかで不浄な女子と思ってはいないだろうか。

「すまぬ、すまぬが……しばし考えさせてくれ」

そう告げるのが、やっとだった。胸が苦しくてたまらない。借金のためとはいえ、他の男に身をまかせていた女子を、今までのように愛しいと思えるか？

苦しみの沼に落ちていた。

第四章　御内儀絹《おかみさまぎぬ》

一

なぜ、自分に相談してくれなかったのか。話してくれれば、なんとしても金子《きんす》を用意して助けたものを……信じられなかったのか。五十五両という額の大きさに、とても話せないと思ったのか。

想うのは世津のことばかり、考えるのは我が身の明日ばかりだった。

〝世津が松平伊豆守信明様のご命令を断らなんだのは、敵方の話を得るためよ。むろん、数之進もわかっているだろうがな。千両智恵の状態が、いささか案じられるゆえ、僭越《せんえつ》ながら五両智恵の出番となったわけじゃ〟

一角の言葉が甦っている。言われるまで気づかなかったのは、まさに友の杞憂《きゆう》通りなのかもしれない。外に向かって心を開き、細い蜘蛛《くも》の糸を張りめぐらせるかのごとく、話を得られるようにしていたつもりなのだが、あきらかに勘働きが鈍くなっていた。

——国の姉上様に、知らせてみようか。

幾度となく浮かんでは、すぐさま消える文の内容。実家を継いだ伊智は、三姉妹のなかでも特に厳しく、己に対してはもちろんだが、他者にも武家夫人としての教養や知性を求める。世津が遊女屋に奉公していたとわかれば、夫婦になることを反対するのは間違いないだろう。

——もし、他の男の子を身籠もっていたとしたら？

世津に対してはもちろんだが、生まれた子を己の子として愛せるだろうか。自信がなかった。さらに世津が瘡《かさ》（梅毒）に罹《かか》っていたときは、いったい、どうすればいいのか。

世津の話を聞いたときから、三日が過ぎているのに、自問を繰り返す日々が続いていた。

「……生田殿、生田殿」

世話役の長野桂次郎の呼びかけに、はっとする。

「あ、な、なんでございましょうか」

「考え事ですか。お暇《いとま》願いを出して戻られた後、ぼんやりしていることが多くなったように思えます。心配事でも、あるのですか。もしや」

と、いったん言葉を切って囁いた。

「惚れた女子のお悩みですか」

冗談めかしていたが、かなり踏み込んだ問いを投げる。無理に笑おうとして不自然になったのか、唇がゆがんでいた。あまり私的な話はしないし、深く関わるのを避ける気質に思えたが……それだけ数之進が、常とは異なる様子だったに違いない。それにしても、惚れた女子の話が出たのは、なぜなのか。

――お世津さんとの間に起きた問題を、知っているのやもしれぬ。

頭に引っかけて答えた。

「灯火用の松根が、ちと気になりまして」

玉池藩の話だと口にすることによって、私的な悩みではないと暗にほのめかした。

桂次郎のゆがんでいた唇や、引き攣《つ》り気味だった顔が急に引き締まる。

「いかような点ですか」

数之進の文机を覗き込んだ。お役目はまだ終わっていないが、前席の老藩士・佐竹源之丞の席は空いていた。かなりの高齢ゆえ、体調をくずして休んだのかもしれない。今朝から姿が見えなかった。

「この部分です」

領地の各村の郷帳を開き、松根掘りの件を見せる。

「松根掘りだけではなく、草肥の採取、すなわち林での下草刈りや、落ち葉掻きの回数が多いように思います。領地にはさほど高い山はありません。植樹を行ったという記載もございませぬ。これでは、ハゲ山になってしまうのではないかと思いまして」

「…………」

桂次郎は、微妙な間を空けた。言おうか、言うまいかという、逡巡《しゅんじゅん》のようなものが読み取れた。

「ご推察の通りです。その結果、近江南部の山地から大量の土砂が流出しております」

躊躇いがちではあったが、真っ直ぐ目を見て答えた。勘定方の藩士たちの多くは、手を止めて肩越しに見やっている。

数之進がどう答えるか、気にしているような感じがした。

「近江南部の山地から大量の土砂が流出でございますか」

繰り返して、続けた。

「それでは、領地にとっては宝である琵琶湖岸の様子が、相当、変わったのではございませんか」

答えつつ地図を思い浮かべている。土砂の流出には雨量や地形、地質が関係するが、伐採や松根掘り、下草刈りの影響も無視できない。行き過ぎた草肥採りは、土砂災害に繋がる大きな危険をはらんでいた。

「さよう」

答えたのは、勘定頭だった。耳をそばだてていたに違いない。立ちあがって一番後ろの席に来ると、空いていた老藩士の席に腰をおろした。

「言うまでもなかろうが、ハゲ山になると山は土に雨水を浸透させる力が落ちる。伐採が過ぎれば、枝葉や樹皮で雨水を受け止める力が落ちる。松根などはむろんのこと、下草や落ち葉、倒木といったものがあれば、地面付近に雨水をとどめられるのだがな。なければ雨水は、そのまま土に吸い込まれてしまう」

危険な兆候《ちょうこう》を具体的に口にした。

「残念ながら山が持っている本来の力は、失われているのが領地の現状よ。何度か土砂の流出があってな。貴い命が失われてしもうた」

驚くほど正直な答えに思えた。通常、命が失われた話などは隠したがるものだ。しかし、と、疑惑と不審が湧いている。

領地の様子を教えてくれる裏には、なにが隠れているのだろう。はたして、真実なのだろうか。つい裏を読んでしまうが、数之進の正体に気づいているがゆえの『親切心』ということも考えられた。

真実なのか、偽りなのか。眼前の人物は敵か、味方か。

その見極めが、もっともむずかしかった。

「植樹するしかありませぬ」

数之進は言った。

「木を植えて、育てる。まめに手入れをする。山を良い状態に保つには、これしかありませぬ。人も山も料理も同じだと、それがしは考えます。手間暇を惜しまず、目配り怠りなく行えば、良い結果になるのではないかと存じます」

「ほう、料理も同じか」

勘定頭は受けた。

「は。手間暇惜しんでは、美味《うま》いものは食べられませぬ。繁盛店とそうでない店の一番大きな違いは、そこにあるのではないかと思います。工夫を忘れず、相手の喜ぶ顔を思い描きながら献立を考えるのもまた、肝要ではないかと思います次第」

相手の喜ぶ顔で浮かぶのは、やはり、世津のやさしい面差《おもざ》しだ。控えめなのだが、お歯黒の助言でもわかるように、重要な場面ではきちんと意見を述べる。数之進を支えようとしてくれる。

――いかん。涙があふれそうだ。

急いで気持ちを切り替えた。

「ちょうどよい流れになった。先日、みなに出した集落の中を流れる『水路を汚さない工夫』についてじゃ。繰り返しになるが、民からなにか良い策はないかという訴えがあってな。考えてほしいと思うた次第よ。さて、妙案を考えついた者は手を挙げよ」

挙手した四十前後の藩士を指した。

「答えよ」

「生田殿の話に通じるやもしれませぬが、やはり、こまめにゴミを掬《すく》い取るしか、ないように思います。もちろん汚物を流すのなどは以《もっ》ての外《ほか》。ゴミを取り除く日を決めて、民がまめやかに手入れをするしかないように感じました」

「ふむ。そして、取り除いたゴミは肥料にするか」

勘定頭の呟きに、藩士は同意する。

「はい」

「生田はいかがじゃ。考えがあれば聞かせてくれぬか」

あたりまえのように振られた。この話が出た時点で答えは浮かんでいたので、畏まって告げる。

「僭越ながら申しあげます。水路は、わざと蛇行させて窪地を作り、汚物を沈殿させるのがよろしいのではないかと存じます。そして、貯まった沈殿物は定期的に汲《く》みあげて肥料にする。それがしの故郷では、この方法で水路の汚れがなくなりました」

数之進は記しておいた水路の図を広げた。領地の図絵を見ながら、どう蛇行させるのが一番良いか、考えぬいた末の図である。

「水路を蛇行させるとはな」

勘定頭はひと目、見て唸《うな》った。

「なるほど。まことにもって良い案じゃ。わざと蛇行させるなど、なかなか思いつかぬ考えよ。すでに郷里では試したというのも心強いことこのうえない。殿に進言したうえで、なるべく早く国家老様に文を送るとしよう」

「水路を蛇行させるだけで、水が綺麗になるとは驚きです」

桂次郎は水路の図を覗き込みながら感想を口にする。

「しかも貯まった沈殿物は、乾かせば立派な肥料になる。土地の高低差や風向きを考えて作るのが、コツでございまするか」

問いかけにうなずき返した。

「はい。土地の高低差は考えねばなりませぬが、近江には逆水灌漑《ぎゃくすいかんがい》という方法があると聞きました。低い土地から水を運びあげて、水田に灌漑するやり方である由。逆水に用いるのは、水車《みずぐるま》や蛇車《じゃぐるま》でござりますか」

数之進の質問に、勘定頭は目を丸くする。

「よう学んでおるな。いかにも、水車や蛇車を利用して低い水路から、高い場所にある田畑に水を運ぶのじゃ」

蛇車は、水車の原理を応用した木製の逆水灌漑用具で、蛇のような筒型をしていることから、このような呼び方がついた。筒の上部の取っ手をまわして、内部から水を汲みあげる仕組みになっている。

「ついでに今ひとつ、訊ねたい。川の氾濫を防ぐには、いかような堤防を造ればよいのであろうな。領地は雨が多いため、一年に二、三回、川の水があふれて流れ出してしまうのじゃ。田畑に残された汚泥は、そのまま肥料として使えるが、やはり、川の氾濫は可能な限り少なくしたいと思う次第よ」

「『霞堤《かすみづつみ》』は、いかがでございましょうか。すでに用いておられますか」

即答したが、勘定頭は小さく頭を振る。

「いや、用いておらぬ」

「さようでございまするか。川の近くに遊水地を設け、川の水が増水した際は、あふれた水をそこに招き入れるやり方です。一気に川に流さず被害を軽減させる堤防でございます。戦国時代より使われていた技である由」

「知らなんだわ。『霞堤』か。遊水地を設けられるほどの土地が、領地にあるかどうかが一番の問題じゃ。なれど、雨の時期だけ設けることもできるな」

「はい。ゆえに『霞堤』と呼ばれるのではないかと思います次第」

「なるほどな。この件も国家老様に進言してみよう。試してみる価値はありそうじゃ」

勘定頭は自分の帳面に記している。

「話が戻るが」

目をあげて言った。

「そのほうの郷里でも、我が藩の逆水灌漑と似たような造りの導水法があると聞いた。

高台に建つ城内に水を運ぶ仕組みなのか」

　さりげなく思いきった問いを投げた、ように思えた。郷里の名こそ告げていないが、能州生まれの元加賀藩士かと訊いているのも同然だった。知りたいのは、数之進が幕府御算用者か否かであろう。

　一瞬、躊躇《ためら》ったが、

「は。『伏起《ふせこ》しの理』という仕組みにございます」

　はっきりと答えた。どこまで信頼できるか、御算用者は玉池藩の藩士を助ける存在なのか、あるいは玉池藩を改易するつもりなのか。

　互いに探り合っていた。

「職人は、能楽を兼芸しているという話も、まことか」

　勘定頭はさらに具体的な問いを発した。もはや元は加賀藩に奉公していた藩士だろうと断定しているようなものだったが、数之進は畏まる。

「は。御細工所の職人は、主に武具や工芸品を作り、後継者の育成を行っておりますが、能楽も嗜《たしな》まねば務まりませぬ。能舞台の作り物も、彼《か》の者たちが製作するからでございます。藩士がお仕えしております殿もまた、能楽がお好きでございますゆえ」

　加賀藩主の能楽好きは、代々受け継がれている。江戸の藩邸はもちろんのこと、中屋敷や下屋敷にも能舞台が設けられていた。目出度《めでた》い席で藩主自ら舞うのは、藩士にとっても楽しみであり、自然に能や雅楽を学ぶ素地ができていた。

「さようか」

真面目な顔で同意する。

「それがしも、ひとつ、お訊ねいたしたき儀がござります」

数之進も思いきって切り出した。

「言うてみよ」

「は。過日、訪れたプラントハンターですが、彼の者たちは、もしや、コウヤマキを探しているのでござりまするか」

たやすく手に入らないコウヤマキの球果。植木屋の宇平次を訪ねた際、独り言のように呟いたのが頭に焼きつけられていた。

〝コウヤマキの客人か〟

お助け侍への相談事と言いつつ、さして重要な話はしていない。眺めの良い場所に茶亭を設けるという案は、すでに宇平次が考えていたように思えた。いったい、なんのために数之進たちを呼んだのか。

――あの呟きを聞かせるためだったとしたら？

数之進は、目顔で勘定頭に答えを促した。

「そういう話を聞いた憶えはある」

勘定頭は明言はしないまでも認めた。伝聞と言っておけば、なにかあったとき、聞いた話だからわからぬと言いのがれられるからだろう。次はプラントハンターたちと一緒に来た四十前後の男だ。どこの、だれなのか。コウヤマキが自生する尾張藩なのか。それとも……かつて数之進が、奉公した藩なのか。

「もうひとつ、お訊ねいたしたき儀が……」

突然、廊下で大声が響きわたる。

二

「お待ちくだされ、御家老。それでは領地の藩士はやっていけませぬ。江戸においても然り。長屋住まいの下級藩士は、満足に下帯（褌《ふんどし》）も買えぬ有様《ありさま》。日に日に貧富の差が広がっております」

老藩士・佐竹源之丞が、平伏して訴えていた。小書院前の廊下に剣呑《けんのん》な光景が出現している。藩主の豊前守正民は、今日は貴族装束ではなく着物と袴姿で小書院の前に立ちつくしていた。常に稽古をしているのか、両手で蹴鞠《けまり》を抱えている。その後ろには、一角と小姓方の同役と思《おぼ》しき藩士が控えていた。

御家老様と呼びかけなかった点に、老藩士の藩内での地位が表れているように思えた。対等とまではいかないかもしれないが、意見を述べるぐらいはできるに違いない。重冬は渋面になっていた。

「今一度、お考えください。桑の栽培を始めたのは我が藩にとっては朗報でございますが、蚕を育てるのはこれからの話にございます。さらに蚕が吐き出す糸を紡いで織るのは、国許の女子の役目。是非とも我が藩の特産品にしたいと、それがしも思うておりますが、絹織物を始める前に決めておかねばならぬことがございます」

廊下に平伏したまま続けた。

「富をうまく分配するには、国許にも絹同役《きぬどうやく》を設けねばなりませぬ。江戸だけでは、偏《かたよ》りがでると、それがしは考えます。そのうえでなければ国許の下級藩士は動かず、われらが考える『御内儀絹《おかみさまぎぬ》』は作れませせぬ」

「え」

数之進は聞き間違いではないかと耳を疑った。席を離れていた勘定頭や桂次郎に続き、廊下の方に歩を進める。数之進に気づいた一角が、軽く右手を挙げて合図した。

〝案ずるな。なにかあれば、おれが動く〟

そう言っているかのようだった。他の藩士たちも各々《おのおの》の部屋の前に立ち、家老の高山重冬と佐竹源之丞のやりとりを見つめている。

「絹同役は、江戸に置けば充分じゃ。国許には要らぬ」

重冬は冷たく言い捨てた。絹同役と繰り返されたのを耳にして、源之丞が御内儀絹と言ったのも聞き間違いではないのだと思った。

――そうであるならば、裏で動いているのは、わたしがご奉公していた大藩の支藩か。

プラントハンターの随行者は、その支藩の藩士なのかもしれない。そして、コウヤマキの球果を探し求めている。

「承服いたしかねます」

源之丞は躊躇うことなく言い切った。顔をあげて、重冬の目に目を合わせる。

「な……」

反論しようとしたが許さない。

「すでに貧富の差が、藩士の間では明白でございます。国許の下級藩士たちは、米の飯が食えませせぬ。稗《ひえ》や粟《あわ》、さらに瘦《や》せた土地でも育てやすい蕎麦《そば》などを作って、なんとか日々をしのいでおりまする。ゆえに、それがし、おそれながらと桑の栽培を殿に言上《ごんじょう》いたしました次第」

老藩士の勅言《ちょくげん》が、廊下にひびいている。狼狽《うろた》えた様子の藩主は、「重冬」や「源之丞」と呼びかけながら二人の間を行き来していた。その様子は、両手に抱えた蹴鞠がコロコロ転がるかのよう。上級藩士側の江戸家老、下級藩士の代弁者たる源之丞という、玉池藩の対立図がはっきり浮かびあがっていた。

「絹織物を織るのは、主に下級藩士の御内儀《おないぎ》でございます。一反、仕上げれば、どれぐらいの金子がもらえるのか。始める前にそれを決めねば、だれも協力いたしませぬ。ゆえに国許にも絹同役を置いていただきますよう、強くお願いいたします」

廊下に額をつけて平伏した。重冬は、無言で見おろしている。絶対に譲らない姿勢の老藩士は、命を懸けているのかもしれない。だれひとり言葉を発する者はなく、中庭を囲む廊下は静まり返った。

各部屋から頭役と思しき上級藩士が、ひとり、二人と廊下に出て来る。彼の者たちは、家老の重冬の後ろに並び始めた。

「心ある者は、わしに続け」

勘定頭は言い置いて、廊下を歩き出した。家老派に加わるのかと思ったが、行ったのは源之丞の後ろだった。平伏して畏まる。桂次郎を含む勘定方の藩士たちも、何人かが右に倣《なら》えで勘定頭に追随した。他の部屋からも下級藩士が、静かに出て来て加わる。

——上級藩士対下級藩士か。

遅ればせながら、数之進は源之丞派の最後尾についた。その位置が一角のいる場所に近かったからだが、悩まなかったといえば嘘になる。あくまでも個として加わったつもりだが、多くの藩士は御算用者の意思と考えるのではないだろうか。

源之丞は肩越しに数之進を見やった後、

「今一度、言上《ごんじょう》いたします」

いっそう声を張りあげて告げた。

「国許にも絹同役を置いていただきたく思います。そのうえで、絹織物の担《にな》い手となる御内儀たちへの給金を決めるのが、筋ではございませぬか。過酷な働きには、それに見合うだけの金子が必要でございます。何卒《なにとぞ》、絹同役を置いてくださりませ」

「要らぬ」

重冬は、ふたたび冷ややかに応じた。

「江戸における絹同役のお役目は、それがしが家老の役割と兼任することになっておる。ゆえに国許には不要と申した。時折、行けば済む話ではないか。財政が厳しいなか、国許にも組同役を置いて、無駄な給金を払う余裕はない」

富は独り占めするのだと宣言したも同然だった。後ろに随《したが》う上級藩士たちも、おこぼれに与《あずか》るのだろう。同意するように頷《うなず》いていた。

「行方知れずになった奥御殿の侍女については、いかようにお考えなのでござるか。それがしのもとには、二親《ふたおや》が日参しております。御家老にお伝えいたしておりますが、いっこうに動く気配がござりませぬ」

源之丞は話を変えて迫る。

「もしや、御家老は、彼の女子の行方をご存じなのでござるか」

侍女が姿を消した裏には、家老の重冬がいる可能性がなきにしもあらず。探さないのは行方を知っているからなのか。

〝しっかり耳にとめるがよい、御算用者よ〟

源之丞に言われたような気がした。

「なにを言い出すかと思えば」

重冬は苦笑する。

「目立たぬように調べておるのじゃ。彼の女子は自らの意思で姿を消したのやもしれぬ。騒がぬ方が、よかろうと思うてな。密かに調べておるのじゃ」

「四月三日、上様がお忍びで我が藩の藩邸を『お通り抜け』なされました」

老藩士は信じられない言葉を口にした。将軍が一時的に家臣の屋敷に滞在することを『お通り抜け』と称している。

「…………」

数之進は驚愕《きょうがく》した。

左門の仇敵・松平伊豆守信明の後ろに、家斉がいるのはまず間違いない。しかし、一連の神隠し騒ぎには、さすがに関わっていないと思っていた。まさか、他の二人の女子もそうなのだろうか。家斉の命によって動いた結果なのか。

驚いたのは、数之進だけではなかった。

「な……」

重冬は絶句する。数之進とは別の意味の驚きかもしれない。よりにもよって御算用者がいる場でわざわざ口にする話ではなかろうと、激しい怒りで言い返せなくなっているように感じられた。

「………」

拳《こぶし》を握りしめ、身体を小刻みに震わせている。

「上様は、二刻（四時間）ほど奥御殿にご滞在あそばされて、平安絵巻行列をご覧になられました。終始、ご満悦だったように思えます。行方知れずになった侍女が、特にお気に召したご様子も伺えました。お側《そば》に侍《はべ》らせて手を握りしめ……」

「黙れっ！」

重冬は大声で制した。

「突然、かような話を口にするとは信じられぬわ」

身体の震えが、声の震えにも表れる。自分でも気づいたに違いない。落ち着かせるためなのか、何度も深呼吸した。

「佐竹源之丞、乱心につき、謹慎を申しつける。いや、それでは手ぬるいか。座敷牢じゃ、座敷牢に閉じ込めよ」

「反対でござる」

勘定頭が勢いよく立ちあがった。

「上様が『お通り抜け』あそばされたのは、すべての藩士が承知していることでござります。それを口にしただけで押込とは、合点がいきませぬ」

「それがしも同じ考えでござります」

長野桂次郎が立ちあがって、継いだ。

「佐竹様は長年にわたって、藩政改革にご尽力なさってきた言うなれば功労者。ハゲ山のせいで起きた土砂崩れのときも、いち早く国許へ行き、見舞い金やお助け米の手配りをなされました。どれほどの民が、佐竹様に感謝していることか」

正論であるがゆえに反論できないのだろう。重冬はもちろんだが、後ろに並ぶ頭役からも言葉が出なかった。ばつが悪そうに顔をそむける者もいた。

「一緒に座敷牢へ入るか？」

重冬は退《ひ》かなかった。いや、それしかできなかったのだろう。一度、口にした言葉を取り消すのは、侍としてあるまじき行為。下手をすれば後ろに随っている者たちの信頼をも失いかねない結果になる。

「お言葉が過ぎますぞ、御家老様」

さすがに勘定頭が窘《たしな》めた。なにを思ったのか、重冬は急に藩主を見る。

「殿、殿のご存念をお聞かせください。こやつは上様の『お通り抜け』という重要な事柄を、軽々しく口にいたしました。厳罰に処して当然であろうと、それがしは思います次第。殿のご存念やいかに？」

「う、あ」

正民は答えに詰まって、目が宙をおよいだ。みるまに冷や汗が浮かび、額から頬に流れ落ちる。

「だ、だめ、じゃ、余は、め、目眩《めまい》が」

不意によろめいた。

「殿！」

一角と同役の藩士が素早く支える。正民は小書院を右手で指さしながら、左手で源之丞を呼んだ。

「源之丞」

一緒に来いと言っていた。実権を握っているのは重冬かもしれないが、さすがに藩主を蔑《ないがし》ろにはできない。

「は」

立ちあがった源之丞を、止めることまではしなかった。正民は一角と同役に支えられて、小書院に戻る。詐病かもしれないが、内心、安堵《あんど》している者が多いのではないだろうか。ちょうど終わりを告げる鐘が鳴り、藩士たちは散って行った。対立相手への不満を互いに口にしている。

不穏な空気がしずまらないなか、

「あ」

数之進はウグイスの鳴き声を聞いた。左門の配下が、藩邸の外で見張り役と連絡役《つなぎ》を務めている。伝えたいことがあるとき、昼間はウグイス、夜はフクロウの鳴き声で合図することになっていた。

一角も気づいたのだろう。

小書院から顔を覗かせたが、すぐには行けぬと小さく頭を振る。数之進は頷き返して、藩邸の裏門に向かった。

三

裏門の潜《くぐ》り戸から外に出て、周囲を見まわした。そろそろ八つ（午後二時）を告げる前の捨て鐘が鳴る頃だろう。外はまだ明るく、四月の眩《まばゆ》い日射しが降り注いでいる。少し離れた場所に上司の鳥海左門が立っていた。連れていたのは、四兵衛長屋の見張り役を務めた際、失態を犯した若い配下である。

「鳥海様」

数之進は身体に入っていた力が、すっと抜けたのを感じた。門番が潜り戸を閉めたのを確認して、走り寄る。姿を見るだけで励まされるのは、左門の人徳によるものだろう。他者を包み込む大きな力を持っていた。

「この後は、鳥海様が務められるのですか」

数之進は訊いた。若手は十字路に立ち、人が来ないか見張っている。あらかじめ左門に言われていたに違いない。

「さよう。明朝までは、わしが務める。一角はいかがした？」

友を案じる表情になっていた。

「少し遅れてまいります。じつは、ちと騒ぎが起きまして」

数之進は騒ぎをかいつまんで説明する。一触即発の事態だったが、お陰ではっきりと玉池藩の対立図が見えた。

「佐竹様は、幕府御算用者に知らせたいがゆえに、わざと口になされたように感じました。驚くべき事実が露見いたしました次第」

周囲を見まわして声をひそめる。

「四月に上様の『お通り抜け』が、あったとのことでございます。その後、これは六日か七日後だと思いますが、十二単衣の侍女が姿を消しました」

「神隠し騒ぎは上様がらみの話やもしれぬ、か」

「『お通り抜け』の件は、ご存じでしたか」

「小耳にはさんだが、玉池藩の話とは知らなんだ。数之進も懸念をいだいているだろうが、もしや、他の二人も関わりがあるやもしれぬ。まさかとは思うがな。美しい女《にょ》性《しょう》のことになると、上様はお立場をお忘れになられるゆえ」

「姉様のときも大変でございましたか」

確かめるような問いが出た。前回のお役目のとき、三紗は数之進たちが潜入した藩邸の奥御殿で、内裏雛《だいりびな》の生人形《いきにんぎょう》に化けたという経緯がある。浅草の奥山で売り始めた『五色飴』を江戸城に広めたいがゆえの暴挙だったのは言うまでもない。あろうことか、家斉の目にとまってしまい、数之進はもとより側近が慌てふためく事態になった。

人妻だと告げて家斉は諦めたはずなのだが、実際はどうだったのか。

「上様はなんとかならぬかと、松平伊豆守様にご相談なされた由。内々に話はあったが、わしは取り合わなんだ。驚くほど高値の花代を告げられたがな。いっさい話を聞かなかったゆえ、諦めたようじゃ」

高値の花代とは、三紗を大奥へあがらせるための支度金に違いない。数之進は苦笑せずにいられなかった。

「姉様の耳に入らなかったのは、幸いでございました」

三紗が知ったときには、大奥へのご奉公を真剣に考えたかもしれない。

「うむ」

左門も苦笑いを浮かべて、続けた。

「今日は、数之進が気にしていた男は来ておらぬ。表門の方に又八郎を配しているゆえ、訪れればわかるはずじゃ」

「彼の者につきましては、おおよその見当はつきました。わたしが告げた藩を見張っていただければ……」

途中で言葉を止めたのは、潜り戸が開く音を聞いたからだ。一角が出て来る。せっかちな友は、近づきながら何枚かの紙を懐から取り出していた。

「遅くなり申した。藩邸内は剣呑な空気が消えませぬ。あちこちで言い争う者がおりまして、佐竹様が火消しに走っておられます。まあ、火附け役でござりますからな。当然やもしれませぬが」

渡された紙を数之進は見ない。

「これは、裏帳簿と思しきものの写しか」

念のため、友に確かめた。

「さよう。御座所の棚に、それらしき帳簿があったのでな。隙《すき》を見て写した次第よ。

字が乱れておるのは、急いでいたからじゃ」

　わざとらしい置き方は、味方かもしれぬ者の差配によるものだろうか。佐竹源之丞が命じたのか。

「読むまでもない。佐竹様が発したいくつかの言葉が、答えを教えてくれた。プラントハンターと訪れた随行者のうちのひとりは、おそらく大聖寺《だいしょうじ》藩の藩士であろう。四十前後の男が、そうかもしれぬ」

「なんと」

　一角は目を丸くした。

「いかにも、おまえの言う通りよ。玉池藩はすでに領地で織物を始めているらしいのだが、指南役は大聖寺藩と記されていた。相当な指南料を取っているようじゃ。なれど、佐竹様は大聖寺藩の名は口にしておらなんだと思うが」

　首を傾《かし》げながらの問いに答える。

「絹同役と御内儀絹よ。どちらも大聖寺藩での呼び方だ。絹同役は、大聖寺藩から任命されるものであり、城下で生産される生絹《きぎぬ》の総取締役とされている」

「そして、大聖寺藩は、百万石、いや、今では百二十万石とも言われる大藩・加賀藩の支藩じゃ」

左門が継ぎ、目をあげる。読んでいた一角の調書を懐に収めた。

大聖寺藩は支藩といえども十万石の大藩である。九代目の現藩主は、前田備後守利之《まえだびんごのかみとしこれ》で、七代藩主・利物《としたね》の長子とされていた。数之進が言った『昔から例の噂が出ては消えの大名家』とは、加賀藩を指している。

〝加賀・能登・越中に割拠《かっきょ》して、いつかは天下を〟

前田家には、始祖の利家《としいえ》以来の危険思想があるとされていた。

「そうか。大聖寺藩は加賀百万石の支藩であったな」

一角は確かめるように言った。

「さよう。わたしは番町で出会うた武家夫人の言葉を、思い出さずにはいられぬ。彼の者はこう訊いた」

数之進は告げる。

〝道に迷うてしまい、難儀しております。本郷へ行く道を教えていただけませぬか〟

謎めいた武家夫人と思しき者は、お歯黒をしておらず、侍女をひとりともなっていた。

聞き終わった瞬間、

「閃いたぞ！」

　一角は大声をあげた。

「待て、先に言うてはならぬぞ、おれの五両智恵でもわかる話じゃ。問いかけに出た本郷は、加賀藩の上屋敷が置かれている地であったな」

「そうだ。彼の女子もまた、佐竹様と同じく、われらのことを知ったうえで答えを教えていたように思えますが」

　同意を求めると、上司はうなずき返した。

「わしも同じ考えじゃ。気づくのが遅れたのは、われらの失態。断定はできぬが、敵ではのうて味方なのやもしれぬ」

　心当たりがあるのか、そこで黙り込む。

『番町の怪』、謎めいた武家夫人、彼の者が立ち去った後に落ちていた冨美の前掛け、鳥海家の女中がひとり辞めた、そして……季節外れの大掃除だろうか？

〝いかにも罠の匂いがする〟

　あのとき聞いた一角の言葉に異論はない。番町の騒ぎ以来、不吉な胸騒ぎがしずまらなかった。幕府御算用者に罠を仕掛けた相手は、おそらく松平伊豆守信明の配下だろう。

　手暗《てぐろ》三人衆の頭と思しき林忠耀が考えたであろう策を、打ち破れるか否か。

「やれやれ。またもや、おれは蚊帳の外か」

一角は、呆《あき》れ顔で言った。

「鳥海様と目顔で話されては、なにもわからぬ。もしや、鳥海様は番町の謎めいた武家夫人について、心あたりがあるのでござりまするか」

「あるような、ないような、ぐらいの答えしか返せぬ。なれど、わしの思うお方が投げた知らせであるならば、事態はかなり深刻じゃ」

冨美の前掛けが使われたのはすなわち、冨美に危害を加えるかもしれないという警告に他ならない。それもあって左門は、内輪の祝言を諦め、急いで鳥海家に迎え入れたのだろう。人質に取られたも同然の流れだった。

「鳥海様が思うお方は、植木屋の宇平次を贔屓にしておいでですか」

数之進は訊かずにいられない。公儀御庭番が動いている状況では、迂闊《うかつ》に路上で姓名を口にできなかった。間接話法を使うしかない状況なのである。

〝コウヤマキの客人か〟

宇平次のあれは、客人の正体を知らせるものに思えた。

「さよう。植木屋の宇平次は、彼のお方の御用達じゃ。奇木や珍品を探すことに長《た》けておるゆえ、昔から贔屓にしておられる」

「さようでございますか」

彼のお方とは、松平越中守定信。

数之進は得心した。

「京における菜種の高騰と桑の栽培の調べは、いかがでござりましょうか。桑の栽培については、一角の調べでわかりましたが、菜種は曖昧なままです。玉池藩の領地で採れる菜種を、だれかがわざと京ではなく、大坂に送ったという事実はございますか」

「なに？」

一角が疑問を口にする。

「つまり、意図的に菜種の高騰を企てた者がいるということか」

「断定はできぬが、京の高騰は作られたものやもしれぬ。巨利を得ているのは、いったい、だれなのか」

「家老の高山重冬か」

独り言のような友の呟きを、左門が継いだ。

「数之進の調書が届いた時点で、二人の配下を玉池藩の領地に向かわせた。邪魔が入っていなければ戻る頃じゃ」

邪魔とは、公儀御庭番に他ならない。地方に行けば目立つうえ、襲撃にも適している。命懸けの探索だ。

「ついでに国許で起きた土砂災害も調べるよう命じておいた。上級藩士は安全な高台に住み、下級藩士は災害が起きやすい場所に居を構えるのが常。対立の根は、そのあたりにあるのやもしれぬと思うてな。調べを命じた次第よ」

左門の話を聞き、一角が口を開いた。

「今の話でござりますが、災害で家族を失った下級藩士は家老を怨み、一触即発の対立を生んだというお考えでござりますか」

「うむ。数之進の調べによると、灯火用の松根掘りや過剰な下草刈り、落ち葉掻きがハゲ山になった原因とされていた。それらを命じたのは、上級藩士であろう。家族を失った者が怨みをつのらせた結果、両者の間に大きな溝ができたのやもしれぬ」

玉池藩の政《まつりごと》は、家老の専横が際立っている。対抗馬の佐竹源之丞は高齢であるため、今ひとつ押しが弱くなりがちだ。そして、間に立つ気弱な藩主は、蹴鞠が転がるように右往左往するばかり。それが今の玉池藩だった。

「話を彼のお方に戻しても、よろしいですか」

数之進は言った。松平越中守様定信のことである。

「かまわぬ」

「彼のお方のご存念やいかに？」

　率直な問いを投げる。

「さあて、いかようなお考えであろうか。政を退かれて今は悠々自適の隠居暮らしじゃ。どこまでお力を貸していただけるか、定かではない。また、巻き込みたくないという気持ちも、むろん、ある。首を懸けるのは、わしひとりで充分ゆえ」

「わたしは、鳥海様に従います」

「それがしは命を懸けております」

　二人の声が綺麗に重なった。命を差し出す覚悟はできている、つもりだ。いつになく暗い表情をしている左門が、ずっと気になっていた。

「己の弱さを悔やむ日々よ」

　遠い目をして言った。

「両目付の役目を受けたとき、命懸けの闘いになるのはわかっていた。ゆえに妻は娶《めと》るまいと決めていたものを」

　彼方《かなた》に向けた目は、なにを見ているのか。かいがいしく立ち働く新妻の姿だろうか。

　冨美は思いのほか早く、鳥海家になじんでいた。まるで昔から奥方だったような様子を思い出して、数之進は胸が締めつけられた。

「姉上は、言うておりました。刺し子の話をしたときです」

こらえきれず口にする。

〝弱くなった部分や破けてしまったところには、当て布をしたり、繕ったりして新たな一枚の布に仕上げる。使い込まれた古布の風情にも心惹かれるのですよ〟

この言葉は、数之進の胸を熱くゆさぶった。いまだに決断できていない世津との関係。頭ではわかっている、だが……三紗と二人で江戸に出て来たときは、騒ぎを起こす厄介な存在だった冨美が、思いもかけない形で影響を与えていた。

「さようか。冨美がそのようなことを」

冨美殿ではなく、冨美と呼び捨てにしたのが新鮮にひびいた。杉崎春馬が三紗を呼び捨てにしたときは、勇気のある男だと感心した覚えがある。夫婦になったのだと感じる瞬間だった。

──世津。

心の中で呼んでみる。いつか来るだろうか、呼び捨てにする日が。すべては己の心の問題なのだが……。

「なんだ？」

一角が異常な気配に気づいた。左門もほとんど同時に、藩邸の海鼠塀《なまこ》に近づいている。数之進も少し遅れて、怒号をとらえた。源之丞派と家老派の言い争いだろうか。大声が外まで聞こえていた。

「鳥海様。奥御殿の御門に、乗物が着きました」

若手の配下が言った。が、確認しに行く暇はない。

「戻ります」

数之進は言い置いて、一角とともに裏門の潜り戸から藩邸内に戻る。怒鳴り声がいっそう大きくなっていた。

四

「ええい、許せぬ。もはや、これまで」

若い藩士が、腰を低くして脇差の柄《つか》を握りしめている。

御座所前の中庭に、十数人が集まっていた。いったんは散ったはずの藩士たちが、源之丞派と家老派に分かれて、ふたたび睨み合っている。藩主の正民は御座所前の廊下で蹴鞠を胸に抱いたまま立ちつくしていた。一角はすみやかに廊下へあがり、藩主のもとへ行った。

――佐竹様。

数之進は、下級藩士の一番前に立つ源之丞を見つけた。脇差を抜く寸前の若い藩士を宥《なだ》めているのかもしれない。腕を摑《つか》み、懸命に話しかけていた。家老の高山重冬は、離れの廻廊に立って諍《いさか》いの様子を眺めている。書院と茶室を兼ねた離れは、ぐるりと廻廊が設けられており、風流を形にしたような趣を放っていた。

重冬の薄ら笑いが、遠目にも見て取れた。

「どうした、それで終わりか」

三十前後の上級藩士は挑発する。

「殿の御前で刀を抜けば、貴様は切腹を申しつけられて御家断絶よ。その勇気があるか、ええ、おれの胸を刺しつらぬけるか。かような勇気は持ち合わせていまい。さっさと長屋に戻れ。これ以上、無様《ぶざま》な醜態を曝《さら》すな」

「さよう、無様なことこのうえないわ」

「宇野凛太郎《うのりんたろう》あらため、無様凛太郎とするがよい」

最後の言葉で家老派はどっと湧いた。

「くっ」

若い藩士は唇を噛《か》みしめる。悔しさのあまりなのか、唇に血が滲《にじ》んでいた。数之進は正民が動くのではないかと思ったが、立ちつくしたまま人形のように固まっていた。抱えた蹴鞠を見た瞬間、

「あ！」

妙案が閃いた。

「あいや、しばらく、しばらくお待ちを！」

数之進は大声をあげながら一団に走り寄る。藩主の近くにいた一角が、廊下から飛び降りて助けた。友が退《しりぞ》かせた藩士の間を縫って、対峙《たいじ》する数人のところに進み出る。地面に平伏して告げた。

「それがし、勘定方の生田数之進でござる。この睨み合い、蹴鞠で勝負をつけるというのは、いかがでござろうか」

提案が呑み込めなかったのだろう、

「蹴鞠？」

睨み合っていた上級藩士が、怪訝《けげん》そうに眉《まゆ》をひそめた。

「蹴鞠をどれだけ長く蹴り続けられるか、それを競う御前試合にござります。双方から代表者を出して、何回、蹴ることができるかを数えるのです。地面に落ちた時点で

失格とし、そこで勝敗が決まるという大会でございます」

平伏したまま言い、廊下に立つ藩主を見あげた。

「いかがでございましょうか、殿」

「あ、う」

正民は、すぐには理解できなかったらしく口ごもる。すかさず一角が数之進の隣に平伏した。

「蹴鞠大会でございます。両者、ひとりずつ代表者を出して競い、先に蹴鞠を落とした方が敗《ま》けとなる戦いでござる。殿のお好きな蹴鞠の競い合いで、勝ち残った者は蹴鞠巧者《こうしゃ》として褒美を授《さず》けるのが、よろしいのではないかと存じます」

さすがは盟友、本人曰く五両智恵で褒美の話まで提言する。蹴鞠巧者なる造語の表現もまた、素晴らしいと数之進は思った。騒ぎに気づいた家老の重冬が、離れから御座所の廊下にあがってこちらへ来る。

一角の話でようやく理解できたらしい。

「蹴鞠大会か。さよう、それで勝負を決するがよい。余の好きな蹴鞠の試合じゃ。一角が言うたように勝者には、いや、敗けた者にも褒美を取らせよう。それぞれ一名ずつ選び、蹴鞠大会を催すこととする」

正民は敗者への気配りをも口にした。鷹揚な気質であると同時に、愛してやまない蹴鞠大会を開けるのが嬉しいに違いない。言うまでもなく刃傷沙汰《にんじょうざた》は御法度《ごはっと》、下手をすれば赤堀家が改易を命じられかねない恐れもある。

満面に笑みを浮かべていた。

「それがしも良き提案であると存じます」

いち早く源之丞が同意して、藩主の隣に来た家老に目を投げた。

「御家老。いかがでござりまするか」

「よろしいのではないかと存じます。うららかな春の日射しを受けるなか、平安装束をまとった殿や奥方様の御前で蹴鞠の技を披露できるのは、藩士にとってはこのうえなき名誉。みな競って代表者に名乗りをあげましょう」

さほど関心のない顔をしていたが、刃傷沙汰はさすがにまずいと思ったらしく、すみやかに同意する。

「余は満足じゃ」

言葉通りの表情で、正民は何度もうなずいた。

「では、殿。蹴鞠大会は、いつにいたしましょうか」

源之丞が訊ねる。

「三日後じゃ。今までの稽古が、結果に結びつくは必至。さて、勝利を手にするのは、どちらであろうかの。楽しみなことよ」

「双方の呼び方でございますが、いかがいたしましょうや。殿に決めていただきたく存じます」

さらに老藩士が申し出た。確かに源之丞派や家老派では、いかにも藩内の対立を表すようで体裁が悪い。

「ふぅむ、呼び名か」

少し考えた後、

「赤鬼と青鬼を真似て、赤組と青組でよかろう。そのほうが赤組、そして、そのほうが青組じゃ」

正民は告げた。睨み合っていた上級藩士を赤組、無様凜太郎と呼ばれた下級藩士を青組と扇子で指し示した。

「殿のご命令じゃ」

源之丞は継いで、立ちあがる。

「稽古できるのは、わずか三日。その間に騒ぎを起こせば、蹴鞠大会はむろん中止じゃ。喧嘩両成敗の考えに則《のっと》って、御家断絶は間違いないことを明言しておく。ゆめゆめ争うことなかれ。また、赤組、青組のどちらが勝利を得ても遺恨を持たぬよう、殿に成り代わってここで申しつくる。よいな」

と、確認するように見まわした。

「ははっ」

藩士たちは平伏する。得心したかどうかはわからないが、表向きは了承した。正民は蹴鞠を宇野凜太郎に投げる。

「まだ時がある。陽《ひ》のあるうちは稽古に励むがよい」

「は！」

受け取って凜太郎は、青組の者たちと離れて行った。藩邸内では花木を植えずにわざと空けた場所が、蹴鞠の稽古場になっている。二カ所、設けた稽古場に、それぞれ足を向けた。

「助かったわ。そのほう」

正民が安堵したように声を発した。

「我が友、生田数之進でございます」

代わりに答えた一角とともに、藩主の御前に畏まる。老藩士は残っていたが、家老の重冬は赤組がいなくなるのと同時に離れへ戻った。

「生田数之進。まことにもって妙案じゃ。余の道楽と思うているのか、蹴鞠を馬鹿にする藩士が多くてな。稽古を奨励しても、いっこうに上達せなんだが、こたびの蹴鞠大会は良いきっかけになるであろう。一年に一度、催すようにすれば身が入るやもしれぬ」

「御意。良きお考えではないかと存じます」

源之丞が答えた。

「平安絵巻行列は、少しずつ幕府内や家臣に広まっている由。見物したいという申し込みが、相次いでおりまする。御家老は対応に追われているのではないかと存じます」

老藩士の目は、離れに向けられていた。左門から表門の見張り役の話は聞いていなかったので、客人の来訪については数之進も知らなかった。やはり、源之丞はできるだけ話を伝えようとしているに違いない。

「今、離れにおいでになられているのは……」

姓名を訊こうとしたとき、

「殿っ」

廊下で女子の大きな声がひびいた。中奥に続く戸が開いている。侍女が裾を振り乱して走って来た。十二単衣ではなく、武家の小袖姿だが、慌てるあまり転びそうになっていた。一角が走り寄って導き役を買って出る。侍女の手を取って藩主のもとに来た。

「いかがした。奥になにかあったのか」

「い、いえ、奥方様ではありませぬ。あ、秋乃《あきの》が」

息があがってしまい、話せない。裏門の方からは、左門と思しきウグイスの鳴き声が聞こえている。

「秋乃？　行方知れずになった秋乃か？」

正民が確認するように訊いた。

「はい。つい今し方、御駕籠《おかご》に乗って奥御殿へ戻りました」

「無事なのか」

「無事でございますが」

曖昧な答えが、気になったのだろう。正民は先に立って廊下を歩き出した。当然のように源之丞が従い、数之進も続いた。

「おまえは先に行け。おれは鳥海様に話を伺うてくる」

横を走りながら一角が囁いた。頷き返して、そのまま源之丞を追いかける。戸を入って中奥を通り抜け、開け放たれていた奥御殿の戸から中に入った。

——すんなり入れるだろうか。

男子禁制の場に入るのは抵抗があるし、許されてはいない。入ったところで足を止めると、源之丞が肩越しに見やった。

「一緒に来るがよい」

「は」

会釈して続いた。廊下では侍女や女中が、まさに右往左往している。蜂の巣を突《つっ》いたような騒ぎになっていた。

数之進たちは、藩主の寝所にも用いられる私的な奥座敷に案内された。

五

「秋乃、大丈夫ですか」

奥方が若い女子に話しかけている。秋乃は茫洋《ぼうよう》とした目を、宙に彷徨《さまよ》わせていた。着ているのは西陣染めという感じの上物の小袖だ。年は確か十六。しかし、げっそりとやつれた青白い顔は、老婆のようにしぼんで見えた。

「む」

数之進は座敷に足を踏み入れたとたん、妙な臭いをとらえた。独特なこの薫りは、薬草に思えたが名前まではわからない。そして、濃密な薫りの中心にいるのは……秋乃だった。

「この臭いはなんじゃ」

正民が代弁するように言った。くんくんと鼻をうごめかせている。

「香の薫りとはまた違う独特な臭いが、秋乃の身体や着物から立ちのぼっております。そばにいると気分が」

奥方は懐紙を口にあてて、何度も唾《つば》を飲み込んだ。吐き気を覚えたのか、ひとりの侍女は廊下に出て行く。

「なにも答えないのでございますか」

数之進は畏まって訊いた。

「だめなのですよ。さまざまな問いを投げても反応がないのです。いなくなる前は、歯切れよく話す快活な娘だったのですけれど」

今は光のない目を宙に向けるばかり。顔色も悪く生気がまったく感じられない。姿を消してから、さほど日にちは経《た》っていないのに、この著しい変化はなんなのか。

――危険な薬を飲まされたのではないだろうか。

幕府御算用者が神隠し騒ぎを調べ始めたことを良しとせず、仕方なく戻したように思えた。拐かしただれかが、よけいな話をされては困ると思い、唐から伝わった薬を飲ませ、薬漬けにしたのかもしれない。

薬になるか、毒になるかは飲む量次第だ。

「湯に入れると薬が抜けるやもしれませぬ」

遠慮がちに提案した。効果があるか、経験がないので自信を持てなかった。以前、読んだ医学書に、そんな記述があったような気がするという程度の治療法だ。

「元に戻るか、定かではありませぬが」

言い添えずにいられない。それでも試してみる価値はあると思ったのだろう。

「やってみるがよい」

正民が告げた。

「こんな状態では、親元に帰せぬ」

言った後で思いついたのか、

「すでに知らせたのか」

奥方を見やった。

「いえ、まだでございます。殿のご裁断を仰ぐのが、得策と思いましたので」

「それは重畳《ちょうじょう》。変わり果てた娘の姿を見たら、衝撃のあまり卒倒するに相違ない。さほど時は経っておらぬのにのう。なぜ、かような状態になってしもうたのか」

「とにかく、湯に入れてみましょう」

奥方の言葉を、数之進は受ける。

「どんどん水を飲ませた方が、よいのではないかと思います。また、湯に入れると途中で気分が悪くなるやもしれませぬ。どなたか付き添い、様子を見てやらねば危ないのではないかと存じます」

「わたくしが」

廊下にいた侍女のひとりが答えた。裾を振り乱して知らせに来た女子だった。

「頼みます」

奥方の言葉で、何人かが秋乃を支えて立ちあがらせる。木偶《でく》の坊のように、されるがままだった。

――もしや、従うのを拒否したのかもしれぬ。

それゆえ薬を飲まされたのではないか。無理やり乱暴されたのだとしたら、衝撃の大きさは計り知れない。しかも、相手が将軍だったとしたら……？

「数之進」

一角が廊下に来ていた。数之進は正民と奥方に一礼して、廊下に出る。ノロノロと歩く秋乃たちを見るともなしに見送っていた。

「奥御殿に着いた乗物は、門前で女子を降ろすや、すぐに立ち去ったらしい。去り際に門を叩いて門番を呼び出したそうじゃ。お忍び専用の乗物だったのであろう。家紋の類《たぐい》は入っていなかった由」

庭に降りて密議となる。

「悪事専用の乗物であろうか」

数之進は頭に浮かんだ問いを口にした。

「そうかもしれぬ。おれはちらりと見ただけだが、秋乃はまるで人形のようではないか。ひどい真似をするものよ」

廊下を見やって言った。

「鳥海様はなにか言うておられたか」

数之進は訊いた。

「三宅様たちに、乗物を尾行《つ》けさせたようじゃ。まあ、行く先を突き止めたところで、真実は暴けぬだろうがな。もしかしたら、どこかに綻《ほころ》びが生じるやもしれぬ。そこを突くしかあるまいさ」

「それにしても、どのような薬を使ったのか。人間の意思を奪い、思うように操れるとしたら……恐ろしい話よ」

今回の騒ぎに将軍が関わっているとは思いたくなかった。しかし、と、即座に疑問が頭をもたげる。では、だれが秋乃を拐かしたのか。木偶の坊にしたのはなぜなのか。若く美しい女子の肉体を思うさま弄《もてあそ》ぶためではないのか。

「まるで、われらに挑戦しているかのようじゃ」

一角が抑えた声で告げた。

「できるものならやってみろ、とな、愉《たの》しんでいるのではあるまいか。これは、おれの考えだが、上様と林忠耀は、気質が似ているのやもしれぬ」

「あ」

言われて気づいた。確かに林忠耀は、仇敵の松平伊豆守信明よりも、家斉に近いのかもしれない。神隠し騒ぎは彼の者の提案ではないのか。将軍の機嫌を取るには、美しい女子を与えるのが一番だ。

「他の二人は、無事であろうか」

「そうであるのを祈るばかりよ、と、待て」

一角は仕草でも沈黙を求める。奥御殿は相変わらず、ざわついており、侍女や女中が忙しく廊下を行き来していた。数之進も耳に意識を向けてみたが、奥御殿の騒がしさしか摑めなかった。

「なにか聞こえるのか」

「うむ、人の叫び声が聞こえたように……」

一角の言葉が終わらないうちに、中奥に続く戸が音をたてて開いた。ひとりの藩士が、真《ま》っ直《す》ぐ奥座敷へ向かう。廊下にいた源之丞に気づき、近づいて行った。なにか耳もとに囁《ささや》かれたとたん、

「なに？」

老藩士の顔色が変わった。すぐさま藩主夫妻がいる座敷に入って、正民の耳もとに唇を寄せる。今度は藩主が顔色を変えた。

「…………」

すぐには返答できなかったのかもしれない。促されて、正民は立ちあがる。しかし、身体が震えてしまい、はじめの一歩さえ踏み出せなかった。

「殿」

一角は廊下にあがって、正民を支える。

「表の離れじゃ。先に行っております、殿」

源之丞は言い置いて、年に似合わぬ速さで動いた。一角と同役の小姓方は、老藩士を追うように廊下を進む。数之進も廊下にあがり、藩主の右側に立って支えた。

「あ、あ、なぜ？」

正民は顎まで震えて、うまく話せない。友と身体を持ちあげるようにしながら、廊下を歩き始めた。中奥に移ったものの、そこは奥御殿以上の騒ぎになっている。藩士が廊下や庭に出て、表の戸口に向かっていた。混《こ》み合いすぎて前に進めない。

「殿のお通りでござる」

不意に一角が、声を張りあげた。

「道をお空けくだされ」

藩士たちは座敷や庭に退いて畏まる。数之進と一角は両側から支えて、長い廊下をすみやかに進んで行った。やっと表に辿《たど》り着いたが、やはり、大勢の藩士たちが廊下を埋めつくしている。視線を向けているのは……離れの茶室書院だった。

「よ、余はここにおる」

正民が震えながら訴えた。

「そのほうらだけ、行け。余はもう動けぬ」

か細い声だったが、藩士たちが藩主のものだと気づくのに時はかからなかった。

「殿」

「道を空けよ。殿のお通りじゃ」

藩士みずから脇に退き、否応なく進まざるをえない流れになる。仕方なさそうに歩き出したが、すでに結果を知っているに違いない。正民の顔は青いのを通り越して白っぽくなっていた。

赤い夕焼けが、よけい白さを際立たせていた。数之進たちは庭に降りて、離れの書院に近づいて行く。少し高くなった建物は、三段の階段をのぼって入る造りになっていた。

――佐竹様。

書院の出入り口に、源之丞が現れた。いちだんと足が重くなった藩主とともに、二人は階段をあがる。途中まで着いて来た藩士たちは、ひと言も声を発しない。異様な静けさに覆われたなか、数之進たちは離れの入り口に着いた。

「殿」

源之丞が会釈して、横に身体をずらした。戸口を塞《ふさ》ぐ格好になっていたからなのだが、次の瞬間、畳が真っ赤に染まっているのが見えた。もしや、夕焼けのせいなのか、と思いたくなるほど血まみれだった。

「……重冬」

藩主は、崩れ落ちるように座り込む。

高山重冬は仰向《あおむ》けに倒れていた。胸のあたりは血まみれで、なにかが刺さっているように思えたが、よくわからない。一角は臆することなく、離れの座敷に足を踏み入れた。

数之進はごくりと唾を呑み、後に続いた。重冬がすでに事切れているのは間違いない。夕陽に染まった茶室書院で微動もしなかった。

「数之進。胸に突き立てられているのは、脇差でも短刀でもない」

一角が言った。

「煙管《きせる》じゃ」

「まさか」

ふと目を転じたとき、

「う」

数之進は凍りついた。離れの一隅に落ちていた細長い袋のようなもの。それは見慣れた煙管袋に思えた。しかも丁寧に刺し子が施された袋は、もしや、冨美が作ったものではないのか!?

「…………」

言葉が出ない。

このとき、数之進は、罠に陥《お》ちた音をはっきりと聞いた。

第五章　五手掛《ごてがかり》

一

高山重冬の胸に突き立てられていた煙管《きせる》は――。

鳥海左門の品だった。

騒ぎの後、すぐに数之進と一角は幕府御算用者の手札を出して、両目付の鳥海左門を藩邸内に招き入れたのだが、仕掛けられた罠のため、調べは一時中断となったのである。大名掛《がかり》の大目付と、旗本掛の十人目付が呼ばれたのは言うまでもない。

煙管に彫られていた家紋や景近《かげちか》という諡《おくりな》が証となったが、むろん、左門は重冬を殺《あや》めていなかった。藩邸の裏門付近にいたものの、敷地内には一歩も足を踏み入れていない。しかし、大目付と目付は念のためと告げて、左門の数少ない友である十人目付のひとりの屋敷に収監したのである。

始まりは『番町の怪』、謎めいた武家夫人、彼の者が立ち去った後に落ちていた富美の前掛け、鳥海家の女中がひとり辞めた。そして、季節外れの大掃除。

左門は、屋敷から消えた煙管と煙管袋を探すために、季節外れの大掃除をしたのだ。

おそらく盗んだのは辞めた女中ではないだろうか。罠が仕掛けられたことを知った松平越中守定信は、周囲に気づかれないよう武家夫人を使い、左門に知らせたのだろう。

だが、時すでに遅し。煙管は煙管袋ごと盗まれていた。

「煙管と煙管袋は、確かに拙者のものでござる。なれど、玉池藩の藩邸には入っておりませぬ」

左門は、目付の問いに堂々と答えた。

「両目付として内々に調べていたのは事実でござるが、家老の高山重冬を殺めておりませぬ。そもそも殺める理由がござらぬ」

配下の数之進たちも訴えたが、これは松平伊豆守信明、いや、正しくは配下の林忠耀が企てた謀《はかりごと》であり、最初から下手人は鳥海左門と決めていたのはあきらか。幕府御算用者という役目を潰すための卑劣な策だ。騒ぎが起きたその日に調べられて、十人目付の屋敷送りにされた点にも用意周到さが表れていた。

「煙管袋についてはいかがでござるか。奥方の富美殿が、刺し子の前掛けや小物を作っておられるとか。奥方の煙管袋でござるか」

　この問いには、躊躇《ためら》うことなく頭を振った。

「妻の手による煙管袋ではござらぬ。ぶらぶら歩きをしていた折、目についた品を買い求めた次第。妻にはいっさい関わりなきことでござる」

　きっぱり言い切る。深い意味のある答えだったが、目付はそれ以上、問いかけなかった。すでに結果が決まっているかのような質疑応答に、数之進は強い不安と不審を覚えた。

　――なにがなんでも鳥海様を、家老殺しの下手人に仕立てあげるつもりか。

　松平信明の後ろには、十一代将軍・家斉が控えている。白を黒にするのなど、たやすいことだ。目の上のコブである松平越中守定信と鳥海左門、さらには配下の数之進たちの息の根を止めるため、将軍自ら動いたのは確かだろう。

　大騒動であるのを考慮して、幕府内には五手掛《ごてがかり》が編成された。寺社奉行、町奉行、勘定奉行の三奉行より、それぞれ一名ずつ。さらに大目付と目付がひとりずつ加わって、総勢五名による鳥海左門の正式な審議が行われることになった――。

翌日の未明。

数之進と一角は、大番屋の前にいた。

家老の高山重冬の亡骸《なきがら》が家族に引き取られる前に調べたいと申し出て、奇跡的に受け入れられたのである。断固として拒絶されるか、すでに引き取られた後かもしれないと思っていただけに、急ぎ出向いたのだった。

常とは違う流れを見ると、松平越中守定信の手配りがあったことも考えられる。いずれにしても水面下で熾烈《しれつ》な戦いが始まっているのは間違いない。型通りの審議の後、鳥海左門は下手人として切腹を命じられかねない厳しい状況だ。

猶予はない。

大番屋の役人に袖の下を渡して、しばらくの間、近づかないように告げた後、二人は大番屋に足を踏み入れた。

線香の匂いが漂っている。

小上がりになった板の間にのべられた布団の上に、重冬は横たえられていた。顔と身体には白い布が掛けられている。町人の場合は番屋の土間に置かれたうえ、筵掛《むしろが》けという状態だから、大名家の家老に相応《ふさわ》しい扱いといえた。

手を合わせた後、顔と身体に掛けられた白い布を取る。中にいるのは数之進と一角だけだった。

「う」

数之進は声を詰まらせる。すでに重冬は白い死に装束姿だったが、胸に血が滲《にじ》んでいた。着替えさせたときはある程度、時が経っていたのに、それでも新たな出血があったのは、いかに深手だったかを示していた。傷痕を今一度、確かめるべく、一角とともに胸で組まれていた両手を下げ、胸元を押し広げた。

胸の真ん中あたりに、穿《うが》たれたような穴が開いていた。

さすがに血は固まっていたが、傷口の大きさに言葉を失ってしまう。単に脇差や短刀で刺しただけではなく、ぐるっと柄をまわして意図的に傷口を大きくしたような痕跡が見えた。残虐なやり方は、重冬への怨みによるものなのか。そう思わせるための仕儀なのか。

「声をあげる暇もなかったであろうな」

一角が言った。

「襲撃者は、迷わず刺しつらぬいている。素人《しろうと》ではあるまい。殺めることに慣れている者じゃ。おそらく」

目をあげて続ける。

「刺客として動く忍びか、彼のお方が抱えておられる公儀御庭番か」

いずれにしても、命じたのは仇敵・松平伊豆守信明のように思えた。鳥海左門は小判を積んでも従わない男だ。追い落とすには、強引な策を取るしかないと考えた結果ではないだろうか。

殺めるのは別に高山重冬でなくてもよかったのだろう。

「鳥海様を陥れるための犠牲《いけにえ》か」

数之進は胸が痛んだ。重冬が政《まつりごと》を専横していたふしはある。しかし、裏で画策していたのであれば、両目付に正しい裁きを受けさせたかった。こんなふうに、鳥海左門対松平信明の争いに巻き込みたくはなかった。

「この右手」

きつく握り締められていることに、数之進は遅ればせながら気づいた。やはり、騒ぎが起きたときは、動転しきっていたに違いない。指を開かせようとしたが駄目だった。

「おれがやる」

一角がこちら側に来て、重冬の指を開かせる。ボキッ、グキッという不気味な音がひびいた。骨が折れたのかもしれない。無理やり開かせた重冬の右掌《みぎて》に載っていたのは……潰れた花木の球果に見えた。

死ぬ間際に凄《すさ》まじい力が加わったのは間違いない。マツボックリに似た球果は、ひしゃげていた。

「もしや」

数之進が広げた懐紙に、一角はそっと球果と思《おぼ》しきものを載せる。

「これは、コウヤマキの球果やもしれぬ」

「コウヤマキ？　プラントハンターたちが、探し求めていたあれか？」

「さよう。玉池藩が彼の者たちの、密議と取り引きの場になっていたのは確かだ。玉池藩には平安絵巻行列があるではないか。外国《とつくに》の者をもてなすには最適だからな」

「確かに。では、殺められたとき、高山重冬が会《お》うていたのは、もしや、大聖寺藩の者なのか。手に入れた球果を渡すべく設けた場で殺められたのか」

自問するような含みがあった。家老の近習《きんじゅう》に確かめたところ、藩邸に来たのは見憶えのない侍であり、ひとりで訪れたとのことだった。重冬はあらかじめ知らせを受けていたらしく、人払いしたうえで客人と離れに行ったという。

「その可能性は低いかもしれぬ。大聖寺藩の仕業《しわざ》と思わせるための策やもしれぬ。下手人はコウヤマキの球果が手に入ると持ちかけて、高山重冬に会う段取りをつけたのではあるまいか。怪しまれないために見本として、ひとつ、球果を持って来たように思えなくもない」

「なるほど。それにしても、藩士たちが大勢いる藩邸で、かような騒ぎを起こしたのが信じられぬわ。なぜ、気づくのが遅れたのであろうな」

「もうひとつの騒ぎがあったからだ」

数之進の言葉を聞いて、一角は「あ」と小さな声をあげた。

「行方知れずだった奥御殿の侍女が戻って来た騒ぎ——神隠し騒ぎか」

「うむ。あのとき、われらの目と耳は奥御殿に向けられていた。藩士たちも同じだったであろう。たまたまとは思えぬ。つまり」

「神隠し騒ぎとこたびの騒ぎは裏で繋《つな》がっている、か」

継いだ友に小さく頷き返した。

わかっているだけでも三人の娘が、神隠し騒ぎで姿を消した。秋乃が戻って来たので二人になったものの、表に出ないだけで他にも姿を消した女子がいるかもしれない。家斉を追及できる唯一の切り札になるかもしれないが、左門の命を助けるには確たる証が必要だった。

「他にもなにか手がかりになるものがあるやもしれぬ。おぬしも探してくれぬか」

言いながら数之進は、重冬の右手の指を見る。殺められたときに着ていた着物と袴《はかま》は、三宅又八郎たちに保管を頼んでおいた。さらに離れにも藩士たちが立ち入らぬよう告げてある。幕府御算用者の役目を遂行するための段取りは整えた。

「爪になにか入っておるな」

一角が左手の指先を見て呟《つぶや》いた。言われて数之進も右手の爪を確かめたが、掌にコウヤマキの球果の欠片《かけら》があるだけだった。一角の方にまわって、行灯《あんどん》を左手の爪を近づける。

「おぬしの言う通りだ。刺された瞬間、高山様はとっさに左手で下手人の右腕を摑《つか》んだのかもしれぬ。相手は右腕に傷があるかもしれぬが」

「決め手には欠けるか」

「うむ」

数之進はつい暗い顔になっていた。決定的な証が見つからないことに、不安と恐怖が増してくる。最悪の事態を思い浮かべただけで身体が慄《ふる》えた。

「我が友は、また、苦労性と貧乏性の業《ごう》が疼《うず》いておるな。案ずることはない。われらはむろんのこと、だれよりも玉池藩の藩士が、鳥海様の無実を知っているではないか。証を立てるのは、さほどむずかしくあるまいさ。ただ、気になったのは」

言葉を切った友を促した。

「なんだ？」

「煙管袋のことよ。あれは冨美殿が作ったものではないか。庇《かば》うために、鳥海様が偽りを申し述べたのはわかる。が、なんとなく引っかかっているのじゃ。頭がこう、モヤモヤすると言うか。裏に重要な事柄が隠れている感じはするのだが、五両智恵では答えに辿《たど》り着けぬわ」

五両智恵と謙遜《けんそん》するなかれ、良い読みをするではないか。

心の中で言い、答えた。

「鳥海様はすでにお覚悟を決めておられる」

「な……」

一角はしばし絶句する。

少しの間、互いの顔を見つめ合った。

二

「煙管と煙管袋は、まさに一対《つい》。夫婦を表しているようなものだ。それを盗んだのは、鳥海様を陥れる罠の小道具にするため。『おまえが命を差し出さねば、鳥海冨美を下手人として斬首刑に処するがよいか』という脅しに他ならぬ」

数之進の話を、一角は慌て気味に片手で制した。

「待て。なにゆえ、家老を殺めた騒ぎに冨美殿が出てくるのじゃ。われらに対する脅しであるのはわかるが、冨美殿は玉池藩にはまったく関わりがないぞ。玉池藩の藩士はもちろんだが、鳥海家の屋敷の使用人たちも無実の証を立ててくれよう。おまえの考え過ぎじゃ。苦労性と貧乏性の厄介なところよ」

否定しながらも顔には、強い不安が浮かんでいる。煙管と煙管袋を盗まれたとき、左門はすべてを悟ったのだろう。ゆえに、短い時間ではあるが、夫婦として暮らした。そして、愛《いと》しい冨美のために己の命を差し出す覚悟を決めた。

「お助け侍、最大の難問よ」

数之進は言った。愛しい世津のことも気になるが、今は無理やり封じ込めている。

「どんなに強引な策であろうとも、松平伊豆守様は実行する、いや、すでに実行した。むろん、まだ騒ぎの答えは出ておらぬがな。まことの下手人は、すでに江戸にはいないかもしれぬ。あるいは」

意味ありげに切ると、ふたたび友が継いだ。

「すでに土の下か」

「うむ」

「かような仕儀が、許されるわけがない。だいたい道理が通らぬではないか。無実の鳥海様に無理やり家老殺しの罪をきせ、切腹に追い込む。ありえぬ、考えられぬわ。非道がまかり通る世では、この先どうなることか。しかし、上様がここまで愚かな真似をするとは……」

「一角」

思わず窘《たしな》めたとき、

「ご免」

戸口で憶えのある声がひびいた。三紗の夫、杉崎春馬が、三十前後の配下と入って来る。両名ともに旅支度姿だった。

重冬に手を合わせた後、

「近江国より先程、戻りました。鳥海様の騒ぎは途中で耳にいたしましたが、まさかと思いつつ、玉池藩の藩邸にまずは向かった次第です。三宅様からお二人は、こちらだと伺いまして」

春馬は言った。

「杉崎殿が、玉池藩の領地の調べに行っていたとは知りませなんだ。それで、しばらく姿を見なかったのですね」

数之進の言葉を受ける。

「敵方の動きを警戒するがゆえのご配慮だと思います。物売りに化けて動きました。幸いにも無事だったのですが、玉池藩の領地では常に見張り役の『目』を感じました。先廻りしていたのかもしれません」

幕府御算用者への監視が、これほど強かったことはない。絶対に終わらせてやるという仇敵の意気込みが表れているように思えた。

「なにか得られましたか」

最低限の問いで促した。天井裏や床下に、御庭番が潜んでいるかもしれないのだ。いやでも慎重になる。

察したのだろう、

「はい」

春馬は答えた。懐から取り出した調書《しらべがき》と思《おぼ》しきものを、数之進は受け取って丁を繰る。隣で一角が覗き込んでいた。

――玉池藩の領地で採れる菜種を、京ではなく、大坂に送ったという送り状か。

声には出さず、友にもその部分を見せた。だれかが密かに写し取っておいたものかもしれない。土砂災害についても記されていた。

「長野家の若き当主は、土砂で潰れた家の下敷きになり死亡」

数之進は小さな声で読みあげる。長野という名字が、閃《ひらめ》きをもたらした。

「もしや、勘定方の長野桂次郎は」

「ご推察通り、長野家の新たな跡継ぎです。三男の音三郎は、男子の跡継ぎがいなかった母方の近藤家へ養子に入った由。お二方の調べでは、近藤音三郎殿は小姓方の若い頭役であるとか」

「さよう。なかなか使える男じゃ」

友の答えを、数之進は自分なりの考えで継いだ。

「若き頭役の地位は、藩主なりの弁済金かもしれぬな」

「なに？」

一角が怪訝《けげん》な顔になった。

「途中の説明が抜けておるぞ、数之進。五両智恵にもわかるように話せ」

「口止め料と言うた方がわかりやすいかもしれぬ。国許の山では、松根掘りだけではなく、下草刈りや落ち葉掻きの回数が多かった。ハゲ山は本来の役目、水を貯《た》めておくことができなくなった結果、悲惨な土砂災害が起きてしもうた」

「なるほど。殿はせめてと思い、次男の長野桂次郎と三男の近藤音三郎を江戸に呼び寄せたわけか。で、近藤音三郎を小姓頭に任じた。長野桂次郎は、ゆくゆくは勘定頭になるのやもしれぬな」

言葉をとめて、首をひねる。

「待てよ。菜種の件や、過剰な松根掘りなどを命じたのは、おそらく彼の者」

横たえられた高山重冬を目で指した。

「つまり、二人は家老を怨んでいるのではあるまいか」

「ありうるな。家族を喪《うしな》った下級藩士が、怨みを募らせた結果、両者の間に深い溝ができたのやもしれぬ」

「それでは、もしや、二人が下手人なのか？」

「否定はできぬが、断定もまた、できぬ。二人が下手人ではなかった場合、まことの下手人の手引きをしたことも考えられる。なれど、怪しいと言えば、宇野凜太郎だったか。脇差を抜く寸前だった彼の者も無視できぬ。長野桂次郎たち同様、こたびの騒ぎに、なんらかの関わりがあるように思えるが」

「それも断定はできぬか」

一角は小さな溜息《ためいき》をついて言った。

「問い質《ただ》したところで明かすまい。仏になった者を貶《おとし》めるようでいやだが、高山重冬は下級藩士に怨まれていたと、おれは感じている。藩士が下手人だった場合は庇うであろう。真実を引き出すのは至難の業《わざ》じゃ」

「うむ」

同意して、数之進は春馬を見た。

「この調書に記された件を、教えてくれたのはだれですか」

菜種を京ではなく、大坂へ送ったという送り状の丁を開いて訊《たず》ねる。壁に耳あり障子に目ありを警戒してのことだった。

「村の大庄屋と思しき者でした。夕刻、使いを寄越した後、深更に人目をはばかるようにして宿へ来たのです。身なりや物腰、さらには二人の供を連れていたことから大庄屋ではないかと思いました次第」

「他になにか伝えることは？」

数之進に言われて、春馬は続ける。

「生田殿が気にしておられた四十前後の男ですが、尾行してようやく姓名を確かめられた由。顔を見た村上様が、大聖寺藩の留守居役であると言ったそうです。姓名は平《ひら》井忠国《いただくに》と聞きました」

「孫のような娘のお守《も》り役を楽しんでいた村上様も、さすがに重い腰をあげねばならなくなったか。老体に鞭打って動かねばならぬな。言うまでもないことだが、こたびの騒ぎは大事じゃ。下手をすると」

一角は、ちょんと首を切る仕草をした。家斉と松平信明は、鳥海左門の首ばかりか、配下の粛正も考えているのではないだろうか。志半ばにして役目を取りあげられるのは辛い。なんとしても身の証を立てなければならなかった。

「杉崎殿は姉様と逢《お》うたのですか」

数之進は話を変えた。重い話になりすぎたからだが、春馬は小さく頭を振る。

「逢うておりませぬ。家まで行く時間がなかったのですが、三宅様のもとに文が届いておりました。冨美殿が案じられるので、鳥海様の屋敷に行くとのことです。二人一緒にいてくれた方が、われらも守りやすくなりますゆえ」

我々にとっても多少は安心できると告げていた。数之進と一角もまた、冨美には逢えていないのだが、左門の件を聞いたとたん、卒倒したことは耳に入っている。おそらくそのまま床に就いてしまったため、三紗は妹として駆けつけたに違いない。

「姉上と姉様は、お変わりになられた。わたしはそれだけでも嬉しく思うておるのだ。

このまま、平らかな暮らしが続けばと思うていたものを」

しんみりとした口調を、一角が笑顔で受ける。

「父親役を務めてきた数之進にしてみれば感無量であろうさ。騙《かた》りの裏に生田姉妹ありというような状態だったからな。ひとりならまだしも、二人で引っかかるゆえ、その心労たるや並大抵ではなかったわ。頭のてっぺんが、ちと薄くなりかけておるのは、まぎれもなく二人のせいよ」

暗くなりかけた場に笑いの渦をもたらした。亡骸のそばで不謹慎だとは思うが、それでも自分たちは生きていかなければならない。お役目を遂行しなければならない。

数之進は、できれば幕府御算用者を続けたかった。

「玉池藩の奥御殿に戻された侍女は、いかがでございますか」

春馬が訊いた。又八郎に渡したばかりの調書を短い時間のなかで、きちんと読み込んでいた。

「水を飲ませて湯に入れるという療治を提案しましたが、なにしろ、この騒ぎです。一角は奥向きに行く暇がありません。それに頭がはっきりしたとしても、はたして、真実を話してくれるかどうか」

数之進の考え通り、秋乃は江戸城の大奥に連れて行かれたのだとしたら、口を閉ざすしかないように思えた。家族に危害を加えられるかもしれない。相手は天下の将軍である。泣き寝入りするしかない流れだ。

「鳥海様は大丈夫でしょうか」

三十前後の配下が、不安そうに訊《き》いた。

「力を合わせて動くしかありません。なれど、前向きにとらえた方が、よいのではないかと思います。こたびの騒ぎは、幕府御算者の真価を問われる良い機会かもしれませぬ。われらの存在を天下に知らしめることができれば、下級藩士や民が味方についてくれましょう。さすれば、勝機が見えるやもしれませぬ」

言葉にすることによって、うまくいくかもしれないという小さな希望がこのとき芽生えた。下級藩士や民を味方につける、味方につけるには……そうだ。諦めてはならない。

「なるほど。数では勝るな」

一角が相づちを打った。

「生田殿たちは、この後、いかように動かれますか」

春馬の問いに答える。

「藩邸に戻ります。下手人を突き止めるには、騒ぎが起きた場を知るのが肝要だと思いますゆえ」

いったん切ったものの、不意にある事柄が浮かんだ。

「今、思い出しました。ひとつ、調べていただきたいことがございます。千駄木は七面坂下の植木屋・宇平次のもとへ行き、だれかにコウヤマキの球果を売らなかったか、確かめていただけると助かります」

高山重冬が右手で握りしめていた球果。特殊なものであるため、流れを摑めれば下手人に辿《たど》り着けるかもしれない。

「わかりました。この後、すぐに行ってみます」

「申し訳ありませぬ」

旅支度を解く暇もなく、新たな調べを頼むのは心苦しかったが、事は急を要している。快諾してくれたことで、多少、苦労性と貧乏性を抑えられた。

「調書には、右腕に引っ掻き傷を持つ者の件が、赤く囲われておりました。気をつけるようにいたします」

春馬は調書を掲げて告げる。

「あ、いや、もうひとつ」

神隠し騒ぎに遭った女子、両国薬研堀の薬種問屋〈三ツ目屋〉の支店を営む作左衛門の愛娘《まなむすめ》は戻って来たか否か。調べてほしいと思ったが、愛しい世津の顔もちらついている。薬研堀へ行くついでに、借りている家を覗きに行きたいと思っていた。

「なにかあれば遠慮なく言うてください」

春馬に促されたが、小さく頭を振る。

「なんでもありません。コウヤマキの件、お願いいたします」

「承知しました」

出て行く二人を会釈で見送って、数之進は友と亡骸に白い布を掛けた。もう一度、手を合わせて大番屋を後にする。

しらじらと夜が明け始めていた。

三

愛宕下佐久間小路の藩邸は、恐ろしいほどに静まり返っていた。

しばらくの間、喪に服する旨《むね》、藩主から申し渡されている。あたりまえなのかもしれないが、のしかかるような重い空気に、藩士たちの気持ちが表れていた。数之進は友と表の離れに行った。

「来たか」

村上杢兵衛と若手の金森正也が、茶室書院の入り口に立っていた。娘が生まれて以来、見ることのなかった渋面になっている。まさに苦虫を嚙《か》みつぶしたような顔をしていた。

「三宅様たちは、どちらに？」

数之進の問いに答える。

「下級藩士の長屋で仮眠しておる。必ず二人一組で動けと、鳥海様にきつく申し渡されておるでな。二人とも休んでいるはずじゃ、と、もう我慢できぬわ。わしは、ちと、厠《かわや》に行くがよいか。年寄ると近くなっての。先刻より早《はよ》う来ぬかと待っておったのじゃ」

妙にあらたまった口調で切り出した。

「むろんです。なれど、なにゆえ、われらの到着を待っておられたのですか」

数之進は疑問を告げる。杢兵衛はさも不愉快そうに、顎で新参者の正也を指した。

「ひとりになるのが恐《こわ》いとな、訴えられた次第じゃ。こやつの故郷では、人が死んで間もないときは、幽霊になって現れるという言い伝えがあるとか。ゆえに我慢するしかなかったわけで……」

「村上様。早う行かぬと漏れまするぞ」

揶揄《やゆ》するような一角の言葉を聞いたとたん、

「いかん。まさに漏れそうじゃわい」

杢兵衛は股間を押さえて屋敷に走る。

「話が長くなるので遮ったのだが、小便したいのを忘れていたとは驚きじゃ。ここの働きが」

友はこめかみを示して続けた。

「だいぶ鈍うなっているのやもしれぬ」

「村上様には怒られましたが、いや、なんだか、背筋がゾクゾクするのです。人が殺められた場に来るのは、それがし、初めてでございますので」

正也は肩越しに茶室書院の離れを見やる。茶室に使える造りであるとともに、密議をする場としても適していた。

「わたしも同じです。恐くてたまりません」

そう言って、三段の階段をあがる。内部は、十畳敷きに二畳の上段を設け、付書院を備えていた。上段は床《とこ》として使われることから、この形式は『上段床』または『残月床』と称した。上段の壁に設けられた段違いの棚は、あまり見ない形式かもしれない。

茶室を兼ねた書院であり、貴人《きにん》を迎えての台子《だいす》の茶もできる茶室書院だった。

「ひどい有様じゃ」

一角は告げて、両手を合わせる。重冬が仰向けに倒れていた十畳の座敷には、上半身の形がほぼわかるほど畳に血が染み込んでいた。大量の出血をしたことが、目で見てもわかる。

射《さ》し込む朝陽が、血生臭さを際立たせていた。

「特に落ちている物などはないか」

数之進は畳に膝をついて、舐《な》めるように確かめる。騒ぎが起きた後、この書院の戸口に残されていたのは重冬の草履《ぞうり》だけで、下手人の履き物は置かれていなかった。下手人が履いて立ち去ったのか、あるいは藩内の協力者が素早く隠したのか。

不審な履き物は、見つかっていない。

「たった今、気づいたが、畳は替えたばかりなのやもしれぬな。藺草《いぐさ》の匂いがする」

数之進の感想を友が受けた。

「おれも気づいたのは今じゃ。心のどこかで血の匂いを吸い込まぬようにしていたのやもしれぬな。それゆえ気づかなんだのではあるまいか」

「棚を見てみよう」

上段の違い棚を開けた。左側は空だったが、右側に短歌や俳句用の短冊が入っていた。取り出して、見る。

「亢竜《こうりょう》悔《くい》有《あ》り」

数之進は声に出して読みあげた。

「日蓮聖人のお言葉だ、一角」

身体に小さな震えが走る。世津が信仰している日蓮聖人の言葉が、なぜ、違い棚に残されていたのか。たまたまなのかもしれないが、またもや愛しい女子の優しい面《おもて》が浮かんできた。

愛や恋について鈍い男ではない。

「世津か」

友は呟《つぶや》き、問いかけの眼差《まなざ》しを向ける。

「どういう意味じゃ」

「最高の地位を極め、驕《おご》り高ぶって慎みを忘れれば、悔いを残すことになるという意味だ。『亢竜』は、天に昇りつめて降りるのを忘れた竜のことよ」

「家老の高山重冬への戒めやもしれぬ。心に刺さったであろうな。捨てずに取っておいたのは、自分でもそう思うていたからか」

最後の方は自問まじりだった。

「だれが渡したのであろうな。それとも自分を戒めるために自ら筆を取ったのか」

「あるいは……殺められた家老が、下手人を教えているのか」

一角の言葉に、数之進は虚を突かれた。

「え？」

よもや、下手人を教えているとは思わず、絶句する。やはり、こたびの件で相当、動揺しているようだ。もしかすると、日蓮宗を信仰する者なのかもしれない。あるいは昇りつめた者が下手人なのか。しかし、藩内で昇りつめた者と言えば高山重冬だ。――もうひとり、平安絵巻行列で藩政を立て直しつつある藩主の正民様もおられるが。

しかし、藩主はある意味、はじめから昇りつめている者ではないだろうか。ましてや、気弱な性質である。さらに重冬が殺められたとき、正民は奥御殿にいた。だれかに殺害を命じた可能性は残るが、直接、手をくだした者からは除くべきだと思った。

「遺言みたいなものだろうか。高山重冬が、命の危険を感じて残した可能性は考えられるな。万が一のことがあったときのために記しておいたのか」

「下手人が、殺めた理由を書き記したのではないか」

友の意見にうなずいた。

「さよう。それが一番、近い理由やもしれぬ。驕り高ぶった高山重冬を成敗したという意味であれば、しっくりくる。殺めた罪悪感も多少、抑えられるやもしれぬゆえ」

「殺めた罪悪感か。これは、いかにも数之進らしい考えよ。浮かばなんだわ。おれが気になるのは外の者なのか、玉池藩の藩士なのかじゃ。手口の荒々しさからすると、慣れている御庭番のように思えるが」

「生田殿」

戸口で遠慮がちな正也の声がひびいた。

「佐竹源之丞と申すお方が、なにか手伝えることはないかと来ております。いかがいたしましょうか」

老藩士は疑問に答えるべく、わざわざ足を運んでくれたように思えた。数之進は『亢竜』の短冊を懐に入れて戸口に行った。

「佐竹殿。お入りください」

「失礼いたしまする」

源之丞は深々と一礼して茶室書院に入って来る。すでに畳の血は見ていただろうが、眉をくもらせた。

「藩邸内で、かような非道が行われるとは……高山殿の血をこの目で見ても信じられませぬ。殿は衝撃のあまり、床に就いてしまわれました。なにかと頼りにしておられた高山殿を失い、膳が喉を通らなくなっておりまする」

「殿のご心痛、お察しいたします。せっかく、おいでいただきましたので、いくつか伺いたき儀がございます」

数之進の言葉に大きくうなずき返した。

「そのつもりでまいりました。なんなりとお訊ねくだされ」

「国許では、桑を栽培し、蚕を育て始めている由。御内儀絹《おかみさまぎぬ》の生産を軌道に乗せるのが、藩に与えられた次の仕事ではないかと、それがしは考えます次第。佐竹殿が提言なされたように、反物を織る賃金を最初に決めるのがよろしかろうと存じます」

幕府御算用者としてではなく、藩士だった者として意見を述べた。家老殺害騒ぎで良い流れを止めてはならない。国許の下級藩士の暮らしを立て直せなければ、江戸藩邸の明日はなかった。

「ご意見、賜りましたこと、ありがたき幸せ。それがしも頓挫《とんざ》させてはならぬと考えております。下級藩士が糧《かて》を得るための職を、是非とも与えてやりたいのでござる。

これからもご助言いただきたく思います」

会釈に応えて、さっそく切り出した。

「騒ぎには関わりなきことやもしれませぬが、いちおう伺うておきたいと思います。日蓮宗を信仰している藩士は、どれぐらいおりますか」

日蓮宗、それを信仰している世津、世津は今どこにいるのか。考えるのは不謹慎と思い、心に封じ込めていた。だが、日蓮宗と口にしただけで熱いものが込みあげてくる。ぐっと抑え込んだ。

「数えたことはございませぬが、軽く見積もっても半数程度はいるのではないかと存じます。残りは浄土宗でござってな。分かれておりますが、特にそれで諍《いさか》いが起きたことはありませぬ」

源之丞は答えて、続けた。

「かくいう、それがしも日蓮宗でござります。『知恩報恩』、恩を知ってその恩に報いること。また、『無病は最上の利にして、満足は最大の財産なり』等々、教本を何度、読み返しましても、新たな気づきがありまする」

「さようでございまするか」

どうにか受けたが、涙をこらえきれない。女子のことで悩んでいるときではないのに、自分はなにをしているのか。まさに『知恩報恩』ではないか。返しようのない恩を受けた鳥海左門が、切腹を申しつけられるかもしれないというのに……。

あふれ出した涙を不審に思ったのだろう、

「生田殿?」

源之丞が怪訝《けげん》そうに呼びかけた。

「申し訳ござらぬ。数之進は私《わたくし》のことでも色々ござりまして、気持ちが定まらぬ状況でござる。それがしからも、いくつか伺いたき儀がござる。高山殿がここにいたとき、会うていた人物に関しては、見たことのない侍という話しか得られておりませぬ。他になにかござりませぬか」

横にいた一角が、数之進の肩を軽く叩きながら訊いた。数之進は手拭《てぬぐ》いで涙を拭い、顔をあげる。浮かんでいた世津の白い面を無理やり打ち消した。

「これといった話は出ておりませぬ。ただ、門番はむろんのこと、だれひとりとして、高山殿が会うていた人物が立ち去る姿を見ておりませぬ。下手人は塀を跳び越えて逃げたのか」

微妙な含みを持たせて終わらせる。もしや、下級藩士の仕業だと告げているのかと思い、数之進は頭の隅にとめた。鳥海左門を始末したい家斉派が協力してくれた暁にはと、多大な褒美をちらつかせて、下級藩士に家老殺しを持ちかけたことも考えられた。

「奇妙なお願いと思われるかもしれませんが、佐竹殿。右の袖をまくりあげて、右腕を見せていただけますか」

数之進の頼み事に、源之丞はすぐさま応じた。

「かまいませぬが」

どうしてなのかという疑問をいだきつつも右袖をまくりあげた。不審な傷痕はない。実行するかどうかはわからないが提案する。

「すべての藩士の右腕を見たいのです。夕餉《ゆうげ》のときでもかまいませぬ。食べ始める前に右腕を見せてもらう段取りを整えていただけますか」

「心得ました」

源之丞は、よけいな質問はしなかった。全面的に合力すると言動で示している。戸口に李兵衛が戻って来たのを見て、一角が告げた。

「佐竹殿。右腕の件、宜しくお願いいたします」

「は」

老藩士を見送って、友は李兵衛を見やる。

「村上様。われら、ちと調べたきことがござりましてな。二刻（四時間）ほど出かけてまいります」

「今からか」

「なるべく早く戻りますゆえ」

「村上様。鳥海様の屋敷に勤めていた女中でございますが、ひとり、辞めたとか。彼の者の行方を調べるのは、さすがに無理でございますか」

数之進は、わざと挑発するような言い方をした。無理なのはわかっていたが、できれば調べてもらいたかった。

案の定と言うべきか。

「なにを言うか。すぐに調べられるわ」

むっとして言い返した。

「それでは、お願いいたします」

「行くぞ、数之進」

友はいち早く愛用の下駄を履いている。

「待て、一角」

数之進はわけがわからない。渋面のままの杢兵衛に会釈して、なかば強引に外へ連れ出された。

四

「どこへ行くのだ、一角。やらねばならぬことが山積しているというに」

　数之進は小走りになっている。一角は歩くのが速いため、走らなければ追いつけなかった。

「両国は薬研堀の薬屋〈三ツ目屋〉じゃ。神隠し騒ぎに遭うた娘御が、戻っているかどうかを調べるのも大事なお役目ではないか。帰り際、いや、順路通りに進むと行くついでになるな。世津に借りてやった家を覗いてみればよい。戻ってはおらぬだろうが、少しは気が済むやもしれぬ」

　濃《こま》やかな気配りを口にした。またしても、熱いものが込みあげてくる。先程は世津を想うがゆえだったが、今は一角の気持ちに感動していた。

「すまぬ」

　詫びて続ける。

「おぬし、本当にお世津さんの居所は」

「聞いておらぬ。どこから話が洩《も》れるか、わからないからな。できるだけ話をせぬ方が、よいのではあるまいか」

「うむ」

数之進は走りながら、手留帳を確かめている。神隠し騒ぎで行方知れずになったのは、両国薬研堀に本店、そして、三ツ目橋近くに支店の〈三ツ目屋〉を持つ作左衛門の娘で年は十五。支店には愛妾と娘を住まわせていた。

嫉妬に駆られた本妻の関与も考えないではなかったが、今となっては拐かされたという説が濃厚になっている。仮に娘が戻っていたとしても、奥御殿の秋乃同様、まともに話ができるかどうか。

「腹が減った」

友は不意に立ち止まって、一軒の飯屋にさっさと入る。言われて数之進は、空腹であることに気づいた。さまざまな事柄で頭の中がいっぱいになってしまい、寝たり食べたりといったあたりまえのことは、かなり意識しないとできなくなっていた。

早く調べて左門の証を立てなければならない。どうすれば敵の裏をかけるか、家斉に対抗できる力を持ちうるか。そのためには……次から次へと増える仕事を死に物狂いでこなしているのが現状だ。

「ここから世津に借りた家までは、せいぜい四半刻（三十分）もあれば着くだろう。まずは腹ごしらえよ」

「借家に立ち寄る件は、おぬしの気持ちだけ、もろうておく。遠回りになるゆえ、一番の近道で行こう。言われて気づいたが確かに腹が空いたな」

数之進も一角に倣《なら》い、小さな店の隅に座る。

二人分の飯を注文した後、

「尾《つ》行けられておる」

友が囁いた。

「え」

「おそらく二人だ。ほとんど気配を消しておるゆえ、御庭番やもしれぬ。まさか昼日中に町中で襲うとは思えぬが、油断するな」

「わかった」

「しっかり飯を食うておこう。腹に力が入らぬと、まともに戦えぬ」

一角は、運ばれて来た飯をすぐに食べ始める。

「つまらない話をしてもよいか」

数之進も食べながら言った。

「おれとおまえの仲ではないか。なんでも言え」

「おぬしは江戸っ子ゆえ、さまざまな事柄に通じておる。ステーン水が買い求められる場所を知らぬか」

「なんじゃ、それは」

「瘡《かさ》（梅毒）の特効薬と言われる薬だ。万が一、お世津さんが罹っていた場合、それがあれば……」

話の途中で、一角はぶっと味噌汁を噴き出した。顔にかかってしまい、数之進は黙り込む。少しの間、気まずい沈黙が流れた。

突然、一角は笑い始める。

「はははは、いや、よう考えつくと思うてな、つい噴き出してしもうたわ。さすがは数之進。よりにもよってステーン水とは、お釈迦様でも気がつくまいさ。ちと考えてみるがよい。おまえはおれとよく深川の猫茶屋に行っていた」

笑いながら江戸に住む若い男たちの夜を口にした。一角が贔屓《ひいき》にしている深川の遊女屋が集まる区域は、猫茶屋と呼ばれている。世津と暮らす前は、友の奢《おご》りでよく通っていたが、今は足が遠のいていた。

ちなみに『ステーン水』とは、梅毒の特効薬とされている。十八世紀末に活躍した代表的な通詞であり、優れた医者でもあった吉雄耕作が販売し、治療効果を発揮していたようだ。

「うむ、通うていた」

手拭いで顔を拭いて素直に認めた。

「さよう。馴染《なじ》みの女子もいて、それなりに楽しんでいたな。彼の女子たちは、もしかすると、瘡に罹っておるやもしれぬ。病持ちではないことは、おれもおまえも断言できぬ。そうだな」

なにを言いたいのか、すぐに理解できた。

「なれど、遊び女《め》と所帯を持つ女子とでは違うではないか。わたしは」

そこで言葉に詰まる。あれこれ言い訳していることもまた、わかっていた。一生を添い遂げる女子は、だれにでも自慢したいし、そういう存在であってほしい。単なる我儘《わがまま》なのだろうが、もし、世津が遊女屋に奉公していた件が他に洩れたら……そう考えるだけで、ぞっとするのだった。

「とにかく今は、玉池藩の騒ぎに集中するのが得策よ」

自分に言い聞かせるような言葉が出た。左門の危難《きなん》を差し置いて、女子のことで悩むのは人に非《あら》ずとも思っている。罠の気配を感じていたのに、結局、防げなかった己に腹を立ててもいた。

「まずは食え。頭を空っぽにして、食べることだけに気持ちを向けろ。悩むのは、それからじゃ」

一角は新しい飯を注文して、噴き出した味噌汁がかかった器を片付ける。その後は言われた通り、黙々と食べた。

——鳥海様の屋敷で馳走になった贅沢な朝餉。

ごく自然に思い出していた。冨美と夫婦になった祝いの膳だと思っていたが、あれは別れの膳だったのではないだろうか。こたびの騒ぎを予見した左門なりの配慮だったのかもしれない。

「泣くか、食べるか、どちらかにしろ」

手拭いを差し出した一角も涙を浮かべていた。

「すまぬ。贅沢な朝餉を思い出してしもうた」

「おれもじゃ。覚悟をしておられたのではないかと思うてな。こう、急に込みあげてきた。なれど、やつらの思い通りにはさせぬ」

立ちあがった友に続いて立ちあがる。左門と冨美、数之進と世津。左門が切腹を命じられたとき、冨美はどうするだろう。まさか、自刃するとは思えないが、郷里に帰ることは考えられた。

外に出て歩き出したとたん、

「だれが下手人なのであろうな」

友がぼそっと言った。人波が途絶えて、密談をするには絶好のときになっている。天井や床下がない分、安心して話ができた。

「右腕に引っ掻き傷を持つ者よ。藩士やもしれぬ、あるいは外の者やもしれぬ。藩士の仕業であれば、玉池藩の藩士すべてが敵となるであろう。真実を引き出すのは至難の業だ。御庭番や雇われた刺客であれば、玉池藩の藩士たちは話をしてくれるかもしれぬがな。外堀を埋めていきながら、敵を追い詰めるしかあるまい」

「鳥海様にお目にかかりたい」

友は思いつくまま口にする。その素直さが、羨《うらや》ましかった。

「わたしもだ」

あとは黙って走り続けた。時折、一角は立ち止まって後ろを確認する。いつの間にか季節は移り変わり、今日は少し汗ばむほどの陽気になっていた。二人は家老殺しが発覚して以来、一睡もしていない。

が、眠いとは思わなかった。

脳裏に浮かぶのは、穏やかな笑みを浮かべた左門であり、その傍《かたわ》らに寄り添う冨美の美しい笑顔だった。なんとしても、左門を屋敷に返したい。冨美のもとに送り届けたい。そして、夫婦の暮らしを楽しんでほしい。

――負けられぬ。

数之進は、いつになく強い闘争心が燃えあがるのを感じた。これは絶対に勝たなければならない戦だ。

――姿なき敵との智恵較《ちえくら》べか。

受けて立つ心の準備はできた。あとは見えない刃を交えるのみ。汗を搔《か》きながら走ったお陰か、思っていたより早く本所三ツ目橋に着いていた。昼よりも夜の方が賑わう薬屋だろうが、主の作左衛門の顔が暖簾《のれん》の向こうに見えた。支店にいるのは、やはり、娘が戻って来たからだろうか。

「ご免」

数之進は告げて暖簾をくぐる。帳場にいた作左衛門は、あきらかに驚いていた。どう対応したらよいのか、すぐには思いつかなかったのかもしれない。

不自然な沈黙の後、

「これは、生田様と早乙女様ではありませんか」

引き攣《つ》るような笑みを浮かべて、土間に降りて来た。揉《も》み手せんばかりの作り笑いであり、二人の訪れを歓迎していないのが見て取れた。

「近くまで来たのでな。娘御のことが気になっていたので寄ってみた。行方知れずの娘御は、見つかったのか。いや、同じように神隠し騒ぎに遭うた女子が、戻って来たと聞いたゆえ、様子を見に来た次第よ」

　虚実ないまぜで問いかける。

「あ、いや、その」

「娘は神隠しなどに遭《お》うておりません」

突然、凛《りん》とした女の声がひびいた。奥に続く廊下の暖簾を揺らして、支店の御内儀であろう者が出て来る。看板娘の美しい顔立ちが、たやすく想像できる美女だった。

　帳場の上がり框《かまち》に座して一礼するや、

「旦那様は勘違いなさったのです。娘は親戚の家に行っておりました。そのように伝えておいたのですが、どこでどうなったのか。生田様のところへ相談に行ったと聞いたときには、本当にびっくりいたしました。使いを出してお伝えするべきだったと思います。とんだ不調法《ぶちょうほう》をいたしまして、申し訳ありません」

もう一度、深々と頭をさげる。土間に突っ立っていた作左衛門も、腰を折るようにして辞儀をした。

「つまり、娘御は戻られたのだな」

数之進は念のために確かめる。

「はい。お陰様で戻りました」

作左衛門が答えた。無事、戻りました、と答えなかったのが引っかかった。もしや、十二単衣の侍女・秋乃と同じ状態ではないのか。虚《うつ》ろな目を宙に据えているような有様ではないのか。疑問はあったが、訊いても答えないのはわかっていた。

「あいわかった。無事、戻ったのであれば、なによりよ。ついでに立ち寄っただけゆえ、気にすることはない。では、ご免」

数之進は友と辞儀をして店を出た。無事と告げたのが、多少、嫌味に聞こえたかもしれない。ほどなく、急ぎ足で作左衛門が追いかけて来た。

「わざわざおいでいただきまして、ありがとうございました。あの、これを」

薬袋を渡すや、踵《きびす》を返して戻る。

「解毒の薬か？」

察しのいい一角に、「おそらくな」と頷き返して歩き出した。神隠し騒ぎの張本人は、とりあえず、この騒ぎは収めるのが得策と考えたに違いない。真実を話せるはずもない薬屋は、瓦版を見て他にも拐かされた女子がいるのを知っていたのではないだろうか。

　作左衛門の薬が、効いてくれるのを祈るばかりだった。

「数之進」

　一角が緊張して足を止める。前方から二人の侍が、静かに近づいて来た。身なりからして上級旗本、もしくは上級藩士と思われた。尾行していた者たちかもしれない。

「それ以上、近寄るでない」

　一角は早くも鯉口《こいぐち》を切って警告を発した。歩いていた人々が、慌てて走り過ぎる。近づいて来たひとりが、片手を挙げて制した。

「刃を交える気持ちはござらぬ。われらは浴恩園《よくおんえん》の主に遣わされ申した。案内するよう仰せつかりました次第」

　深々と一礼する。数之進は一角と顔を見合わせたが、浴恩園の主となれば、浮かぶのはひとりしかいない。一瞬、これも罠ではないかという不安がよぎったものの、左門を救うためには飛び込むしかないと思った。

「案内《あない》をお願いいたします」

　緊張感で胃が痛くなる。左門を救う手助けになってほしかった。

五

浴恩園は、松平越中守定信の自邸である。

場所は築地で、敷地面積は二万坪とも言われていた。江戸湾に臨《のぞ》む広さであり、広大な庭には、海水をたたえた潮入の池もある。さすがは八代将軍吉宗公の孫と言うべきか。サクラだけでも相当数を集めて植えただけでなく、親しい間柄だった谷文晁《たにぶんちょう》やその一門の画家たちに、集めた植物を描かせて図譜として残していた。

樹木の庭から花の庭に変貌させたのは、定信かもしれない。邸内はたやすく見通せないほど広く、母屋は土を盛って高くしているのか、日射しを受けて波がきらめく江戸湾が見渡せた。

短い挨拶の後、

「直答《じきとう》を許す。面《おもて》をあげよ」

しわがれた声がひびいた。早々に人払いされた小書院には、定信を含めて三人しかいない。本当に内々の密談になっていた。

「は」

数之進は答えて顔をあげる。上座の定信は背筋を伸ばした姿勢で二人を見つめていた。年は左門とあまり変わらないように見えた。かつては老中首座まで務めた重臣の威厳が、黙っていても伝わってくる。顔立ちはまったく違うのに、雰囲気が左門によく似ていた。

「大変な騒ぎになったものよ」

定信は言った。

「仇敵があれこれ動いているのが伝わって来たゆえ、急ぎ、知らせたのだがな。すでに煙管と煙管袋を盗まれていた由。間に合わなんだわ」

「それでは、やはり、番町で会うた品の良い武家夫人は、越中守様の使者だったのでございますか」

訊くまでもないことだったが、念のために確認する。定信は小さく頷き返した。

「さよう。長年、屋敷に奉公している女中頭じゃ。話を聞いたとたん、面白そうだからやらせてほしいと言いおったわ。まさか、かように早く仇敵が動いていたとはのう。後手にまわった次第よ」

「身籠《みご》もっておられたように思いましたが」

数之進の問いに、強張《こわば》っていた顔がわずかにゆるむ。

「おお、よう気づいたの。なぜ、そう思うたのじゃ」

「それがしは幽霊ではないかと思い、恐くてたまらなかったのでございますが、お歯黒をしておりませんでした。身籠もった女子にとって、お歯黒は害をなすもの。ゆえに気づいた次第にござります」

身籠もった女子の部分では、いやでも世津を思い出していた。助言してくれたありがたさも浮かんでいる。女子ならではの適切な言葉に、今更ながら感謝の気持ちが湧いていた。

「なるほど。さすがは千両智恵じゃ」

定信の称賛を「おそれながら」と受ける。

「その異名でございますが、すでにそれがしは値しませぬ。まことの千両智恵であれば、鳥海様をかような状態に追い込まなかったと思いますゆえ」

「これはまた、己に厳しいことよ。なれど、巷《ちまた》で噂の高いお助け侍が使う千両智恵の値は、さがっておらぬと思うがの。こたびの騒ぎは仕組まれた罠、しかも強引な策じゃ。どれだけ才のある智恵者であろうとも、防ぐのは無理だったやもしれぬ」

自信を失いかけているのを、察しているように思えた。一角も同じ印象をいだいたのかもしれない。

「苦労性と貧乏性の持ち主でございますゆえ、越中守様におかれましては、笑って聞き流されるのが、よろしかろうと存じます。我が友はあれこれ悩むのが、もはや趣味のような状態でございますので」

軽口まじりに告げた。

「ふっ」

と、定信は唇をゆがめる。将軍家の血を受け継ぐ者として、厳しく育てられたのだろう。人前で声をあげて笑うのは非礼であるため、なんとかこらえたものの、思わず含み笑いが洩れた印象を受けた。

「ひとつ、お訊ねいたしたき儀がございます」

数之進は畏まる。

「かまわぬ。なんなりと申せ」

「は。まずは大番屋に家老の高山重冬を安置するべく手配りなされたのは、越中守様でございますするか」

「いかにも、手配りした。そのほうらが申し立てたという話が耳に入ったのでな。段取りを整えたのじゃ」

「ありがたき幸せ。お陰様で邪魔されることなく、検分できました。その際、気づいたことがございます」

「申せ」

「コウヤマキでございますが、殺められた玉池藩の家老は、右手にコウヤマキの球果をきつく握りしめておりました。おそらく下手人が持って来たのではないかと、それがしは考えます次第」

「そう思うた理由は？」

定信は、すかさず訊き返した。矢立と綴《と》じた紙を取り出して、記し始めている。このたびの騒ぎに取り組む姿勢が、表れているように感じられた。

「玉池藩は、大聖寺藩とともに、プラントハンターの仲介役を担っていたのだと思います。玉池藩は平安絵巻行列を売りにして、密談の場を提供していたふしもあります。喩《たと》えは悪いかもしれませんが、下手人はコウヤマキを餌にして、家老の高山重冬に会う段取りを整えたのではないか。それがしはかように考えました」

いったん切って、さらに告げる。

「千駄木は七面坂下の植木屋・宇平次を訪ねてほしいと同役の者に頼みました。コウヤマキの流れを摑むのもまた、必要ではないかと思うたからでございます。手に入りにくい球果であることは」

問いかけの眼差しに、定信はうなずいた。

「存じておる。産地では尾張藩によって厳しく管理されていると聞いた。確か木曽谷の樹木五種『木曽五木』のひとつではなかったか」

自問含みの確認が出る。さすがは越中守様と内心、数之進は感嘆していた。図譜を作成するだけのことはある。

「さようでございます。それを餌にして会うた結果、高山重冬は殺められたのではないかと考えました」

「下手人の目星は、ついているのか否か」

いささか性急すぎる問いが出た。

一拍、空いた間を鋭く読み取ったのだろう、

「すまぬ。年を取ると気が短くなる。明日、どうなるかわからぬでな。早く早くと気ばかり急《せ》いてしまうのじゃ」

すぐに謝罪の言葉を口にする。こういうところも好感が持てた。左門もそうだが、威丈高《いたけだか》に振る舞うのではなく、同じ目線で接してくれる。それが嬉しかった。

六

「下手人はまだ、わかっておりませぬ」

数之進は正直に答えて、続けた。

「なれど、殺められた家老の左手の爪に、皮膚のようなものが入っておりました。高山重冬は亡くなる間際、下手人の右腕を左手できつく握りしめたのではないかと思います。そのとき、爪に相手の皮膚や血が入ったのではないかと」

「ふぅむ、面白い話じゃ。玉池藩の藩士たちを調べれば、少なくとも藩内に下手人がいるかどうかはわかるな」

独り言のような呟きになっていた。打てば響くような答えに、数之進は頼もしさを覚えている。一角はいつも通りでいるものの、左門に頼れない今、どうしても心細くなるのはいなめない。幕府の重臣らしからぬ、いや、重臣を務めた者らしいと言うべきか。

優れた資質が浮かびあがっていた。

「仰せの通りにござります。まずは藩士たちの仕業ではないことを、はっきりさせるのが肝要ではないかと。ただ、藩士だった場合、ほとんどの者が敵にまわるは必至。庇《かば》うと思いますので、それはそれでまた、厄介なことになるのではないかと存じます」

「外の者、公儀御庭番が下手人という考えはどうじゃ」

定信は訊いた。かなり率直な問いに思えた。

「ありうると思います。一番の下手人候補やもしれませぬ。そうであってほしいという、それがしの願いもあるため、正しい判断はできかねておりますが」

「ちと、よろしゅうございますか」

一角が割って入る。

「むろんじゃ。なんなりと申せ」

「それがし、公儀御庭番が下手人という考えは、薄いように感じております。なぜかと申しますれば、彼の者たちは夜目が効きますゆえ、狙うとしたら夜、場所は寝所のような気がいたします。寝入ったところを襲えば、確実に仕留められるのではないかと考えます次第」

友の考えに、数之進はすぐさま同意した。

「それもまた、ありうるのではないかと思います」

「昼日中、目立つ離れで残虐な仕儀に及んだのは、藩士たちが事前に家老殺しを知っていたからやもしれぬか」

定信は、呟きながら記している。

「藩士、特に下級藩士の怨みを買っていたかもしれませぬ。領地の山では松根掘りや下草刈りが頻繁に行われていた由。ハゲ山になってしまい、土砂崩れが起きました。下級藩士の家が潰れて犠牲者が出たとも聞いております」

数之進は補足した。家老殺しの概要をできるだけ正確に伝えなければならない。定信がどう動くのかはわからないが、鳥海左門を救うために力を貸してくれるのは、おそらく間違いないはずだ。

「他にはなにかあるか」

促されて、数之進は答えた。

「それがし、諸藩に文を出すことを考えております」

「む」

定信は真意を読み取ろうとするかのように、じっと見つめる。意味がわからなかったのかもしれない。一角が軽く数之進の袖を引いたが、あとで話すと会釈で応えた。

やがて、定信は小さく頷き返した。

「やってみるがよい」

「は。もうひとつ、家老殺しの現場に、これが残されておりました」

懐から出した短冊を、一角がすみやかに定信のもとへ運ぶ。『亢竜悔有り』と記された謎の短冊だ。

定信は何度も読み返した後、

「これは、もしや、下手人が残した上様への勅言ではあるまいか」

重々しく告げた。数之進は、はっとする。

「考えられます」

「となれば、やはり、下手人は玉池藩の下級藩士か？」

一角が率直な問いを投げた。こうやって話せば話すほど、混迷《こんめい》の度合いが深まってくるように思えた。それを狙っての置き土産かもしれない。

「断定はできぬ」

曖昧に答えて、数之進は定信に視線を戻した。

「先程、話に出ました鳥海様の煙管と煙管袋ですが、盗んだのは辞めた女中かもしれませぬ。行方がわからぬ状態でございまして、もしかすると」

「すでに殺められてしもうたか」

定信は先んじて言った。

「はい。無駄に終わるかもしれませぬが、村上様に調べをお願いいたしました。なれど仮に女中が生きていた場合でも、真実を話してくれるとは思えませぬ。みな我が身可愛さで『知らぬ存ぜぬ』を貫き通すのではないかと」

「難問じゃ」

定信は小さな吐息をついた。数之進はつい笑っている。その意味を理解しかねたに違いない。すぐに問いを投げた。

「今の微笑《ほほえ》みは、なにゆえか」

「いささか不謹慎やもしれませぬが、それがしも、こたびの騒ぎは『お助け侍、最大の難問よ』と思いましたゆえ」

「さようか」

つられたように笑ったが、すぐに真剣な顔になる。

「左門は、腐りきった幕府内では珍しいほどの逸材よ。まず賄賂《わいろ》をいっさい受け取らぬ。そして、仲間と群れず、己を厳しく律しておる。知っての通り、剣の稽古も日々、怠らなんだわ。笑わぬ面のような男、変わり者というのが、通り名のようになっていた」

「『夜鴉《よがらす》左門』というのが、もっとも知られている異名ではないかと存じます」

数之進は一番耳慣れた異名を告げた。いつ、どこで見ているのかわからぬという畏怖を込めて、旗本たちは十人目付のひとりだった左門をそう呼んだとされていた。

「さよう。他者とは関わらなかった左門がじゃ。そのほうを江戸に迎え入れたとき、珍しく破顔してここを訪れたのよ」

左門の口調で続けた。

〝越中守様、素晴らしい侍を配下に迎えました。百五十人以上いるとされる加賀藩の勘定方の者でござりますが、加賀藩主はなかなか首を縦に振りませなんだ。平藩士のことをよう知っていた点にも、彼の者の優秀さが表れております。小藩はいまや潰れる寸前。むずかしゅうござりますが、諸藩の藩政改革を実行できますのは、生田数之進しかおりませぬ〟

聞いた瞬間、こらえていた涙があふれ出した。左門への想い、そして、自分への左門の想いが重なって胸が熱くなる。窮地に陥ったとき、命を懸けて左門は助けに来てくれた。まずは配下を守ること、その気持ちがいつも言動に表れていた。

「もったいないお言葉でございます」

手拭いで涙を押さえる。なんとしても、無実の証を立てなければならない。仇敵の汚い策を打ち破るには、どうしたら良いのか。

「越中守様。それがし、鳥海様にお目にかかりたく存じます」

一角が遠慮がちに訴えた。数之進はすぐさま同意する。

「それがしも同じ気持ちでございます」

「あいわかった。手配りしよう」

定信は答えて、二度、手を叩いた。廊下に控えていたのだろう。案内して来た二人が、静かに障子を開けた。

「年嵩《としかさ》の方が田ノ倉《たのくら》、若い方が笠間《かさま》じゃ。武道場のようになっていた左門のもとに通うて、剣術の指南を受けていた。配下が少なく常に人手不足だと嘆いていたからの。応援部隊として鍛錬《たんれん》させていた次第よ。左門のお墨付きを得たゆえ邪魔にはなるまい」

二人は、会釈して畏まる。

「越中守様」

数之進は、なにも言えなくなっていた。定信と左門の間にもまた、強い結びつきがあったのだろう。百万の味方を得た思いがした。

「生田数之進に、これを」

定信が差し出した手札を、笠間が受け取って数之進に渡した。それは両目付と記された札だった。

「越中守様」

驚いて、定信と手札を見やる。

「両目付格の手札じゃ。幕府御算用者の手札では、いささかやりにくいやもしれぬと思うてな。仮の役ゆえ、あまり深く考えることはない。こたびの騒ぎが鎮まれば、効力を失う手札じゃ」

「は」

畏まったものの、強い緊張感で肩に力が入る。たとえ仮であろうとも、左門の代わりが務まるかどうか。

「こたびの騒ぎに関しては、できるだけのことはする覚悟じゃ。驚く場面があるやもしれぬが、なにが起きても素知らぬ顔をするがよい。さよう、読めない男とも言われた左門を真似て受け流せ」

「ははっ」

数之進は一角と声を揃《そろ》えた。あとどれぐらいの刻《とき》が残されているのか。ここからは仇敵だけでなく、時間との戦いも考えなければならなかった。

第六章　亢竜悔有《こうりょうくいあ》り

一

四人に増えたことに心強さを覚えつつ、数之進は築地の浴恩園をあとにした。江戸湾沿いの道は、思っていた以上に風が強く、転びそうになった老婦人もいた。まだ日は高いが、刺客の襲撃が夜とは限らない。油断できなかった。

「数之進、かように暗い顔をするな。越中守様の力強い助けがあれば、もはや案じることはない。おれは気持ちが軽うなったわ」

一角が歩きながら言った。後ろには、護衛役の二人がついているので、よけいに気が大きくなっているのだろう。ふだん以上に明るい顔をしていた。

一行は真っ直ぐ愛宕下の玉池藩の藩邸に向かっている。

「わたしは不安が消えぬ」

数之進は小声で反論した。

「確かに昨日よりはましになったが、お立場上、越中守様はどこまで動けるか。できればもうひとつ、強い助け手がほしいところよ」

脳裏に浮かぶもうひとつの助け手。考え続けてはいるのだが、引っ張り出す名案が浮かばなかった。

「それはそうかもしれぬが……おれは先程の話が、気になってならぬ。諸藩に文の場面で、おまえは越中守様と目顔をかわしていたではないか。蚊帳の外に置かれてしまい、今も蚊帳の中には入れぬ。諸藩に文を書いて協力を仰ぐつもりなのか？」

鋭い問いを投げた。

「さよう。現状をうまくお伝えして、協力していただける流れを自然に作れないかと思うてな。もしかすると、幕府御算用者が潜入探索をした藩は、密かに力を貸してくれるやもしれぬ。ひとつひとつは小さな力でも集まればと考えた次第よ」

「なるほどな、潜入探索をした藩か。なれど、吹けば飛ぶような小藩ばかりではないか。はたして、大きな力となるかどうか」

不意に一角は足を止めて振り返る。後ろにいた田ノ倉と笠間も、ほとんど同時に立ち止まっていた。町中であるにもかかわらず、五人の男が後ろから襲いかかって来る。四人は袴《はかま》を着けていたが、ひとりは作務衣《さむえ》姿だった。全員、手甲《てっこう》を着けているところに、数之進は目を引かれた。

「な、なんだっ」

「お奉行様に知らせろ！」

歩いていた町人たちは慌てふためいて逃げる。奇妙な空間ができた場所で、四対五の戦いが始まった。

「危ないっ」

一角に押されて、数之進は左に動く。刹那、右頬をなにかが掠《かす》め過ぎて行った。作務衣男が投じたのだろうが、動きはまったく見えない。短刀のように思えたが、確かめる暇もまた、なかった。

数之進は鯉口を切って腰を深く沈めた。

「はぁっ」

作務衣男は、忍び刀のような短めの刀を突き出した。他の三人には目もくれず、数之進だけを狙っている。襲撃の目的が、はっきり表れていた。一角も相手の意図を察したのだろう、田ノ倉たちに四人の敵をまかせて隣に来た。

「右袖だけ切れるか？」

数之進の大声を、友は力強く受けた。

「承知」

右腕に殺《あや》められた高山重冬がつけた傷があるかどうか確かめたい。無駄に終わるかもしれない下手人探しだが、数之進は己の考えを信じていた。下手人の右腕には、必ず不自然な傷痕が残されているはずだ。

「てやぁっ」

一角が前に出たのを見て、数之進は相手の左横にまわり込む。間髪を入れず、刀を突き出した。阿吽《あうん》の呼吸の攻撃に、作務衣男は一瞬、怯《ひる》んでさがる。すかさず一角は深く踏み込んだ。

「はっ！」

見事に作務衣の右袖だけを切る。不自然な傷痕は見られなかった。二対四であるにもかかわらず、善戦している田ノ倉や笠間も戦いながら動きを見ていたに違いない。二人は四人の右袖を狙い始めた。

その戦いに目を向けたとき、

「うっ」

数之進はふたたび左頰に熱い衝撃を覚えた。作務衣男が投じたなにかが、掠め過ぎて行ったのだろう。一角は上段の構えのまま、容赦なく相手に刃を叩きつけた。相手は忍び刀と思《おぼ》しきもので受け、弾《はじ》き返していたが、友は巧みに刀を操る。上段から振り降ろすと見せかけて、即座に逆袈裟《ぎゃくけさ》斬りに変化させた。

「く！」

作務衣男は避《よ》けきれず、太股《ふともも》から腹にかけて切り裂かれた。浅手だろうが、いささか予定が狂ったのは確かではないだろうか。田ノ倉と笠間は、左門に列《なら》ぶほどの遣い手だった。数之進は二人に加勢して、相手の背後にまわる。

後ろについ気持ちが向いたのだろう、

隙を突いて田ノ倉が踏み込んだ。と同時に突き出された刀が、ひとりの腹を深々とつらぬく。硬直した相手を蹴《け》り倒すようにして刀を引き抜くや、田ノ倉はもうひとりに躍りかかった。かなり荒っぽいが、こちらは四人。数ではあきらかに負けている。卑怯《ひきょう》だのなんだの言っていられない。

「ぐぅ」

腹をつらぬかれた男は、膝から崩れ落ち、仰向《あおむ》けに倒れた。四対四、これで互角だ。数之進は主な攻撃は三人にまかせて、攪乱《かくらん》役に徹する。後ろや横にまわり、素早く刀を突き出した。

ひとり倒されて苛立《いらだ》ったのは確かだろう、

「小賢《こざか》しいネズミめが！」

作務衣男がふたたび襲いかかって来た。が、背後にまわった一角が、その背に右袈裟斬りを叩きつける。作務衣男は気配を察して、とっさに身体をひねった。それが命取りになる。すでに一角によって背中を斬られた作務衣男の脇腹に、今度は数之進が刀を突き立てた。

「離れろっ」

友の警告ですぐさま離れる。相手の反撃の刃は、だがしかし、案ずるほどのことはなかった。作務衣男の忍び刀と思しきものは空を切って力なく流れる。宙に据えられた虚ろな目は光を消して閉じられた。

作務衣男は土煙をあげて地面に沈む。

「残るは、三人」

一角は刀を一振りして襲いかかった、ように見せかけて威嚇の一撃を叩きつける。

相手が間合いを取ろうとした刹那、右袖を切った。

「あっ」

数之進は思わず声をあげる。あらわになった右腕には、蚯蚓腫《みみずば》れのような傷痕が認められた。手甲では覆いきれない二の腕の内側である。断末魔の高山重冬が、死に物狂いで摑んだであろう傷痕。

――こやつが下手人か。

数之進は若い男を注視する。眉間《みけん》の天紋が、いやでも目に入った。

「その顔、しかと目に焼きつけたぞ!」

大声で申し渡した。二人、斃《たお》されて意気消沈したのか、三人は刀を収めながら走り去った。興奮醒めやらない数之進たちは、しばらくの間、警戒して身構えている。町人たちは遠巻きにして野次馬と化していた。

「これが落ちておりました」

笠間が、投じられた武器を拾って来る。

「棒手裏剣《ぼうしゅりけん》じゃ」

一角は刀の血を懐紙で拭い、鞘《さや》に収めた。数之進も見たことはあるが、使ったことのない武器だった。

「帯に挟んでおいたりして、相手の不意を突く手裏剣よ。投じれば深手を負わせることもできるゆえ、われらも嗜《たしな》みとして持っているがな。おまえは勘定方ゆえ、あまり馴染《なじ》みがないやもしれぬ」

と、友は袴《はかま》の後ろに挟んでいた自分の棒手裏剣を見せた。急所を刺されれば命を失うことも考えられる。今更ながら、ぞっとした。

「屋根の上から狙われなんだのは幸いだったか」

数之進の言葉に、大きな声が重なる。

「散れちれ、見世物じゃねえぞ」

町奉行所の若い同心が、小者《こもの》を連れて現れた。年は二十六、七。以前、会ったことのある鋭い目をした男で、向こうも憶えていたようだ。

「お」

小さな声をあげた。

「お助け侍の揉め事か」

「いや、町方の相談事には関わりなき騒ぎでござる。突然、襲いかかられました。相手は五人でござりましたゆえ、やむなく迎え撃った結果がこれでござる。顔は見憶えがなく、会うたこともありませぬ」

数之進は畏まって答えた。地面には二人の男が、仰向けに倒れている。ひとりは牢《ろう》人《にん》のように見えなくもないが、作務衣男にいたっては侍かどうかも定かではない姿だった。

「さようでござるか」

若い同心は神妙な顔で受ける。物言いたげな顔をしていたが、訊いても無駄と思ったのかもしれない。番所から戸板を持って来るよう小者たちに命じた。

集まっていた野次馬が散って行く。

「生田殿たちは、先にお戻りください。あとはわれらが」

田ノ倉が手札を出して告げた。どうやら定信は二人に幕府御算用者の手札を渡していたらしい。夜まで取り調べかと覚悟したのだが……一刻を争うときである。

「では、失礼つかまつります」

暗くなる前には戻りたい。数之進は一角と玉池藩の藩邸に向かった。

二

かなり急いだにもかかわらず、藩邸に戻ったときには闇に覆われていた。さっそく密議が始まる。

高山重冬が殺められた離れの茶室書院に集まったのは、数之進と一角、村上杢兵衛、金森正也、三宅又八郎と若い配下の六人だ。杉崎春馬たちは戻って来た後、長屋で仮眠を取っている。交代で食事や睡眠を取るしかない状況であり、家老殺し騒ぎが起きた離れを密議の場に選んだのは、まだ見過ごしていることがあるかもしれないからだ。

さらに藩士がここに出入りするのを、制限するための策でもある。

「以上でございます」

数之進は、はじめに襲撃騒ぎの一部始終を告げた。書院座敷は重苦しい空気に覆われている。畳の血は残されたままで、明るい気持ちになれるわけがない。行灯《あんどん》の明かりが、薄気味悪さを後押ししていた。

それでも数之進は、藩邸に戻った時点で下手人と思しき男の似顔絵や調書を仕上げ、使いを出して左門に届けていた。

「家老殺しの下手人ではないかと思われる男です」

杢兵衛に渡して、数之進は続ける。

「あまり特徴のない顔立ちですが、額には、かなりはっきりした天紋がございました。眉間の黒子《ほくろ》は良き印になるのではないかと存じます。彼の男は右腕のこのあたりに」

袖をまくって二の腕を指し示した。

「不自然な傷痕がありました。手甲では隠せない位置でしたが、袖で見えなくなっていたのです。一角がうまく右袖だけを切ってくれたので確かめられた次第です。おそらく下手人ではないかと思いまする。いかがでござりましょうか。見憶えがあれば……」

「見憶えがある」

ぼそっと杢兵衛が言った。

「えっ、まことでございますか!?」

数之進は思わず腰を浮かせる。

「御庭番のひとりじゃ。年は、さよう、二十二、三であろうかの。話したことはないが、何度も顔を合わせている。数之進が言うた通り、この眉間の黒子よ」

指先で眉間の部分を軽く弾いた。

「以前、自分のお店を守るため、侍のように死んだ商人《あきんど》がいたではないか。わしはこの御庭番を見たとき、なぜか彼《か》の商人を思い出してな。強く心に残ったのじゃ。まず間違いない」

杢兵衛は、手暗三人衆との戦いが始まった騒ぎを口にした後、隣の又八郎に似顔絵を渡した。仮に『天紋の男』が下手人だったとしても、幕府は真実を隠すだろう。どうやって証を立てればよいのか。襲撃失敗を聞いた家斉派が動き、真実の下手人は、大坂や京に飛ばされて行方がわからなくなることも考えられた。

「どうしますか」

又八郎が、代表するような問いを発した。五人の目は自然に、一番年嵩の杢兵衛に集まっている。数之進は定信から両目付格の手札を渡されていたが、やはり、こういう場合は年長者の顔を立てるのが筋だ。

視線に気づいたのだろう、

「わ、わしに訊かれても答えられぬわ」

顔を真っ赤にして黙り込む。自ら力不足を認めたようなものだが、重責に耐えられる者は多くないはずだ。左門がいかに優れた上司だったかを表す場面になっていた。

「杉崎殿の調べはつきましたか」

数之進は話を変える。仮眠を取っている杉崎春馬ともうひとりは、コウヤマキの球果の流れを調べるべく、千駄木は七面坂の植木屋・宇平次を訪ねたはずだ。どこから手に入れたかはともかくも、だれに渡ったかだけでもわかれば手がかりになる。

「宇平次と申す植木屋は、自分が手に入れたと言うていた由。渡したのは」

又八郎は言いよどみ、下唇を嚙みしめた。それだけでも答えが想像できる。訊きたくなかったが、確かめなければならなかった。

「松平伊豆守様でござりますか」

数之進は訊いた。答えが想像できても、言葉にするのを躊躇《ためら》ったであろう者たちは、一様に息を呑む。いっそう緊張した気配が伝わってきた。

「うむ。正しくは、林忠耀だがな。命じたのは、伊豆守様であろう。おそらくその後ろにいるのは、お名前を口にするのが憚《はばか》られるお方。プラントハンターの動きに乗じて、コウヤマキを手に入れるべく、画策していたのやもしれぬ」

又八郎は隣の杢兵衛よりも渋面になる。側近の松平伊豆守信明が受け取ったコウヤマキの球果は、御庭番に渡り、それを餌にして『天紋の男』は高山重冬に近づいた。

「村上様。鳥海様の屋敷に勤めていた女中の行方はいかがですか。わかりましたか」

死なずともよかったはずの家老は、鳥海左門を陥れるために殺された。

数之進は続けて問いを投げる。あれこれ悩む暇はない。後手にまわりがちな悪い流れを変えるには、敵より先に動かなければならなかった。

「わからなんだわ」

無愛想に応じた。

「鳥海様の煙管と煙管袋を盗んだのは、おそらく件《くだん》の女中であろうがな。あるいは、すでに始末されてしまうたのやもしれぬ。見つけ出せたとしても、貝のように口を閉ざすであろう。わしは虚《むな》しゅうてならぬわ」

愚痴と小言が常だったが、それさえも口にする気になれないのかもしれない。深い溜息を聞きながら、数之進は話を進めた。

「奥御殿の侍女は、どのような状態でしょうか。戻ってから日が浅いため、思うような話は得られないかもしれませんが……」

「ご免」

不意に戸口で声がひびいた。

「佐竹様だ」

数之進より先に、一角が動いて戸を開ける。

「ちと、お話がございまして」

「どうぞお入りください」

数之進は立ちあがって招き入れた。六人は血の痕を避けて一隅に固まっている。老藩士は会釈して、座に加わった。

「先程、大聖寺藩の留守居役――平井忠国がまいりました。中奥の小書院におります」

声をひそめて言った。

「彼の者は、右腕のこのあたりに」

先刻の数之進そっくりの言葉と仕草で告げる。袖をまくって二の腕を出しているのも同じだった。

「引っ掻かれたような傷が、ございました。さりげなく訊ねたところ、藩邸で飼っている猫に引っ掻かれたという返答でございましたが」

「まことですか」

受けた数之進を、一角が継いだ。

「見た感じは、いかがでござるか。人の爪がぐっと食いこんだような、かなりひどい傷痕でござるか」

慎重な問いを投げる。殺められた家老は、命を失う間際の力で思いきり握りしめたはず。見ただけでわかるほどの傷痕だろうし、すでに有力な下手人候補が現れていた。忠国は違うだろうが、『天紋の男』とて確かとは言い切れない。

「いえ、そこまでの傷痕には見えませなんだ。言うていた通り、猫やもしれませぬが、いちおうお伝えしておいた方がよいのではないかと思いまして」

「大聖寺藩、留守居役、猫に引っ掻かれたという傷痕」

数之進は、はっとして顔をあげた。

「閃《ひらめ》いたのか？」

　一角の推測に苦笑いを向ける。

「うむ。あまり使いたくない策だが、このままでは鳥海様のお命が危《あや》うい。こたびのような強引なやり方には、それ相応の策を用いるしかあるまいな」

　数之進は源之丞と目を合わせた。

「平井殿はプラントハンターを連れておりますか」

「いえ、本日はおりませぬ。大聖寺藩の留守居役として、高山殿の弔問に訪れた由。同役の藩士をひとり同道しております」

「さようでございまするか。平井殿には、両目付様の配下として伺いたき儀がございます。佐竹殿に案内をお願いしたいのですが、その前にいくつか確かめたいことがあります。奥御殿の侍女は、いかがでございましょうか。話ができる状態になりましたか」

　あらためて訊ねた。

「それがしは直接、話ができておりませぬゆえ、確かではないかもしれませぬが」

　前置きして続けた。

「奥方様より伺ったお話では、戻って来たときよりはしっかりした様子であるとか。

なれど、問いかけには、なにひとつ答えないそうでございます」

「やはり、そうですか」

数之進が答えたとき、

「佐竹様。こちらにおいででございますか」

戸口で二度目の呼びかけがひびいた。今度は小姓頭の近藤音三郎だ。

「なにかあったのか」

源之丞と一緒に、数之進も戸口に出る。音三郎は会釈して言った。

「藩士たちの話では、大台所近くの廊下に血の足跡があるとか。それがしも見ましたが、確かに足跡のように思えます。もしや、ご家老様を殺めた者が、廊下を歩いた跡なのではないかと思い、お知らせにまいりました。大量に流れた血を足袋《たび》で踏み、そのまま廊下にあがったときに残った足跡なのではないかと」

一気に話した顔は、やや紅潮している。家老の血を踏んだ者はすなわち、下手人なのではないかという訴えに思えたが、何度も稽古したように感じられた。さらに不自然さを禁じえない内容だった。

「…………」

数之進と一角は、どちらからともなく顔を見合わせた。村上杢兵衛や三宅又八郎も

怪訝な表情をしている。微妙な空気を感じ取ったのか、

「足跡の主は手を洗うために、大台所へ行ったのやもしれませぬ。詮議が必要だと思います次第」

音三郎は早口で言い添えた。話はより複雑になっている。家斉派の暗躍、後手にまわった幕府御算用者、なんらかの考えがあって動く藩主や藩士たち、そして、いやおうなく巻き込まれる大聖寺藩。

「わかりました。すぐにまいります」

数之進は答えた。

「三宅様。現場の確保をお願いできますか。藩士たちが踏んで足跡を消さぬよう、注意していただければと思います」

本当は杢兵衛か頭格の又八郎に両目付格の手札を渡したいのだが、杢兵衛は頼りなく、又八郎も率先して代役を務める性格ではない。やむなくの流れになっていた。

「承知した」

又八郎は金森正也を促して、立ちあがる。音三郎の硬く緊張していた表情が、あきらかにゆるんだ。それがなにを意味するのか、いやというほどわかっている。が、すべて呑み込んで佐竹源之丞を見た。

「まずは、平井忠国様と話したく思います。案内をお願いできますか」

「承知いたしました」

老藩士の眸《ひとみ》は、不安げに揺れているように見えた。音三郎を含む若い藩士の企《たくら》みを、知らなかったのではないだろうか。口を開きかけたが、目を逸《そ》らして先に立つ。数之進は一角とともに、源之丞の後に続いた。

三

「それがし、幕府御算用者の生田数之進でござる。いっとき仮の両目付格として動いております」

数之進は小書院に入って、両目付格の手札を掲げた。

「同じく幕府御算用者の早乙女一角でござる」

隣に立つ一角も、御算用者の手札を見せる。家老殺しの騒ぎが起きた後、平井忠国たちは姿を見せておらず、数之進たちとも会っていない。

「ははっ」

忠国と同役は素早く畏《かしこ》まった。上座にいた藩主の正民は、数之進たちを見たとたん、忠国たちより先に中段に降りて平伏している。藩主自ら忠誠心を示す形を取っていた。

「ご無礼つかまつります」

数之進は、ゆっくり上段に移って座る。初めての代役としては緊張せざるをえない。面倒を嫌う藩士たちが、突然、斬りつけて来ることも考えられる。

一角は中段に腰を落ち着けて、万が一にそなえていた。

「こたびの騒ぎは、豊前守様だけでなく、すべての藩士にとって大きな衝撃となったのはあきらか。下手人はいまだに見つかっておりませぬ。ひとつ、手がかりとなるのは、右腕の傷痕でござりまして」

離れの茶室書院でやったように、右袖をまくりあげて二の腕をあらわにした。

「下手人は、おそらくここに傷痕があるのではないかと考えております。念のため、藩士はもちろんのこと、騒ぎが起きた前後に藩邸を訪れた客人たちにも、確かめさせていただきたいと考えております。よろしいですか」

数之進は訊いた。すぐに一角が動き、忠国のそばに行く。

「御腕をあらためさせていただきたく存じます」

意外な申し出に驚いたのか、

「豊前守様。これは」

当惑したように中座の正民を見やる。

「まことに申し訳ありませぬが、従っていただきたく存じます。それがしはむろんのこと、藩士たちもご命令に従いました。拒否すればそれは下手人の疑いありということになりまする。大目付様、あるいは今、五手掛が設けられているようでござりますゆえ、お白洲《しらす》での詮議になるやもしれませぬ」

打ち合わせをしたわけでもないのに、よどみなく答えた。平安絵巻行列の姿は滑稽《こっけい》なほどだったが、家老殺し騒ぎが起きて以来、顔が引き締まっている。あるいは死んだ家老の傀儡《かいらい》だと示すことで、正民は藩内の和を保っていたのかもしれない。

お白洲の詮議は脅しすぎであるものの、充分すぎるほどに効果はあった。

「われらは下手人ではござらぬ」

最初に応えたのは、忠国の隣に座した同役の者だ。自ら右袖をまくりあげて、傷痕がないという証をたてた。気が進まない様子の忠国に、じりっと一角がにじり寄る。

「平井殿」

「…………」

忠国は不快感を隠さなかったが、断れる状況ではないことはわかっている。渋々といった感じで右袖をまくりあげた。見ただけで猫に引っ掻かれたと思う傷痕であり、死に物狂いの人間が摑んだ折にできた傷痕にはとうてい見えなかった。

それでも強い衝撃を覚えたのだろう、

「あぁっ」

正民が声をあげた。

「傷痕が、傷痕があるではござらぬか、平井殿。まさか」

疑いの目を向ける。藩主や藩士にしてみれば、藩邸で起きた騒動は一刻も早く終わらせたいというのが正直な気持ちだろう。その願望が浮かびあがっていた。

対する忠国は、当惑を隠せない。

「違う、違いまする。そうか、それで佐竹様が」

得心したような呟きが出る。

「先程、佐竹様にお話しいたしましたが、藩邸で飼っている猫に引っ掻かれた傷でござる。奇妙な問いでしたので、なんのことだと思うていましたが……それがし、高山様が亡くなられたときには、大聖寺藩の藩邸におり申した。証を立ててくれる者もおります。よくよくお考えいただいたうえでご詮議いただきたく存じます」

わかっている、その通り、これは濡《ぬ》れ衣《ぎぬ》だ。

数之進は心の中で答えた。白を黒としなければならないのは、すでに幕府が理不尽な行いをしているからなのだが、忠国にはいっさい関わりなきこと。数之進はかなりの努力を払って冷静さを装った。

「詮議の必要があると存じます」

手札を掲げて告げた。

「いかがでございましょうか、豊前守様」

罪悪感が出てしまい、助けを求める形になった。正民は即座に同意する。

「それがしも詮議の必要ありと存じます。平井殿の言葉が、まことであるか否か。調べるのがよろしいのではないかと思います」

「馬鹿な」

忠国は一蹴する。

「それがしは、十万石の大聖寺藩の留守居役。ご存じないのか、はたまた、都合よく忘れておられるのか、わかりかねまするが、大聖寺藩は加賀藩の支藩でござる。合わせて百十万石の藩相手に戦を仕掛けるおつもりか」

皮肉まじりの大見得を切ったが、これまた、仰せの通りと心の中でうなずくしかなかった。忠国の同役は狼狽《うろた》えた様子で、数之進と忠国を交互に見やっている。藩主の正民は傷痕がなによりの証と思っているのか、忠国を睨《にら》みつけていた。

——あるいは、だれでもよいから下手人に仕立てたいのか。

数之進は乾ききった唇を舌で湿らせる。

「仮に平井殿が詮議となった場合」

一拍、空けて告げた。

「百万石の加賀藩が出てくるのでございますか」

それこそが狙いであり、窮余《きゅうよ》の策なのである。将軍家を相手取って戦えるのは、かつて数之進が籍を置いた加賀百万石しかない。ともすれば、くじけそうになる気持ちを、左門を思い浮かべて奮い立たせた。

父親のように慕う男を、冨美のもとに帰したかった。

「さよう。出てくるやもしれませぬな。支藩がかような扱いを受けたと知った暁には、ただでは済みますまい。もし、それがしへの嫌疑が過ちとなったときには……そこものお命、なくなりますが、よろしいか」

重い問いを投げる。いちだんと力が入った目に、忠国の覚悟のほどが表れているように思えた。もとより肚《はら》は決まっている。

「は」

一文字の答えではあるが、表情を変えることなく、落ち着いて答えられた。まさに濡れ衣を着せられた左門は、ひとりで死ぬ覚悟を決めている。命を懸けて戦うつもりだが、相手は天下の大将軍。勝てる戦では、ないかもしれない。

が、諦めてはいなかった。

「さようでござるか」

忠国は冷静に受けた、ように感じられた。少なくとも顔に、怒りや不満は表れていなかった。

「なにゆえ、下手人の右腕に傷痕ができたと思われているのか。ちと状況が摑めませぬ。説明していただけませぬか」

「畏まりました」

数之進は目顔で一角を上段に呼んだ。向かい合って立ち、殺されたときの様子を再現する。友は心得たもの。取り出した扇子を短刀に見立てて、数之進の胸もとに突き出した。刺されたふりをして、身体を硬直させる。

「このとき、高山様は左手で下手人の右腕を強く握り締めたと思われます。そう思うたのは、高山様の左手の爪に、皮膚や血が残されていたからです。ちなみに右手には、コウヤマキの球果を握りしめておられました」

「コウヤマキの球果」

忠国が一部を繰り返して、訊いた。

「もしや、プラントハンターから受けた依頼のため、高山様は下手人と思しき者から球果を手に入れたのでござるか」

「考えられます」

数之進の答えを、忠国は継いだ。

「今のやりとりだけでも、それがしの証は立てられたと存じます。コウヤマキの球果は手に入れられておりませぬ。となれば、高山様に渡すのは無理でござりますゆえ、会うていたのはそれがしではないとなりまする」

お説ごもっともであり、反論の余地はない。しかし、敢《あ》えて反論する。

「平井殿の証を立てるための詮議でござる。われらはコウヤマキの流れを摑み、平井殿のお言葉がまことであるか否か。これから調べなければなりませぬ。やむをえない事態とお考えいただきたく存じます」

「いや、それは……」

「潔白であるならば、恐れることはなにもないはずでござろう」

正民が強い口調で割って入る。

「言い訳は無様としか言えませぬ。ここはおとなしく座敷牢に入って、詮議のときを待つのがよろしいのではないかと存じます」

座敷牢の部分が、ずしりとした重みと暗さをもたらした。忠国は同役と目顔をかわして黙り込む。数之進の企みに気づいているとは思えないが、正民は人が変わったようになっていた。

「平井殿は、藩邸《こちら》の座敷牢にお移りいただきたく存じます。同役の方は藩邸に戻られて事の次第を伝えていただくのが、よろしいのではないかと思います次第」

数之進は手札を掲げて申し渡した。加賀藩を引っ張り出すには、できるだけ大騒ぎしてくれた方がいい。

「だれかおらぬか」

正民が手を叩いて家臣を呼んだ。得心してはいないだろうが、忠国は立ちあがる。悔しくて歯を噛みしめているのか、顎《あご》のあたりにぐっと力が入っていた。

「豊前守様。それがしは、これにてお暇《いとま》つかまつります。我が殿に事の次第をお知らせしなければなりませぬゆえ」

同役の者は挨拶もそこそこに小書院を後にした。青ざめた顔には、大変なことになったという苦悩が浮かびあがっていた。加賀藩が出張《でば》ってくれるのを祈るしかないが、はたして、数之進の思惑通りに事が運ぶか否か。

「豊前守様。ご助力、いたみいります」

数之進はあらためて礼を口にする。

「いや、ご公儀のお役人に力添えするのは、あたりまえのことでござる。できれば早く離れの書院座敷の畳を取り替えたいのでござるが」

廊下を見やっていた。なんとなく、ざわついているのを、正民も察しているに違いない。隠しようのない不安が、浮かびあがっていた。

「また、騒ぎであろうか」

恐れを含んだ言葉が出た。家老殺しの騒ぎだけでも、お取り潰しの口実になりかねない事態である。譜代小名と自虐的に言っていたが、御家はいまや風前の灯火《ともしび》。ふっと一吹きされて消えかねない有様だ。

「そうでなければ、よろしいのですが」

数之進は重い腰をあげる。結果がわかっているので気は進まなかったが、一角とともに大台所に向かった。藩邸のざわつきは、いっかな治まらなかった。

四

廊下には、血のような足跡が残されている。

「これだ」

三宅又八郎は、手燭《てしょく》を掲げながら木の枝で廊下を指した。直接、さわるのはまずいと思い、庭に落ちていた木の枝を拾って来たのだろう。確かに血のように見えるうえ、どれも鮮明なのが特徴だった。

大台所には土間に竈《かまど》や流し台、調理台などが置かれているのだが、そこへ続く廊下が問題の場となっている。

藩士たちは大広間や大台所に集まって事の成り行きを見つめていた。長野桂次郎と近藤音三郎の兄弟は、大広間の戸口に立っていた。

「おかしい」

数之進の呟きを、一角が受ける。

「お。久々に出たな、おまえの十八番《おはこ》が。待て、これは五両智恵でもわかるぞ。まずは足跡がどこから来たのか、辿《たど》ってみようではないか」

大台所に向かう足跡を逆に辿って行くと、大広間がこれ以上、入れない状態になったときに使う座敷に行き着いた。数之進は座敷の畳を確かめる。

「やはり、おかしい」

二度目の呟きが出た。

「うむ。おれも同じ考えじゃ。この座敷には縁側から入れるが、畳に血の足跡がないのはおかしいではないか。縁側にも、ない」

一角は戸を開けて縁側を確認した後、ふたたび畳を見て鋭い観察眼を発揮した。又八郎もすぐに同意する。

「さよう。畳は綺麗なままだ。騒ぎが起きた離れから来て、この座敷に入ったのであれば、縁側と畳にも血の足跡が残っていなければならぬ」

「うむ」

今ひとつ得心できない様子に気づいたのだろう、

「おまえはなにが『おかしい』のじゃ。おれや三宅様とは違う考えなのか」

一角が訊いた。

「いや、座敷と縁側に関しては同じ考えだ。気になったのは、ここから大台所の土間まで続く足跡よ。歩くにつれて血は廊下の床に付くため、足跡は薄くなっていくはずなのに、土間に降りる上がり框まで、かなり鮮明に続いているではないか。いちいち足袋を血で濡らしたかのように、足跡がはっきりしている」

屈《かが》み込んでいた数之進は、腰をのばして長い廊下を見直した。暗くなってきたため手燭だけではよく見えないが、奇妙な足跡は続いている。数之進は又八郎が持っていた手燭を借りて、もう一度、廊下に付いた足跡を確かめた。

緊張感に耐えられなくなったのか、

「なにか気になることでもありますか」

長野桂次郎が問いを投げた。藩士たちの企みはすでに読み取っていたが、数之進は小さく頭を振る。

「慎重に調べているだけでござる。申し訳ないが、藩士の方々には長屋に引き取っていただきたく思います。ここからは、われらだけで調べますゆえ」

大広間の近くにいた金森正也が、仕草で動くように示した。集まっていた藩士たちは、仕方なさそうに引きあげて行く。桂次郎と音三郎の兄弟は、最後まで後ろを振り返っていた。

「あちらで話しましょう」

数之進は、ふたたび広間の予備として設けられた座敷に足を向ける。縁側に出る障子戸を開け放したうえで、金森正也には廊下に立ってもらい、見張り役を頼んだ。

「だれの命令なのか」

溜息まじりになっていた。

「わたしの考えでは、これは茶番劇。おそらく藩士のひとりが、下手人として名乗り出る手筈《てはず》を整えたのだと思います。貧乏クジを引いたひとりが犠牲になれば、家老殺しの騒ぎは収まりますゆえ」

「なに？」

一角は驚きを正直に表した。数之進は意外さを覚えて訊ねる。

「おぬしは、わかっていると思うていたがな。わたしと顔を見合わせたではないか。すべて見通したという感じだったが、違うたのか」

からかうような口調になったのは、あまりにも空気が重たいからだ。両目付の代役を担《にな》う重責に、ともすれば押し潰されそうになる。少しでも気持ちを軽くしたかった。

「貧乏クジを引いたひとりが犠牲になれば云々《うんぬん》とまでは、思わなんだわ。いや、待てよ。そうなると、だ」

友が忙《せわ》しく考えているのがわかる。もとより、嘘をつくのが苦手な男だ。なにを思っているのか、いっそう沈んだ顔に浮かびあがっていた。

「受け入れるか、退《しりぞ》けるか」

又八郎は簡潔に告げる。数之進と同じ考えだったようだ。血の足跡は、おそらく藩士たちの考えではない。襲撃が失敗したときの二の矢として、家斉派が用意しておいた策に思えた。

〝われらの提案を受け入れれば、鳥海左門は解き放とうではないか。その代わり、両目付は御役御免とする。むろん幕府御算用者という役目も廃止だ〟

実際に考えたのは、林忠耀に違いない。松平伊豆守信明を通じて、家斉が承認したところに、闇の深さが感じられる。高山重冬に続く二番目の犠牲者は、下級藩士であり、多額の報奨金や末代まで家を取り立てる等々、好条件を示したであろうことは容易に想像できた。

「どうする？」

一角が、決断を迫る。

「どんな意見であろうとも、おれは数之進に従う。仕掛けられた罠に自らはまるのか、最後まで厳しく拒絶するか」

「わたしも同じ考えだ」

又八郎が継いだ。後者には、自分たちも命を失う覚悟が出ている。数之進は左門になりきって考えた。

　答えはひとつしかなかった。

「否」

　厳しい拒絶。たとえ命を失うことになろうとも、これしかない。なんの策も取らず家斉派の提案を受け入れたとき、左門は黙って自刃するだろう。

　それこそが、たったひとつ残された侍の道。

「承知」

「わかった」

　一角と又八郎の答えが重なる。

「それにしても、ずいぶんと大量の血を使うたものよ。まさか、すでに……なのではあるまいな」

　腹を切る仕草をして言った。同じ考えがちらついていたものの、数之進は無理に打ち消している。

「おおかた犬の血であろう。ご丁寧に足袋を履いた者が、慎重に付けていったに違いない。その様子を数多くの藩士が、見ていたのだと思うと」

　胸が痛んだ。理不尽な命令や下知が、まかりとおるご時世《じせい》になっている。藩主や佐竹源之丞は、藩士の企みを知らなかったように思えたが、はたして、どうなのか。

「豊前守様に、真実をお伝えしよう。藩士たちに申し渡すのは……」

「それがし、宇野凜太郎と申しまする。両目付様と幕府御算用者の方々に、お願いの儀あって参上つかまつりました！」

突如、大声が響きわたった。若い藩士が、大広間の戸口に平伏する。後ろには、長野桂次郎と近藤音三郎が控えていた。

――家老派の上級藩士に斬りかかろうとしていた藩士か。

数之進は対峙していた光景を思い出している。脇差を抜く寸前だった凜太郎を、老藩士の源之丞が必死に宥《なだ》めていた。訴えの内容はたやすく想像できたが、茶番劇に付き合わなければならない。又八郎に受けてほしかったのだが、頭を振られて仕方なく凜太郎の前に進み出た。

「いかような話でござろうか」

「ご家老様を殺めたのは、それがしにございます。過日のやりとりをご覧になられたと思いますが、あろうことか御家老様は、京に送る菜種を大坂に送って値を吊り上げていたのでござります。これはほんの一例にすぎませぬ」

早口で言い、ひと息、ついた。

「かねてより、それがしは御家老様の専横ぶりを苦々しく思うておりました。機会があればと考えておりましたとき、奥御殿の騒ぎが起きたのでございます。騒ぎに乗じて離れにいた御家老様を訪ね、胸を刺しつらぬいた次第にござります」

案の定の訴えが出た。宇野凜太郎と名前に太郎が入っているのは、長男である証。下級藩士の中でも、特に苦しい家なのかもしれない。宇野家のために命を投げ出し、未来《あした》のために敢えて汚名を受ける覚悟を決めた。

澄みきった眼差《まなざ》しに、正直な答えが表れていた。

「武器はなにを用いたのか」

数之進は短く訊ねる。

「それがしの脇差でございます」

用意していた晒《さら》しの包みを前に置いて畏まる。布に乾ききった血が染みているのを見ても、凶刃であろうことは察しがついた。下手人はこの脇差で重冬を刺した後、残虐にもぐりっとまわして傷口を広げ、抜き取った。そして、その傷痕に左門の煙管を突っ込んだに違いない。

ここまで用意周到に手配りしていたことに驚きを禁じえないが、まずは偽りを暴くのが先だ。

「一角」

友に改め役を頼み、晒しの布を開いてもらう。脇差には、あきらかに血の痕が残っていた。なにがなんでも凜太郎は、偽りをつらぬこうとするだろう。

そう、切腹して、家族を生かすために……。

「血糊《ちのり》が付いております」

一角は蹲踞《そんきょ》して、左門と相対したときのような言動を取る。複雑な気持ちだったが、今は合わせるのが得策だ。

「これを使うて高山重冬を刺したのか」

つまらない問いだと思いつつ訊いた。

「は」

「いかように刺したのか、話していただきたい」

目顔に従い、血糊の付いた脇差を置いて、一角が立ちあがる。扇子を凜太郎に渡そうとしたが、怪訝な表情を返した。

「いかようにと申されましても」

戸惑いが満ちみちていた。

「どこを刺したのか」

「一角」

仕方なく助け船を出したが、どこまでこれを続ければよいのか。嘘が苦手な数之進は、早く終わらせたかった。

「胸でござります」

促されて凜太郎は立ちあがり、渡された扇子で一角の胸を刺す真似をする。おそらく真実の下手人は左手で重冬の肩を摑み、動かないようにした後に刺して、思いきり刃をまわしたはず。穿たれたような穴は、尋常の傷痕ではなかった。

「刺した後は？」

無意味なやりとりを続ける。

「刺した後、とは？」

哀れな自称・下手人の顔には、戸惑いを通り越して、恐怖のようなものが浮かびあがっていた。肩越しに桂次郎と音三郎兄弟を振り返ってしまったのは、最大の過ちかもしれない。

「そのほう、コウヤマキの球果を存じよるか」

数之進は唐突に話を変えた。不安を煽《あお》る意味があった。

「え？」

凜太郎は、当惑と困惑の渦に落ちた。わけがわからない、という体《てい》だった。無理もない。死んだときの様子や傷痕については、同役たちに固く口止めしている。玉池藩の老藩士にさえ、話していなかった。当然、桂次郎と音三郎兄弟も知らない話ばかりだろう。二人とも青ざめていた。

「偽りを申し述べた暁《あかつき》には、そのほうだけでなく、一族すべてが死罪となる。侍として誇りのある切腹は許されず、一族郎党、斬首となるは必至。それでもよいか」

辛い申し渡しとなる。だれかに約束された恩恵は、受けられない可能性を強く示唆《しさ》した。凜太郎たちにとっては考えられない流れであり、とうてい信じられない言葉だったのは確かだろう。

「………」

無言で大きく目をみひらいていた。数之進を見ているようであり、見ていないようでもあった。茫洋とした焦点の定まらない目。

いきなり凜太郎は動いた。床に置かれた脇差を取ろうとしたが、そうはさせじと一角が摑んで離れる。次は舌を嚙み切ろうとしたが、これまた、又八郎が手拭いを口に咬ませて防いだ。

「座敷牢へ」

数之進は、桂次郎たちではなく、又八郎に言った。兄弟にまかせたが最後、連れて行く途中で自死するかもしれない。又八郎は金森正也と一緒に、凜太郎を連れて行った。たとえ屋敷内であろうとも、いや、屋敷内だからこそ、御算用者はひとりになるのを避けなければならなかった。

「近藤殿。豊前守様に、確かめたき儀がございます。お取り次ぎ願えますか」

小姓頭の音三郎に告げる。長屋に引きあげたように思えた藩士たちが、廊下にちらほら姿を見せ始めていた。どこかの部屋に入って経緯を見守っていたのかもしれない。

「承知いたしました」

音三郎は答えて、兄の桂次郎とともにその場を離れる。

「おれは」

一角は、なにか言いかけて口をつぐんだ。凜太郎の望みを叶《かな》えてやれば、鳥海左門は解き放たれて、玉池藩も表面上は御家安泰となるのではないか。しかし、左門はどうするだろう。そう思ったとき、言葉を続けられなくなった。そんな印象を受けた。

黙り込んだ理由がわかる。

——なんという辛いお役目なのか。

数之進はあらためて、両目付や幕府御算用者のお役目の重さを味わわされている。

小藩を救うため、下級藩士を助けるためという善行の陰には、左門のはかりしれない苦悩があった。

五

深更、中奥の御座所で赤堀豊前守正民との会談がもたれた。杉崎春馬や三宅又八郎、金森正也たちは、下手人と思しき御庭番の件で動いている。松平定信が遣わした田ノ倉と笠間は廊下で見張り役を務めていたが、村上杢兵衛は若い配下と長屋で仮眠を取っているのでいない。

総勢四人の密かな話し合いだった。

「さようでございまするか。宇野凜太郎が」

正民は答えた。要約して話したのだが、同席しているのは老藩士の佐竹源之丞のみ。上段や下段は敢えてもうけずに、対面式の場となっている。沈んだ声と表情には、疲労が色濃く表れていた。

「われらの考えは、今、お伝えした通りでござる。宇野凜太郎の話には、あきらかに矛盾があります。下手人の目星はついておりますゆえ、偽りだと思います次第。豊前守様のお考えは、いかがでございましょうか」

訊かれたところで答えられまい。正民としては、名乗り出た凛太郎を下手人に仕立てあげ、御家騒動を早く終わらせたいに違いなかった。

が、そんなに簡単な話ではないこともまた、わかっているのだろう。すでに両目付が下手人の疑いありとされて、五手掛の詮議を受けるという、理不尽極まりない異例の流れになっている。だからこそ、数之進たちは、徹底的に戦う姿勢を見せているのだ。

「宇野凛太郎の話は、真実やもしれませぬ。常日頃より、重冬への不満をあらわにしておりました。胸を深く刺されたという残虐な死に様を聞いたとき、それがしは宇野の顔を思い浮かべましたゆえ」

正民は小声でボソボソと続けた。

「彼の者が下手人だと名乗りを挙げたのであれば、信じていただくのがよろしかろうと存じます」

探るような目には、ここらで手を打つのはいかがでござりましょうか、といった様子も見られる。大聖寺藩の留守居役・平井忠国を下手人に仕立てあげて、御家存続を考えていたであろう藩主は、有力な下手人候補が現れてくれたことに、内心、安堵しているのかもしれない。

融通のきかない幕府御算用者に、藩士同様、いささかげんなりしているのかもしれなかった。

「両目付様は、かような流れを良しとはなされませぬ」

数之進は静かに反論した。口調は穏やかだが、両目にあらん限りの力を込めている。正民は目を逸らしたが、老藩士は真っ直ぐ見据えていた。

「万が一、宇野凜太郎が座敷牢で自刃した折には、一族郎党、斬首となりまする。偽りを申し述べて藩を騒がせたというのが罪状でございます。なんとかして、真実の下手人を捕らえたいと思い、調べているのが今の状況です」

今までの潜入探索では、あきらかに無実と思われる者の処罰はなかった、はずだ。その点が大きく異なる騒ぎとなっていた。藩を生かすための犠牲、真実の下手人の身代わり、名乗りをあげたのは無実の者。

玉池藩の思惑はわかるが、即座に認められるわけがなかった。

「奥御殿の侍女、秋乃の様子は、いかがでござろうか」

一角が問いかけた。これまた、答えは想像できたが、どんなに小さくてもいい。巨大な敵の牙城《がじょう》を切り崩すための一手がほしかった。窮鼠《きゅうそ》猫を嚙むの喩え通りにいかぬものかと忙しく考えている。

「奥の話では、父親が迎えに来たらしく、自宅に連れて帰ったとのことでございます。ご助言に従いまして繰り返し湯に入っては水を飲んだあれが、効いたのやもしれませぬ。だいぶ恢復《かいふく》したようでございますが、どこにいたのか、だれが拐《かどわ》かしたのか等の問いには、いっさい答えなかった由」

答える正民の声は、かわいそうなほど小さかった。血の足跡騒ぎでは、藩主も老藩士も蚊帳の外に置かれた形になっている。藩内には、藩士の勝手な振る舞いを許す流れができ始めていた。

「これをご覧いただけますか」

数之進は、立ちあがって懐に入れていた短冊を出し、藩主の前に置いた。離れの違い棚に入っていた『亢竜悔有り』の短冊である。

見たとたん、

「それがしが書いたものではござらぬ」

正民が答えた。隣に座した源之丞に渡したとたん、老藩士は小さく息を呑む。

「それがしが書いた短冊にございます。ご家老をお諫《いさ》めしようと思い、お渡しいたしました。なれど、天に昇りつめて降りるのを忘れた竜という意味なのはご承知のことと存じます。なれど、まさか手元に残しておられたとは」

素直に認めた。書いた者がわかっただけでも上出来と判断する。こうやって、ひとつずつ潰していくしかない。差し出された短冊を受け取って、数之進は座っていた場所に戻る。あらためて訊かなければならなかった。

「騒ぎが起きた日、高山殿を訪ねて来た者でございますが、本当にひとりでしたか。供をして来た者が、藩邸内のどこかで待っていたようなことはありませんか」

訪ねて来たのはひとりだと聞いていたが、人を殺めるとき、たったひとりで事に及ぶだろうか。手引きする者、しくじったときや逃げるときに手を貸す者がいなければ、なかなかむずかしいように思えた。それとも『天紋の男』は、単独行動が常なのか。

「それがしは、御家老を訪ねて来たのは、ひとりと聞きました。藩士にも確かめましたが、同じ意見だったと思います」

源之丞が以前と同じ返答をする。蚊帳の外に置かれていた正民には、訊いても無駄なことだった。それでも数之進は『天紋の男』の似顔絵を出して、まずは藩主に見せる。

「見憶えはございませぬか」

「ない」

正民は簡潔に答えて続けた。

「ずいぶん若いように見ゆるが」

「年は二十二、三のようです。佐竹殿。これをお渡ししておきますので、藩士たちにも確かめていただけますか」

と、数之進は源之丞に似顔絵を渡した。物売りに化けて藩邸を探っていたことも考えられる。自分たちが潜入探索を行う場合もそうだが、事前の下調べが必要だ。見かけた藩士がいれば、『天紋の男』に対する疑いがいっそう深まるのは間違いない。

下手人だという証を立てるのは無理かもしれないが、せめて、慥《たし》かな話がほしかった。

「ほう、天紋の持ち主でござりまするか」

老藩士は、似顔絵を見て目をあげた。

「こやつが下手人だと？」

「まだ、わかりませぬ。なれど、手練《てだ》れであるのは確かではないかと存じます。ご家老は彼の者に料理屋などで接待されたことがあるのやもしれませぬ。見知っていたゆえ気を許し、人払いをしたうえ、二人きりで会った」

高山重冬がどの程度の遣い手だったかはわからない。が、隙のない身ごなしや、羽織袴の上からも鍛えぬかれた肉体が見て取れた。初対面の相手に殺されるとは思えないが、あるいは、コウヤマキで気がゆるんだことも考えられた。

——『天紋の男』には、手助けした者がいるはずだ。なれど、あのとき、表門は鳥海様と若手が見張り、裏門は三宅様たちが目を光らせていた。

胸がざわついてくる、いやな予感がおさまらない。おかしな気配があったのに、わざと動かなかったとしたら？　不審者を見たのに、見なかったことにしたのではないか。

——わたしはなにを考えているのか。

仲間を疑う気持ちを、慌てて封じ込める。別のことを思い浮かべた。

——プラントハンターは、コウヤマキの球果をひとつ、いくらで買うつもりだったのか。

仲介役や御内儀絹《おかみさまぎぬ》の指南役を務めた大聖寺藩ほどではないとしても、交渉の場を提供した玉池藩にも少なからぬ賄賂が入ったはずだ。高値のコウヤマキが手に入ったため、用心深い重冬も油断しきっていたのではないか。

「藩士たちに似顔絵をまわしまする」

源之丞の声で、数之進は眼前のことに気持ちを戻した。老藩士は折り畳んだ似顔絵を懐に入れた。

「よろしくお願いいたします」

「大聖寺藩の平井殿でございますが」

正民が躊躇いがちに切り出した。

「いつまで座敷牢に、閉じ込めておくのでございましょうか。大聖寺藩は十万石の大藩であるうえ、加賀藩の支藩でございます。かような扱いをしたことは、すでに伝わっておりましょう。それがし、気が気ではありませぬ」

気弱な面が八の字に下がった眉に表れている。宇野凜太郎という犠牲が現れてくれた以上、大藩とは今まで通りにやっていきたいと考えたに違いない。しかし、数之進としては加賀藩に伝わっていなければ困るし、動いてくれねば苦労の甲斐《かい》がない話だ。

「嫌疑が晴れるまででございます。今少しお待ちいただきたく存じます」

「ですが」

なおも食いさがろうとした正民を、源之丞が仕草でも止めた。

「お考えあってのことでござる。われらはこれ以上の騒ぎが起きぬよう、目配りするのが得策。さよう。『血の足跡騒ぎ』は、殿はむろんでございますが、それがしも与《あずか》り知らぬことでござった。愚かな真似をと恥じ入るばかりでござる」

深々と辞儀をする。藩内一の協力者に思えるが、はたして、そうだろうか。これが本当の姿なのか。あるいは藩主を操る策士なのではないか。そもそも平井忠国の右腕の傷痕を教えたのは源之丞だ。下手人候補として推したようにも思えなくもなかった。

——思えば密議の話が、外に漏れ出ることがよくあった。

昔のつまらない事柄まで浮かんでくる。今回で言えば、一番、怪しいのは新たに加わった定信の配下・田ノ倉と笠間だが、彼の者たちは今までの騒ぎには関わりがない。そうなると、と、疑心暗鬼に陥りそうだった。

「先程も申しあげましたが、宇野凜太郎は重冬を殺めたと認めております。異論を唱えるのは、賛成いたしかねまする。それがしは大目付様にお伺いをたてるのが、よろしいのではないかと思います。お願いできませぬか？」

正民は諦めなかった。ここで手打ちをすれば終わるものを、と、大きな不満が顔に表れている。鳥海左門は解き放たれて、玉池藩は御家存続となるではないか。いったいなにが気に入らぬのか。

これが武家の収め方だ。左門とて今まで四角四面に対応してきたわけではない。ときには今回のような『犠牲者』を受け入れながら、小藩の体裁《ていさい》を取り繕う手伝いをした。そうしなければ、改易になるのは必至だったからである。

——なれど、宇野凜太郎はあきらかに無実だ。切腹を命じることはできぬ。

そう思いつつ答えた。

「詮議したうえで返答いたします。今しばらく、大聖寺藩の留守居役と宇野凜太郎は、座敷牢に留め置かれますよう、お願い申しあげます次第」

「すでにおわかりだと思いますが」

源之丞が口を開いた。言いたくないが仕方なくという顔をしていた。

「宇野凜太郎は、己の罪を認めておりまする。仮に両目付様が、宇野の訴えが偽りだったという証を立てたとしても、彼の者は自刃するしかございませぬ。生き恥を曝《さら》すのは、侍としてとうてい受け入れがたきこと。せめて、切腹をと思うておりまする」

武家の正論を訴えた。藩主ともども、あくまでも両目付を口にするのは、このままでは左門が宇野凜太郎と同じ運命を辿ると思っているからだろうか。不快感を覚えたが、こらえた。

源之丞が言ったように『血の足跡騒ぎ』はやりすぎだが、公になってしまった今、宇野凜太郎は死ぬしかない。侍として切腹するか、惨めな斬首刑になるか。両目付配下の幕府御算用者に明日を委《ゆだ》ねられていた。

「詮議いたします」

数之進は、かろうじて答えた。起きた騒ぎをなかったことにするのは常の流れだが、罪を犯していない者を罪人として処罰する当事者になったとき……たやすく応じるのは、むずかしかった。

「ご無礼つかまつります」

数之進は友を促して立ちあがる。あまりにも凄まじい緊張感を覚えたためだろう。廊下に出たとたん、よろめいて倒れそうになった。

「数之進」

一角が素早く支える。廊下にいた田ノ倉と笠間も動こうとしたが、頭を振って制した。

「すまぬ。ちと目眩《めまい》がしただけだ」

友の手のあたたかさに、涙があふれかけた。他の同役はわからない。が、早乙女一角だけは信じられる。

「おまえは考えすぎるので困るが、おれは考えすぎなくて困る。二人合わせて、ちょうどよいようじゃ。こたびの騒ぎは、鳥海様でも悩まれるのではあるまいか。おれも五両智恵を振り絞るゆえ、ひとりで思い悩むな」

「頼もしいことよ。頼りにしておる」

笑みを返すと、照れたように目を逸らした。

「お。村上様じゃ。朝まで寝るつもりだと思うたが、年寄ると長くは眠れなくなるのであろう。おれの親父殿もそうだからな」

村上杢兵衛が、廊下をセカセカした足取りで近づいて来る。暗くて表情までは見えないが、一刻も早く伝えねばという気持ちが浮かびあがっているように思えた。

もしや、と、数之進は胸が躍《おど》った。

「鳥海様にお目にかかれるのやもしれぬ」

「なに？」

一角の目にも明るい灯《ひ》がともる。重い空気を振り払うように、数之進と一角は杢兵衛に歩み寄った。

第七章　騙《かた》り合戦

一

翌日の早朝。

二人は、鳥海左門への面会を許された。場所は、十人目付のひとりが構えた屋敷内の座敷牢越しである。格子を挟んだ対面ではあるものの、数之進は逢えるというだけで心が弾んだ。

「なんとか半刻《はんとき》（約一時間）ほどの刻《とき》はいただけた。なれど、それ以上はならぬ。長居は許されぬぞ」

案内して来た村上杢兵衛に、しつこいほど念を押されて、数之進と一角はようやく左門に逢えた。薄暗い座敷牢には、高窓がいちおう設けられている。左門は、そこから射し込む陽を背に受け、座していた。

香でも焚いているのか、不快な臭いはしない。座を外すよう言われていたのだろう。李兵衛は会釈して出て行った。

「来たか」

左門はわずかに顔をあげた。

「鳥海様」

数之進と友は、これ以上、できないほど格子に近づいている。面会を聞いたからなのかもしれない。月代《さかやき》や髭《ひげ》は綺麗に剃《そ》られていた。

「お身体は、大丈夫でございますか」

一角の問いを受けて左門は立ちあがり、格子近くに来て座り直した。

「大事ない。ここだけの話だが、一日に何度かは外に出してもろうておるのじゃ。その際、竹刀《しない》で軽く素振りなどして、身体が鈍《なま》らぬよう努めておる。ここにいるときも、柔術の稽古をしておる次第よ。『逆境、楽しむべし』を実践しておるわ」

思いのほか明るかったが、数之進は逆に胸が熱くなる。逆境を楽しむ心境には、とてもなれなかった。

「思うていたより、お元気そうで安堵いたしました。それがしは」

あとは言葉が続かない。こらえていた涙が、頬を伝って流れ落ちる。今までの潜入探索とは大きく異なる玉池藩の騒ぎ、こたびの騒ぎの中心にいるのは無実の二人だ。ひとりは眼前の鳥海左門、もうひとりは宇野凜太郎。藩を生かすための犠牲《いけにえ》、真実の下手人の身代わり等々、一気にあふれ出してしまい、なにも言えなくなっていた。

「泣いている暇はないぞ、数之進。話ができるのは、わずか半刻ゆえ」

友に言われて涙を拭った。

「こたびの騒ぎは、難問でござります」

正直な言葉が出る。左門の前では、隠し事をしなくて済むので楽だった。おかしな言い方かもしれないが、安心して弱い面を曝《さら》け出せる。

「うむ。数之進から届く調書を見ただけで、わしも溜息が出たわ。日が経《た》つにつれて、より複雑になっておるようじゃ。はてさて、いかような裁きをするべきか」

「ほら、見ろ。おれが言うた通りではないか。こたびの騒ぎは、鳥海様でも手こずるは必至。あれこれ思い悩む前に、動くのが肝要よ」

一角の言葉を聞いて、左門の唇に笑みが浮かんだ。

「まことに、よき盟友よのう。わしは二人に、どれだけ救われてきたことか。李兵衛の話では、お節介な大屋の彦右衛門が、〈にしき屋〉の客に吹聴《ふいちょう》したらしゅうてな。お助け侍の窮地を知った民が続々と町奉行所を訪ねている由。噂好きのひょうたんなまずも、たまには役に立つものよと思うた次第じゃ」

「そうでしたか。彦右衛門さんが、そのようなことを」

「真に受けるな。あやつにとってお助け侍は、大事な小遣い銭稼ぎ。相談者からの紹介料目当てに相違ない。あの長屋にいてもらわねば困ると考えているのであろうさ。大仰にありがたがるのは、やめておけ」

　辛辣な一角の言い方に、左門は笑い出した。豪快な笑い声が、座敷牢にひびき渡る。久々に聞く朗《ほが》らかな声だった。

「一角は悪態をついても、さらりと聞き流せるのが、不思議なところじゃ。あとに残らぬ。まあ、たまには悪意を持たれるやもしれぬが、わしはからりとした気質がよいと思うているひとりゆえ、いくらでも言うがよい」

「は。お褒めにあずかりまして恐悦至極に存じます。早乙女一角、これからはいっそう悪態をつき、技を磨く所存でござります」

　畏まって受けた後、三人揃って笑った。こうやって軽口を言い合い、笑って次の潜入探索に臨むのが常だった。これほど卑怯な罠が待ちかまえていようとは、想像もできなかったが……。

「数之進は、情がありすぎる」

不意に左門が言った。真面目な顔になっていた。

「わしを生かそうと思うな」

「え」

聞き間違いかと思い、目をあげる。しかし、左門は淡々と続けた。

「それゆえ、話がややこしゅうなる。すでに死んだものと思って、こたびのお役目をやり遂げるがよい。わしは両目付になったとき、死んだ。死んだつもりで臨んだ。切腹を申しつくられれば本望よ」

「………」

数之進はうつむいて唇を噛みしめる。なにが言いたいのかは、いやというほどわかっていた。が、それでも応とは答えられなかった。

「それがし、文をしたためて、かつて潜入探索をした小藩に届けております。おそらく、幕府内にも話は広まっていると思いますが、やはり、直接、お知らせした方が伝わるのではないかと思いまして」

「幕府内では、大変な騒ぎだと聞いた。この屋敷の主は、彦右衛門に列《なら》ぶ吹聴男でな。

訊《き》かれてもいないのに、幕臣たちに話している由」

　この屋敷の主は左門の友であり、十人目付のひとりだ。吹聴男とは面白い異名だが、わざと広めているのはあきらか。左門は笑って続けた。

「それを察したお方が次から次へと策を打つゆえ、よけい複雑怪奇な騒動になっているのであろう。魑魅魍魎《ちみもうりょう》が徘徊《はいかい》しておるようじゃ」

　それを察したお方とは言うまでもない、家斉だ。真実の下手人の身代わりを命じたのは、早く騒動を収めようとしたからに違いない。めまぐるしく変わる話は、よけい不審と疑惑を招くのだが、将軍の力があれば押しきれると考えたのは確かだ。

「振りまわされるのは、玉池藩の藩士、特に下級藩士たちです。家老の高山重冬が死んだときは、みな動揺したはずですが、己を押し殺して無理難題を命じる者に従わねばなりませぬ」

　いったん深呼吸して継いだ。

「今までの騒ぎでは、騒ぎを起こした張本人を裁いておりました。なれど、こたびは違いまする。罪のない者を下手人に仕立てあげ、切腹を命じなければなりませぬ。名乗り出てしまった宇野凜太郎は、すでに死んだも同然の身。恥を曝して生きながらえることはできぬと、老藩士より訴えられました」

一気に告げた数之進を、一角が補足する。

「我が友は迷路に落ちております。藩士どころか、同役の者たちにまで疑いの目を向けているようでございます」

さすがは友と言うべきか。疑心暗鬼に陥ってしまったことは、特に話していなかったが察していた。一角が敢えて告げたのは、同役の者たちは信じられるという助言を左門に期待していたからかもしれない。

だが、左門は驚くべき言葉を返した。

「その疑い、当たらずとも遠からずやもしれぬ」

「え」

今度は一角が言葉を失ってしまう。もしや、全員、裏切りの前兆があったのか。家斉派に金子で買われた者が、すでにいるのだろうか。

「鳥海様。今のお言葉の意味は……」

数之進の当惑に、すぐさま答えた。

「気づかぬふりをせよ」

淡々と言い切る。

「すべて呑み込むがよしじゃ、クジラのごとくな。そして、心の眼だけを、彼の者たちに向ける。自責の念が湧くのであろう。不思議と裏切る者は出なんだわ」

ニヤリと笑った。

——夜鴉《よがらす》左門。

あらためて、その異名が持つ意味を理解した。裏切り者候補を尾行したり、見張ることもあったのだろうが、それよりも『眼』で相手に告げたのかもしれない。

〝わしは知っておるぞ〟

と、強烈な念で威嚇したのかもしれなかった。

「それがしには、とうてい無理でござります」

弱音が出る。

「反撃の手がかりが、ほしいのです。鳥海様の煙管と煙管袋を盗んだのは、おそらく姿を消した女中でござりましょう。せめて、彼の者の行方がわかれば、証を立てられるかもしれませんが」

「見つけられたとしても話すまい」

一角が言った。

「それに、もはや墓の下やもしれぬ。期待できぬわ」

「だれも近くにおらぬか」

左門は訊きながら出入り口に目を走らせる。数之進は杢兵衛さえも疑っているのだろうかと、少し驚いた。意図を察した一角が、念のために戸を開けて、廊下に人がいないのを確かめる。

「おりませぬ」

友が元の位置に座るのを見て、左門は髷《まげ》を探り始めた。やがて、折り畳んだ紙片を取り出した。

人差し指を唇に当てた後、

「これを見るのは、数之進と一角だけじゃ。他の者に見せてはならぬ」

聞き取るのがやっとの声で囁《ささや》いた。長年の腹心、杢兵衛をも信じていないことが表れていた。

「文をしたためておいたゆえ、家主に渡すがよい」

差し出された文と折り畳まれた紙片を受け取る。

「畏まりました」

答えて数之進は、文を懐におさめ、折り畳まれた紙片を広げる。地名と家主であろう者の名だけが記されていた。一角に渡すと、見てすぐに、友は自分の髷に折り畳んだ紙片を入れる。なにがあろうとも他の者には見せない、渡さないという強い意思を示した。

「この後、二人は意外な客人に、お目通りせねばならぬ。数之進はまことにもって、頼りになる策士よ。越中守様も殊《こと》の外《ほか》、お気に召されたとのことであった。なにより、賄賂を受け取らぬのがよいとな、仰せになられたわ」

左門の口調には、格子越しの対面が表れているように思えた。まさかと思いつつ確かめていた。

「もしや、越中守様もここへ？」

「さよう。越中守様ご自身も、賄賂を受け取らぬお方。老中首座の役目をお引き受けあそばされてなお厳しく律しておられたゆえ、月々の物入りが非常に多かったそうな。聞いた話では、六月十九日より八月晦日《みそか》までの間に、金二千三百三十二両ほどの臨時の出費があったとか」

「それは、わずか二カ月半の話でございますか。それとも、翌年の八月晦日までの間でござりますか」

一角が驚きをあらわにして確認の問いを投げる。左門は笑って答えた。

「わずか二カ月半の話よ。老中や目付といったお役目が、いかに小判を必要とするか、わかるような話であろう。越中守様は、かようなお方じゃ。ゆえに」

そこで言葉を切る。続けたかったのは、おそらく「上様に疎《うと》まれた」ではないだろうか。家斉は民に贅沢奢侈を禁じながら、自分はそれを好む気質だ。女子への執着心も並ではない。公になってはいないが、『神隠し騒ぎ』の後ろにいたのは間違いないだろう。

「杢兵衛じゃ」

左門が言うのと同時に、座敷牢の戸が開いた。

「そろそろ時間でござります」

「あいわかった。『一つ心なれば』」

突然、口にした言葉を当意即妙、数之進は受ける。

「『必ず事を成す』。日蓮聖人の言葉でございますが」

はっとして見つめ返した。世津が信仰している日蓮宗、あるいは愛《いと》しい女子も紙片に記された家に匿《かくま》われているのだろうか。罪を犯した鳥海家の女中ともども預けられたのか。

――そもそも、なぜ、鳥海様は女中を匿ったのか。

いくつかの疑問は胸に秘めて、数之進と一角は座敷牢をあとにする。後ろ髪を引かれる思いがした。

「三紗殿からの言伝《ことづて》じゃ。こたびの調書をほしいと頼まれてな。鳥海様にご相談したところ、特別にお許しをいただいたので届けた次第よ」

李兵衛が歩きながら肩越しに告げる。

「姉様が」

「『三紗の千両智恵』であろうか。騒ぎの解決策が閃く予感を覚えたのやもしれぬ。うかうかしておられぬな、数之進」

「うむ」

また、新たな騒ぎにならねばよいが。と、数之進は思ったが、無理に封じ込める。

「別室にて、客人がお待ちになられておる」

案内役の李兵衛に二人は従った。

二

奥座敷へ近づくにつれて、独特の薫りが感じられた。書院前の廊下にまで高価な香《こう》の薫りが漂っている。

「まさか」

数之進は、そう思いながらも、応《こた》えていただけたかと早くも胸が熱くなる。表情を読むのに長《た》けている一角だが、わからなかったに違いない。

「客人がだれなのか、すでにわかっておるらしいな」

小声で訊いた。

「うむ」

「身分の高いお方であるのは、おれでも想像がつくわ。この薫りは沈香《じんこう》であろう。たやすく手に入らぬ香ゆえ」

鼻をうごめかしながら言った。

「おぬしは、まことに鼻が利くな」

「褒め言葉と受け取っておく」

「生田数之進、早乙女一角の両名、まかりこしました」

先を歩いていた杢兵衛は、早くも座敷前の廊下に畏まっていた。渋面で早うせいと知らせている。数之進と一角は慌てて後ろに畏まった。静かに障子戸が開き、整った顔立ちの小姓が現れた。文武両道であるのはもちろんのこと、容姿も美しくなければ大藩の小姓役は務まらない。

「それがしは、これにてご無礼つかまつりまする」

杢兵衛はいち早く告げる。

「大儀《たいぎ》」

書院の上段から聞こえたのは……間違いなかった。数之進は一角を促して、座敷に足を踏み入れる。二人並んで下段に座り、平伏した。

「直答《じきとう》を許す」

上段の主が自ら告げた。

「面《おもて》をあげよ」

「ははっ」

二人同時に答えて、まずは数之進が顔をあげた。

上段に座していたのは、加賀藩の十二代藩主・前田松平加賀守斉広《なりなが》である。おっとりとした顔立ちの持ち主ではあるが、中堅藩士を登用して硬直化した老臣政治からの脱却を図ろうとしているらしい。藩内での対立が激化してしまい、むずかしい状況になっているとも聞いていた。斉広にとってもこの会談は、願ってもないことだったかもしれない。

座敷にいるのは、小姓を含めて四人のみ。続き部屋への襖《ふすま》は閉じられていたが、数之進でも察知できるほど人の気配が感じられた。何人かの加賀藩士が詰めているのは間違いない。

ちなみに前田家では、三代藩主・利常《としつね》のときに、松平の称号を賜っていた。大大名家のなかでも名門であるのは、だれもが知るところだろう。

「ひさしいのう、生田数之進。そのほうが江戸へ出てから、二年、いや、今年で三年目になるか」

斉広は目を細めて言った。口調には、成長ぶりを楽しむ面ともうひとつ、秘めた気持ちが隠されているように思えたが、数之進は素知らぬ顔で応じた。

「ありがたきお言葉を賜りまして恐悦至極に存じます。江戸での暮らしは、三年目を迎えました。加賀守様におかれましては、公儀より幕府御算用者のお役目を承りました折、お許しいただきましたこと、あらためて御礼申しあげます」

畳に額をつけて平伏する。

「前田松平加賀守様」

遅ればせながら気づいた友も、いっそう畏まって平伏した。

大所帯の加賀藩の勘定方には、常に百五十人前後の勘定役が在籍しているのだが、藩主の斉広は平の数之進への覚えめでたく、手放すのを渋っていたと後で杢兵衛から知らされた。驚くとともに、感謝の念が湧いたのを思い出している。

「そのほうが、相方の早乙女一角か」

次に友を見やった。

「ははっ」

「たまさかであろうがの。数之進が初めて潜入した七日市藩は、加賀藩の支藩のひとつじゃ。縁があったのやもしれぬのう。話には聞いていたが、美丈夫ぶりに驚いたわ。二人のことは、風の便りに聞いておるぞ。良き相方を得たがゆえの活躍であろうな」

詳しく調べていたことを隠そうとはしなかった。それだけ数之進を失った無念さが強かったのかもしれない。当時、生田家が抱えていた借財は、三百と五両。着道楽の富美と食い道楽の三紗によって生まれた膨大《ぼうだい》な借財を、幕府が肩代わりしてくれることになったため、数之進は能州を離れたのである。

借財は役料から少しずつ返しているが、それでもまだ、百両程度は残っていた。

「過分なお言葉を賜りまして、ありがたき幸せに存じます」

「加賀守様。我が友は、噂以上の男にござります。民の相談には無料で応じることもありまして、思うように公儀からの借財を返せない有様。なれど、そこが数之進の最大の美点でござりますゆえ、それがし、命を懸けてお役目に臨んでおりまする」

一角がこれでもかと後押しする。七日市藩で出逢えたのは、まさに運命と言うしかなかった。自分ひとりではとうてい続けられなかったと、数之進は思っていた。

「うむ」

頷いたものの、明るかった斉広の表情が翳る。

「さてもさても、こたびの騒ぎは厄介じゃ。複雑に絡み合うた話を、どのように収めるか。はたして、収められるのか。わしは二人が来る前に、両目付と会うたがの。あれは侍として死ぬ覚悟を決めておる。相手方からの妥協案を呑むまいな」

相手方とは家斉派のことであり、妥協案とは宇野凜太郎を家老殺し騒ぎの犠牲《いけにえ》として受け入れるという意味であろう。問題はそれを左門が承諾するか否かだ。

「千両智恵はいかがじゃ。歯が立たぬか」

率直な問いが出た。

「相手方が出した妥協案でございますが、あれを手直しした策を考えてはおりまする。越中守様に言上しようと思うております」

「さようか」

うつむきがちだった顔をあげる。多少、表情が明るくなっていた。それでも不安が消えなかったのかもしれない。

「両目付のゆるぎない覚悟を変えられるか否か」

確かめるように訊いた。

「先程、話しました折に、わずかではありますが、心のゆらぎが見えたように思いました。とにかく友と二人で動くつもりでおります。それがしは、鳥海様に侍として死ぬのではなく、人として生きていただきたいと思うているのです。八方丸く収まる策を考えているのでございますが」

曖昧に消えた言葉を読み取ったに違いない。

「両目付は、見事なまでに侍道を生きてきた漢《おとこ》であるうえ、死を恐れぬ豪胆な魂の持ち主じゃ。相手方はすでに腰くだけの体《てい》だが、もっとも厄介なのは両目付。彼の者を現世に引き留める妙案はないものか」

独り言のように呟き、重い溜息をついた。隣室には何名かの気配がある。詳しい話をすれば、洩れてしまうかもしれない。数之進は黙っていた。

「そういえば」

思いついたように斉広は口を開いた。

「そのほうらが目星をつけた真実の下手人、『天紋の男』であったか。彼の者はすでに捕らえられたようじゃ。始末されてしもうたやもしれぬ」

初めて聞く話を口にする。

「えっ」

数之進は絶句した。『天紋の男』については、最悪の結果を予測してはいた。しかし、それが現実となれば平静ではいられなかった。

「まあ、評定所に引き出されたところで話すまいがの。やはり、当人がおるのとおらぬのとでは、五手掛の印象が違うてくるゆえな。色々手をつくしてはいるが、生死は確かめられておらぬ」

「おそれながら申しあげます。彼の者の似顔絵がございます」

一角の訴えに、斉広は顔つきを変えた。

「む」

「お見せしろ、数之進」

友に促されて、懐から似顔絵を出した。斉広の後ろに控えていた小姓が、取りに来て藩主に渡した。

「なるほど。まさに『天紋の男』ではないか」

と、目をあげる。

「そのほう、絵もなかなかの腕前よの。知らなんだわ」

「絵だけではございませぬ。数之進は盆景も嗜《たしな》んでおります。お役目を遂行するうえで、どれほど助かったことか。多才でございます」

一角がじりっとにじり寄って訴えた。熱意あふれる言葉に、斉広は破顔する。

「良き友じゃ」

「は。一角は常に申します。『おれは数之進の身体、そして、おまえは頭。二人でひとりよ』と」

負けじと告げた数之進を見て、何度も頷いている。思いのほか、本音のやりとりになっているのは、やはり、友の存在が大きいように感じられた。場をなごませる独特の雰囲気を持っている。肩の力がぬけるのだ。

「さて」

ふたたび斉広の顔が引き締まる。

「『天紋の男』の生死はわからぬ。たとえ生きていたとしても、相手方は表に出すまい。数之進の存念やいかに？」

「ある者に似顔絵を確かめてもらう所存でございます。ある者につきましては、この場では申しあげられませぬ。ご容赦いただきたく存じます」

「あいわかった。ところで、我が藩の留守居役だがの。解き放ってもらえるか」

苦笑しながらの頼みになっていた。

「は。ご無礼つかまつりました。心よりお詫び申しあげます。加賀守様に直談判《じかだんぱん》するための、苦肉の策でござりました。お引き受けいただきまして、恐悦至極に存じます」

「まだ、引き受けたとは言うておらぬぞ」

軽く睨みつけたが、笑っていた。

「先走りました。申し訳ありませぬ」

「ここに来たこれが、わしの返事じゃ。なれど、そのほうの願い通りに事を運ぶには、ひとつ、条件がある。わかるか」

「は」

いっそう畏まる。今まで通りにできればよいが、そうはいかないことを心のどこかでわかっていた。覚悟を決めていた。

「であるならば、委細承知じゃ」

斉広の答えを聞き、一角はふたたび膝でにじり出た。

「今のやりとり、それがしは、得心できかねます。鳥海様のときにも度々感じたのでござりますが、蚊帳の外に置かれるのは、なんとも言えぬ心持ちになりまする。取り残されたような寂しさを覚えます次第。五両智恵では、やむなしと思うておりまするが」

「蚊帳の外に五両智恵か。まことにもって、おもしろき漢よのう。では、こたびの話はここまで……」

終わらせようとした斉広の耳もとに、小姓がなにか囁いた。

「忘れるところであったわ。五手掛による両目付・鳥海左門の審議は、三日後の早朝と決まった」

「三日後」

思わず繰り返している。

いよいよだと思った。

「わしも同席するつもりじゃ。多少なりとも力になれればよいのだがの。そうそう、これも忘れておったが、審議の場は松平越中守定信様の浴恩園と決まった」

「まことでございまするか」

数之進は、喜びのあまり声が上ずった。浴恩園は言うなれば、定信の陣地。自分の陣地で戦った方が有利なのは自明の理だ。希望が見えたように感じた。

「さよう。上様はかねてより、浴恩園での『お通り抜け』を内々に打診されていた由。四季折々の珍しい花木が、植えられておるゆえ、是非、訪れたかったのであろう。なれど、越中守様は、いつも聞き流されていたとか。こたびは稀有《けう》な逸材を救うために、越中守様の方から持ちかけられたのやもしれぬ」

「ありがたき幸せ。活路を拓《ひら》けるやもしれませぬ」

「侍として従容と死を受け入れている者こそが、真実の敵。まことにもって厄介な話じゃ。千両智恵の閃きに期待するしかないのう」

その言葉で目通りは、終わりを告げた。五手掛による審議までに、一角と二人だけでやらなければならないことがある。

希望に向かって動き始めた。

三

三日後の早朝。

両目付・鳥海左門の審議は、松平越中守定信の浴恩園にて、執《と》り行われることとなった。

むろん未《いま》だかつてない異例の場であり、民にも開放するという点にも定信の気持ちが表れているように思えた。しかし、事前の調べであまりにも参加を希望する民が多かったため、富籤《とみくじ》のように籤引きが行われたのもまた、異例中の異例であった。

五手掛は、勘定奉行、町奉行、寺社奉行の三人と、大目付役として松平定信、目付役として松平伊豆守信明が名乗りを挙げ、家斉が認める結果になっていた。母屋の前に急ぎ設《しつら》えられた白い玉砂利のお白洲には、眩《まばゆ》いばかりの日射しが降り注いでいる。臨時の評定所には、五手掛の真ん中に家斉が座していた。

そして、玉砂利に敷かれた三畳ほどの畳に、鳥海左門が畏まっていた。縄はむろん打たれておらず、羽織袴姿に裃《かみしも》の正装であり、扱いとしては罪人のそれではなかった。

「両目付・鳥海左門」

松平信明が告げた。左門の前に立って、調べ役を務めている。向かって右側には数之進たち左門派、向かって左側には林忠耀たち家斉派が、それぞれ正装で控えていた。前田松平加賀守斉広は、玉池藩の藩士たちと臨時の評定所の奥で見守っている。

さらに左門の後ろには、今まで幕府御算用者が潜入探索した藩や、お助け侍が相談に乗った民が、ひしめき合っていた。半分は小藩の侍や奥方、半分は民というように分かれている。一角の父・伊兵衛の顔も見えた。

――五瀬《いっせ》様。

数之進はある藩の奥方に気づいていたが、敢《あ》えて目を合わせないようにしている。せつない想いが、胸に湧いていた。

「ははっ」

左門はさらに畏まる。

「近江国玉池藩の藩邸で起きた江戸家老・高山重冬が不審死を遂げた騒ぎについて、これより五手掛による審議を始める」

「は」

「高山重冬が倒れていたのは、離れの茶室書院。藩士が異変に気づいて駆けつけたときには、胸から激しく出血し、すでに事切れていた。現場に落ちていたのは」

信明の目顔を受けて、林忠耀が白木の台に載せた煙管《きせる》と煙管袋を差し出した。抉《えぐ》られたような傷痕に突っ込まれていた煙管は、血こそ乾いているものの、やはり、不気味さを禁じえない。信明は白木の台を受け取って前に掲げる。

「この煙管と煙管袋である。これは、両目付の物か」

「は」

左門は短く受けるにとどめた。よけいな話はしないよう、自ら律しているのではないだろうか。付け入る隙を与えないためには得策だった。

「なにゆえ、高山重冬が命を落とした場に落ちていたのであろうな」

「今のお訊ねに関しましては、わかりかねまする。なれど、煙管と煙管袋は、我が屋敷から盗まれた品。大掃除をして探しましたが、見つかりませなんだ次第。よもや、玉池藩の離れにあろうとは、考えてもおりませんでした」

家斉派が仕掛けた罠に陥《お》ちたのだとは、口が裂けても言えない。互いに腹を探り合いながらのやり取りが続くのは必至だった。

「さても、おかしなことがあるものよのう。それでは、煙管と煙管袋に足が生えて、玉池藩の離れに歩いて行ったのであろうか」

冗談めかしていたが、だれひとり、笑わなかった。お白洲には、咳をするのも憚《はばか》られるような静寂が満ちている。みな固唾《かたず》を呑んで見守っていた。

「茶室書院で死んだ高山重冬、彼の者の近くには、両目付の煙管と煙管袋が落ちていた。だれもが思うのは、貴殿が家老を殺《あや》めたのではないかということよ。それについては、いかがじゃ」

「拙者は、殺めておりませぬ」

答えて口をつぐんだ。真っ直ぐ信明を見つめている。馬鹿ばかしい審議であり、だれもが思っているのは、左門が無実という変えようのない事実だ。数之進は一角と二人で未明から動き、茶番劇を終わらせるための段取りは整えた、つもりだ。

「証を立てられるか？」

信明の問いに、数之進は膝でにじり出た。

「両目付様配下の生田数之進にござります。証を立てるための証人を、連れてまいりました。彼の者への問答を、お許しいただきたく思いまする」

退《しりぞ》けたかったかもしれないが、それをすれば居並ぶ藩士や民から反論の声があがっただろう。異様な雰囲気のなか、さしもの信明も額にうっすら汗を浮かべていた。

「あいわかった。その証人とやらをここへ」

「ははっ」

数之進が答えるのと同時に、一角が立ちあがって天幕で仕切られた場所に足を向けた。左門の屋敷で女中を勤めていた真佐《まさ》が、友や杉崎春馬たちに守られるようにして現れる。年は四十代なかば、十五のときから鳥海家に奉公していた女中頭だ。会釈しながら、かつての主の隣に座る。

左門が渡した紙片に記されていたのは、渋谷村の豪農の家だった。匿われていた真佐は、証言を断るかと思ったが、あにはからんや、すぐさま承諾してここに来た。数之進は真佐を助けて匿ったところに、左門のゆらぎを感じたのである。

——こうなることを予測しておられたのやもしれぬ。

あるいは、切腹した後、真佐を頼むという頼み事だったのか。はかりかねていたが、数之進は前者に賭けた。

簡単に紹介した後、

「そのほう、両目付・鳥海左門様のお屋敷より、主愛用の煙管と煙管袋を盗んだと聞いたが、真実《まこと》か」

数之進は立ちあがって問答を開始する。

「はい」

真佐は答えた。

「なぜ、盗んだのか」

「ある男に頼まれたのです。百両、支払うと言われました。それで」

口ごもって、うつむいた。百両の部分では、後ろに座していた者たちがざわめいた。十五のときから奉公した雇い主への裏切り行為であるのは間違いない。さまざまな意味を込めたざわめきに思えた。

「頼まれた男を覚えているか」

「はい」

「確かめたき儀がある」

数之進の目顔に従い、一角が三枚の似顔絵を真佐に見せた。ひとりは真実の下手人と思しき『天紋の男』であり、二人はそうではない。が、二人のうちのひとりにはわざと天紋を入れておいた。

真佐は当てられるか否か。

天紋の二人を見比べていたが、

「この男です」

若い方を迷うことなく選んだ。

「さようか」

数之進は答えて、信明に向き直る。

「拙者は、わざと似顔絵のひとりに、ないはずの天紋を記しておきました。なれど、お真佐は下手人と思しき若い男を選びました」

似顔絵を前に掲げて、居並ぶ人々に『天紋の男』を見せた。

「ひとつ、確かめたき儀がある」

信明が言った。

「なにゆえ、その似顔絵の男が、下手人だと思うたのか」

「右腕の傷でございます」

数之進は答えた。これまた、あらかじめ打ち合わせていた通り、一角が立ちあがって現場の様子を再現する。突き出された扇子が、数之進の胸に触れた。

「高山重冬は、突然、刺されたと思われます。胸に突き立てられた武器を押し返そうとしたのか、左手で下手人の右腕を握り締めたのやもしれませぬ。死ぬ間際の、まさに断末魔の力で握り締めた結果、下手人の右腕には深い傷痕が残った」

「なぜ、高山重冬は両手で下手人の腕を摑まなんだのか」

すかさず信明が訊いた。

「高山重冬は、右手にコウヤマキの球果を握り締めておりました。おそらく下手人は球果が手に入ったと事前に知らせて、二人きりで会う場を作ったと思われます。かねてより探していた球果を渡されて、高山重冬は安堵した。その隙を狙い」

今一度、一角が扇子で胸を刺す真似をした。数之進は右手は握り締めたまま、左手で友の右腕をきつく握り締める。

「このような状態になったのではないかと、われらは考えました次第」

そう告げて、いったんは友と畏まる。コウヤマキの球果は、家斉派を追い詰めるための証拠品だ。質問されたときには、千駄木は七面坂の植木屋・宇平次より、林忠耀が買い求めたと答えるつもりだったが……コウヤマキの球果については、下手に取り沙汰《ざた》すれば厄介なことになると思ったのかもしれない。

信明は腹心の林忠耀となにやら話し合っていたが、頷き返して審議に戻った。

「お真佐に訊ねたい」

「はい」

真佐は緊張しきって顔が青ざめている。それでも目を逸らさなかった。

「そのほうの話には、いささか疑念をいだかずにいられぬ。似顔絵の男というのは、本当に存在しておるのか。偽りを申し述べたとなれば、さらに罪を重ねることになる。よくよく考えて発言するがよい」

家斉派の信明は『天紋の男』などは存在しないとしたうえで、鳥海左門を下手人と定め、騒ぎを収めようとしたのではないだろうか。また、成り行きから威嚇する必要を感じたのかもしれなかった。

が、逆効果だったようである。

「まことでございます」

真佐は声を張りあげた。

「鳥海様は、旦那様は、罪を犯したわたくしを助けてくださったのです。賊に襲われたそのとき、疾風のように現れて賊を切り捨ててくださいました。そのうえで匿っていただいたのです。百両欲しさに煙管と煙管袋を盗み、裏切ったわたくしを案じて、後を尾行《つ》けていたと伺ったときには……」

あとは言葉にならず泣きくずれた。もらい泣きしたのだろう、民の中からも啜《すす》り泣きが洩れた。左門は盗まれた煙管と煙管袋の行方を問うこともなく、真佐を渋谷村の知り合いに預けた。迎えに行ったときに聞いた話では、息子たちの乳母を務めた庄屋だったようだ。そういう縁を頼れたのも、左門の人柄によるものが大きかったのは確かだろう。

数之進の愛しい女《ひと》、世津も預けられていたことから、安心してこの場に臨んでいた。

「ひとつ、確かめたい」

信明は食いさがる。

「そのほうは、雇い主の持ち物だった煙管と煙管袋を盗んだと答えた。その罪によって罰を与えられることは、承知のうえか」

なんとか偽りを述べたと言わせたいのか、険しい顔つきになっていた。左門に有利な話ばかりでは、結果が見えている。

「はい」

真佐は堂々と顔をあげていた。

「盗んだのは、まことでございます。百両に目が眩《くら》み、似顔絵の若い男に渡しました。まさか、自分が始末されることになるとは、夢にも思うておりませんでした。旦那様のお屋敷には、十五のときよりご奉公して可愛がっていただきましたのに……覚悟はできております」

またもや、涙となる。民の間から洩れる啜り泣きも増えていた。

「さようか」

信明は、鼻白《はなじろ》んだ顔で答えた。敵の陣地で執り行われる審議はただでさえ不利であるものを、ますます家斉派にとって悪い流れになっている。

「松平越中守定信様に代わりまする」

冴えない顔で審議役を譲った。

四

松平越中守定信が臨時のお白洲に立った。打ち合わせはしていたが、数之進は胸が高鳴ってくる。やはり、平静を保つのはむずかしかった。

「出羽国花沢藩《でわのくにはなざわ》矢島筑前守《やじまちくぜんのかみ》が室、矢島五瀬、前へ」

定信に呼ばれて諸藩の組にいた女子が立ちあがる。

「はい」

その女《ひと》は、かつて数之進が恋い焦がれた姫だった。女子の身でありながら、亡くなった弟の身代わりとなって若殿に扮していたことを思い出している。なぜか数之進は姫様なのではないかと見抜き、恋に落ちたのだった。

婿養子を取って妻となった今も、面影はまったく変わっておらず、初々しい美を放っている。夫や侍女を伴うこともなく、ひとりで左門の隣に落ち着いた。

「五瀬姫、いや、すでに奥方ゆえ、五瀬殿とお呼びしよう。花沢藩の財政改革を行った幕府御算用者について、訊ねたい。彼の者たちは、小藩を改易するために遣わされた者たちなのか」

敢えて良くない噂の問いを投げる。

「いいえ」

五瀬はきっぱり答えた。

「両目付様と幕府御算用者の方々は、藩を助けるために遣わされたのです。当時、花沢藩は家老の専横を許すような状態でございました。財政改革を掲げても思うようには進まず、藩士、特に下級藩士には不満が広がっていたのです」

どこかで聞いたような話が出る。旨《うま》い汁を吸うのは家老を始めとする上級藩士であり、下級藩士は極貧《ごくひん》に喘《あえ》ぐのが常。驚くような秘密を隠し持っていることもしばしばだ。できるだけ穏便にそれを調べて、左門は裁きをくだした。

「生田様は、濃《こま》やかな改革案を提示なされました。それを実行した結果、少しずつではありますが、財政は上向き始めております。花沢藩でのお役目を終えた後も、困って文を送りますと的確な助言をいただきました。わたくしは両目付様と御算用者の方々には、感謝の言葉しかありませぬ」

五瀬の言葉には、今も変わらぬ想いのようなものが感じられた。両想いではあったものの、身分違いの恋に泣くなく別れた辛さも甦《よみがえ》っている。おさらばでございます、と、告げなければならなかったのは、なぜなのか。

――士農工商の身分制度だ。

目の奥がじんと熱くなる。家斉派の信明は、目元や雰囲気が五瀬に似ている世津を刺客として送り込んだ。が、世津とは互いに恋心をいだいたことで、これは不首尾《ふしゅび》に終わっている。五瀬姫との出逢いから別れまでが、走馬灯のように浮かんで、消えた。

「大儀であった」

定信の声で、我に返る。五瀬は深々と辞儀をして、藩主や藩士たちの待つ場所へ戻り始めた。

刹那、一瞬ではあるが、数之進と目が合う。

――やはり、目元が世津に似ておられる。

数之進は、はっとした。このとき、五瀬はすでに過去《むかし》の女《ひと》だったのだと気づいた。世津が五瀬に似ているのではなく、五瀬が世津に似ていると考えたのが、なによりの証ではないだろうか。

他藩の藩士たちとも目が合った。懐かしい面々が、顔を揃えている。みな小さく会釈して笑顔を返してくれた。協力者なのか、御算用者を始末しようとしている者なのか。それを見極めるのが、本当にむずかしいお役目だ。

幾度となく助けられたことに感謝した。

「もうひとりの証人をこれへ」

定信が告げた。ふたたび天幕が揺れて、女子が現れる。

――姉上、姉様も。

数之進が驚いたのは、姉妹揃って登場したからだけではない。富美が純白の死に装束を纏《まと》っていたからだ。左門が囚《とら》われの身となって以来、まともに食べていないのだろう。丸顔だったのに、頬の肉が削《そ》げ落ちていた。やつれた顔は驚くほど三紗に似ており、つくづく姉妹なのだと感じてもいた。

「…………」

姉上は、死ぬ覚悟で臨《のぞ》まれている。

雷に打たれたような衝撃を受けた。だれよりも臆病で用心深く、他者のためには動かない気質であり、上気症（ヒステリー症）という厄介な持病の持ち主でもある。数之進はどれほど苦労させられたことか、ひと言では語れない。

その姉が堂々と顎をあげて、審議の場に現れた。言うまでもなく夫の左門のためであろう。今にも倒れそうだったが、愛する者を救うべく勇気を振り絞ってここに来た。

──わたしは、なんという愚かな考えをいだいたのか。

あふれ出した涙を手の甲で拭った。罹患《りかん》したかどうか定かではないのに世津が瘡《かさ》にかかっていたらどうしようとか、遊女屋に奉公していたことが知られたら等々、結局は自分の都合ばかりだったではないか。

わかっているつもりだったが、その実、なにも分かっていなかった。

──己の狭量《きょうりょう》さを認めたくなかったのだ。

ゆえに、あれこれ言い訳をした。ステーン水の話をしたのは、まさに愚の骨頂。一角が噴き出したのは当然だった。

冨美の惜しみない愛と左門への想いを感じて、決心がついた。

——世津を妻に娶《めと》りたい。

承諾してくれるかどうかわからないが、正式に申し込んでみようと思った。

「冨美殿のこと、知っていたのか」

隣席の一角が囁いた。

「いや」

小さく頭を振る。すべての者が、純白の死に装束に目を奪われていた。冨美が覚悟のほどを示しているのは一目瞭然だが、なかなか、ざわめきが鎮まらない。知っていたであろう定信は、静かになるのを待っていた。

冨美がまた、歩くのもやっとという感じで、三紗がそれを支えている。妹の手を借りて左門の隣に、ようやく座る。

三紗はさがって、その場に畏まった。

「…………」

左門は、驚きに目を瞠《みは》っていた。まさか、冨美が証人として現れるとは思ってもいなかったに違いない。能州では親や夫の陰に隠れて生きてきた女子が、背筋をぴんと伸ばしてお白洲にいる。自立を絵に描いたような光景だった。

「鳥海冨美殿でござるな」

定信が呼びかける。

「はい」

「申し述べたき儀があると聞いたゆえ、問答の場にお呼びした次第。玉池藩の騒ぎに関わることのようだが、いかような話でござろうか」

やはり、定信は事前にある程度の打ち合わせをしていたようだ。数之進は知らされていなかったが、手元の文書に時折、目を向けながらの問いかけになっていた。

「重要な件をお伝えいたしたく思いまして、参上いたしました。証を立てられるのは、わたくししかいないと思い、まいりました次第。はっきり申しあげますが、夫は高山重冬様を殺めておりませぬ」

冨美はなんの躊躇《ためら》いもなく断言する。そのとたん、大きなどよめきが起きた。定信と交代して、いったん仮の評定所に戻っていた信明は、思わずという感じで立ちあがる。林忠耀は進み出て、定信の後ろに来た。数之進と一角も立ちあがって冨美の隣に蹲踞《そんきょ》する。対決姿勢が整ったように思えた。

またしても鎮まるのを待っていたのだろう、

「殺めていないという証は立てられるか」

穏やかに問いかけた。

「はい」

冨美はごくりと唾を呑み、深呼吸して告げる。

「あの日、夫は、わたくしと番町の屋敷におりました。愛宕下の藩邸にいるわけがないのです。わたくしはこの目で夫の姿を見、着替えを手伝い身体に触れました。夫は間違いなく、番町の屋敷にいたのです」

絶対にありえない話を訴えた。あきらかに偽りだが、幕府に対する痛烈な皮肉にもなっている。左門の屋敷から煙管と煙管袋を盗み、家老が死んだ現場に置いたのは罠という名の偽りだ。偽りには偽りとばかりに、大胆な偽りを仕掛けたのである。

審議の場は、まさに『騙《かた》り合戦』の様相を呈していた。

――姉様か。

数之進は苦笑せずにいられない。さしずめ『三紗の千両智恵』だろうか。左門への疑惑は、だれの目から見ても、呆《あき》れるほど馬鹿らしい言いがかりであるとともに濡《ぬ》れ衣《ぎぬ》なのはあきらか。そのやり方を真似た幕府への批判に気づいたのだろう。定信もまた、苦笑いしていた。

「越中守様。それがし、いささか伺いたき儀がござります」

林忠耀が耐えきれない様子で口を開いた。このままでは、家斉派は敗北すると思ったのかもしれない。こめかみには青筋が浮かび、顔がやや青ざめていた。

「鳥海冨美殿に、いささか伺いたき儀がござります。彼の者と話をすること、お許しいただけませぬか」

「いかがでござろうか」

定信は、冨美に答えを求めた。緊張気味ではあったものの、小さく頷き返した。

「承知いたしました」

ぴんと背筋を伸ばして、顎をあげ続けている。偽りではないという証を、自ら示そうと思っているのではないだろうか。卒倒して倒れるのではないかと、数之進は気が気ではなかった。

五

「玉池藩の家老、高山重冬が殺められたとき、両目付・鳥海左門は、番町の屋敷にいたと申されました。御内儀が一緒にいたので、間違いないとのことですが、その話が偽りでないという証を立てられまするか」

林忠耀はしごくまっとうな問いを投げた。同じことを数之進たちも家斉派の者たちに訊きたかった。鳥海左門が家老殺しの下手人という証はあるのか。盗まれた煙管と煙管袋が、現場に落ちていただけではないか。茶室書院に煙管と煙管袋を置いたのは、だれなのか。

理不尽な捕縛であるのは、だれもが感じている。はたして、冨美はどう答えるのか。

お白洲は静まり返った。

「お答えする前に、ひとつ、お訊ねいたしたき儀がございます。よろしいですか」

冨美は動揺する気振《けぶ》りもない。自信たっぷりに見えた。

「承《うけたまわ》ろうではないか」

忠耀は鷹揚に答える。退《しりぞ》けたかったのかもしれないが、そんなことをすれば居並ぶ者たちの反感を買うは必至。彼の者なりに、こらえたように感じられた。

「今一度、申しあげます。玉池藩の御家老様が殺められたとき、夫は確かにわたくしと番町の屋敷におりました。先程、偽りではないという証を立てられるかと仰せになりましたが」

一度切って、続けた。

「わたくしの申し立てが偽りという証は立てられまするか」

心憎い言葉で切り返した。緊張しきっていた場が、この答えでふぅっとゆるむ。次に湧いたのは、そうだ、その通りだ、証を立ててみろ、という藩士や民の声だった。

――うまい。

数之進は思わず笑みを浮かべた。おそらく『三紗の千両智恵』だろうが、自分であっても似たような智恵を授けただろう。冨美をこの場に引き出すことを考えつかなかった分、三紗の方が上だったかもしれない。いや、やはり、一番凄いのは、死を覚悟して臨んだ冨美だ。

――まさに『二つ心なれば必ず事を成す』よ。姉上と姉様の心が、見事に一つになった結果だ。

想いの深さを間近にして圧倒されたのか、

「…………」

忠耀は不覚にも黙り込む。打ち合わせをしていたと思《おぼ》しき定信にとっては、予定通りの流れだったように思えた。

「話を戻そうではないか」

偽りを仕掛けた件に戻した。

「奥方から間違えようのない話が出た。両目付・鳥海左門。念のために確認したい。奥方の話は、偽りか否か。高山重冬の騒ぎが起きたとき、番町の屋敷にいたのか否か」

今度は左門に答えを求める。はたして、どう答えるか。前田加賀守が言っていたように、一番厄介なのは、鳥海左門なのだ。身代わりとして宇野凜太郎が死ぬのをよしとせず、己の命を差し出す覚悟を決めている。

――鳥海様。

数之進は祈った。侍として死ぬのではなく、左門には人として生きてほしい。冨美は左門が死を選ぶのであれば、わたくしも死にますと告げたも同然だ。生きることを選ぶのは、女々《めめ》しいのだろうか。愛する者と生きるのは、罪なのか。

やり取りの重大さに気づいたのだろう。どよめきやざわめきが消えて、臨時の評定所は水を打ったように静まり返る。

すでに肚《はら》をくくっている冨美は、むしろ落ち着いてきたように見えた。左門に目を向けることもなく、真っ直ぐ定信を見つめている。

だれもが、左門の発言に注目していた。

「拙者は」

ようやく重い口を開いた。

「高山重冬を殺めておりませぬ。騒ぎがあった日は、妻と番町の屋敷におりました。配下の知らせを受けて駆けつけた後、茶室書院に落ちていた煙管と煙管袋を示されて捕らえられました次第。罪を犯してはおりませぬ」

「しばらく、しばらくお待ちを」

林忠耀が慌て気味に声をあげた。定信のもとへ行き、なにやら話しかける。臨時の評定所にいた信明もお白洲に降りて来た。前田加賀守も降りて来たが、彼の者は好奇心まじりだろう。興味津々《しんしん》という顔つきをしていた。

「どうなるか」

隣に蹲踞《そんきょ》していた一角が小声で告げる。自問含みに思えた。立役者となった冨美と三紗が、いつも通りの表情であることにも、あらためて驚きを覚えた。偽りを申し述べた冨美はむろんのこと、三紗も無事ではいられないはずだ。

――姉様が、損得を考えずに動くとは。

感無量だった。結果がどうなるかはわからない。だが、決して仲が良いとは言えなかった姉と妹が、厳罰を覚悟して臨んだのは立派だった。

「両目付様は、無罪です」

五瀬が声をあげると、そうだ、そうだと藩士たちが同意する。民たちも負けじと声を張りあげて、両目付や御算用者、さらにはお助け侍を褒め称《たた》えた。

「ええい、鎮まれ、座らぬか!?」

林忠耀の大声は、たやすく掻き消される。定信が左門と冨美に、立ちあがれと示した。二人は一度、目を合わせて、ゆっくり立ちあがる。二人揃って後ろを向き、深々と頭をさげた。

興奮しきっていた藩士や民は、すぐに座り始める。だれかが手を叩くと、座ってそれに倣った。満場一致の様子を見れば、勝敗はあきらかだろう。

形勢不利と見て取ったのか、

「鳥海冨美、天晴《あっぱ》れなり！」

家斉が臨時の評定所から進み出た。扇を広げて、続ける。

「夫を想うその心、見事じゃ。死を覚悟した姿に、余は感服したわ。まさに武家夫人の鑑《かがみ》よ。鳥海左門は無罪、お解き放ちとする。女侍のように夫と同じ運命を選んだ妻・冨美には追って褒美を取らせる。以上じゃ」

たやすく松平信明たちを切り捨てるところには、ただただ驚くしかない。

「…………」

林忠耀は相当、衝撃を受けたのか。茫然《ぼうぜん》として立ちつくしている。とはいえ将軍宣《せん》下《げ》には、だれも逆らえなかった。一同、ははーっと平伏して、茶番劇にすぎなかった五手掛の審議は終わりを告げる。

数之進の脳裏には、富美の言葉が甦っていた。

〝弱くなった部分や破けてしまったところには、当て布をしたり、繕ったりして新たな一枚の布に仕上げる。使い込まれた古布の風情にも心惹かれるのですよ〟

これから始まる夫婦のとき。山あり谷ありかもしれないが、うまく乗り越えていくに違いない。

左門と富美は、眩いほどの日射しを受けて輝いている。恥ずかしそうに頰を染めた妻は、清楚な美しさを放っている。

二人が並んだ姿は、まさに内裏雛のようだった。

六

「上様のお達し通り、鳥海左門は無罪。下手人の男は、すでに公儀が処分した。玉池藩の宇野凛太郎は、乱心によって、ひと月の謹慎とする。鳥海左門の屋敷から煙管と煙管袋を盗んだ真佐は、正直に名乗り出たことを鑑《かんが》みて罪を相殺。鳥海左門が引き取り取りを申し出たため、彼の者の屋敷にて今一度、奉公することと相成《あいな》った」

　松平伊豆守信明が、あらためて申し渡した。神隠し騒ぎはうやむやにされてしまったが、これは呑むしかない。謹慎処分となった宇野凜太郎は、数之進の口利きで花沢藩への奉公が決まった。

　左門は両目付を辞したが、役目は鳥海家の嫡男に引き継がれた。幕府御算用者という役目がなくならなかっただけでも良しとするしかなかった。

「今まで何人、いや、何十人もの藩士に切腹を申し渡した。わしの罪は消えぬ。ここからは冨美と二人で、彼の者たちを弔《とむら》いたいと思うておる」

　と、左門は剃髪《ていはつ》して仏門に入った。冨美はどこまでも夫についていくと決めたらしい。今はまだ、番町の屋敷にいるものの、早いうちに庵《いおり》を結んで隠居するとのことだった。

「わしは読み書き、そして、冨美は縫い物を教えれば、食うてゆくぐらいはできるであろう。おお、忘れておったわ。白い古布に雛人形や兜を刺繡するという数之進の提案よ。試しに何枚か仕上げてみたところ、あっという間に売れてな。狭い長屋にはちょうどいいと評判になっておる。前途洋々じゃ」

左門はつるりと頭を撫でて笑った。かつて潜入探索した藩に行って墓を訪ね、弔いをすると決めたようだ。三紗は何事もなかったかのように、五色飴作りに精を出している。支店を何軒か出すのは、すでに決めているようだった。

そして、数之進は――。

「世津。わたしの妻になってほしい。そなたでなければ、駄目なのだ。なにが起ころうとも、そなたを守る」

熱い想いを告げて、ささやかな祝言をあげた。音頭を取ったのは、いつものように一角の父・伊兵衛だが、それは江戸を発《た》つ前日の慌ただしい宴となった。それでも世津は、三紗が着た花嫁衣装を着けて、簡単ではあるものの華やいだ場をもうけられた。

「嬉しい」

頬を染めた世津の顔は、過日の富美と同じように輝いていた。このまま江戸で暮らせればよかったのだが……。

「生田数之進。松平越中守定信様と鳥海左門に話をつけた。まだ残っている借財は、能州に戻るのを条件として、わしが立て替えようではないか。むろん少しずつ支払うてもらうがの。故郷に錦《にしき》を飾るのじゃ。悪い話ではなかろう」

前田松平加賀守斉広《なりなが》の申し出を、幕府が渋々受け入れたことから、数之進は能州に戻ることになったのである。むろん世津も一緒だった。

祝言翌日の未明。

数之進は、世津と日本橋を後にした。前田加賀守は特に期日をもうけなかったことから、物見遊山《ものみゆさん》を兼ねた里帰りと考えている。昨夜の門出を祝う宴席では、何度も泣いてしまい、少し目が腫《は》れあがっていた。

——おらぬか。

街道に出る手前の茶店で思わず足を止める。つい今し方も休んだばかりなのだが、なんとなく探していた。

「いかがなされましたか」

「いや、なんでもない。今日は天気が良いせいか、喉が渇くな。ひと休みしていこうではないか」

数之進が座ると、世津も隣に腰をおろした。茶と団子を頼んで青い空を見あげる。江戸に来たばかりの日々が、いやでも浮かんでいた。やけに風が強かったことも思い出している。

「青嵐《あおあらし》か」

ぽつりと言った。

「今のそれは」

「青葉が芽生える頃に吹く強い風のことよ。わたしが初めて江戸に来たのも同じ時期だったと思うてな。なんとなく、寂しい気持ちを覚えた次第よ。神田や日本橋は、日《ひ》の本随一《もとずいいち》の賑わいを見せる町。離れがたくもある」

「お侍様は、日本橋にお住まいなのですか」

茶を運んで来た主が訊いた。

「うむ。日本橋ではないが、本材木町で暮らしていた」

「さようでございますか。神田だか、日本橋だかで噂の、お助け侍とやらをご存じありませんかね」

意外な話が出て嬉しくなる。が、すぐに正体を明かすのはやめた。世津には目顔で話してはならぬと告げ、素知らぬ顔で応じた。

「知り合いだが、なにか相談事でもあるのか」

「お知り合いでございますか。それはありがたい。いえね、今ひとつ客の入りが悪いんですよ。なにか簡単な売りと言うのか。茶店を流行《はや》らせるには、どうしたらいいのかと思いましてねえ」

「看板娘を置けばよいではないか」

「娘はいませんや。うちにいるのは、しなびた梅干し婆さんだけでして」

奥には確かに年老いた母親らしき媼《おうな》がいた。頼られると否とは言えぬのが、良いのか悪いのか。

「煎茶やほうじ茶を茶筅《ちゃせん》で泡立てて売るのはどうだ。一服目は喉を潤すために普通の茶が良いだろうがな。二服目の茶として、泡立て茶は面白いやもしれぬ。以前、試しに提案してみたことがあるのだが、美味《うま》い和菓子と一緒に売って、かなり利益をあげたようだ」

具体的な話を聞いて、茶店の親父は怪訝《けげん》な顔になる。

「もしや、お侍様は噂のお助け侍で？」

「はい」

世津が答えてしまった。

「旦那様は、民にとても頼りにされているのです。わたしはそれを誇らしく思っております。泡立て茶を是非、試してみてください」

「行くぞ」

恥ずかしくなって、立ちあがる。茶代を置いた後、念のためと思い、つい奥を覗き込んでいた。梅干しばあさんしかおらず、会釈して店を出る。

「先程から何度も足を止めて休むのは、もしや、早乙女様を探しておられるのですか」

歩きながら世津もまた、後ろを見ていた。二人は街道に出て、一路、加賀国に向かっていた。

「そう、かもしれぬ。『遅いではないか、数之進。待ち過ぎて足に根が生えてしもうたわ』などと言って、一角がそのあたりから出て来るように思えてな」

祀《まつ》られていた地蔵を目で指した。昨夜の祝宴で友は、酒豪ぶりを発揮して、珍しく酔い潰れた。数之進は発《た》つ前に本材木町の四兵衛長屋に行ったのだが、友とは最後の挨拶をかわしていない。

──それゆえ、やはり、加賀国に来てくれるのだと勝手に考えたが。

いつになっても現れず、寂しさが募《つの》った。おれはおまえの身体と言っていたあれは、もはや過去の話なのか。どこまでも一緒だと思っていたものを……甘い期待だったのだと思い知らされていた。

「そうでしたか」

世津も悲しそうな顔になる。

「わたしも心細くてなりません。能州の姉上様は、認めてくださるでしょうか。反対されるのではないでしょうか」

寂しさが伝染したらしく、泣きそうになっていた。

「案ずることはない。姉上様は、そなたを必ずや気に入るであろう。三国一の花嫁御《はなよめご》寮《りょう》よ。すまぬ。わたしがよけいな話をしたばかりに……お！」

数之進は街道に面した畑に目をとめた。若い夫婦が雑草取りをしている。モグラだろうか。畑の周囲には、いくつかの穴が開いていた。

「野ネズミか、それとも、モグラか？」

数之進はふたたび、いや、三度、いやいや、四度だろうか。足を止めて訊いた。

「モグラでございます。今年は数が多くてまいります。青菜を植えたのですが、かなり新芽を食べられてしまいました」

「畑の周囲に、彼岸花《ひがんばな》を植えればよい。毒を持つ花ゆえ、野ネズミやモグラが寄りつきにくくなる。球根には毒があるものの、飢饉のときには重要な救荒《きゅうこう》植物として利用されているゆえ、植えておけばなにかと役に立つぞ」

「へえ、知りませんでした。ですが、毒があるのに食べられるんですかい」

「毒抜きすればよい。鱗茎を細かく搗《つ》き砕いてだな、一昼夜以上、流水に浸して毒を抜けば……」

「ああ、もう、なにをしているのじゃ、数之進」

待ちかねた声がひびいた。ちゃんと旅支度をした一角が、小走りに駆け寄って来る。後ろには、父親の伊兵衛を伴っていた。

「一角、伊兵衛さんまで」

数之進は不覚にも涙があふれそうになる。

「お助け侍は、能州に着くまで封印しろ。かような旅では年が明けてしまうぞ。おれは着いてから姿を現す予定だったのだがな。あまりにも歩みが遅いゆえ、我慢できなんだわ」

「一角殿は、せっかちでございますからなあ」

伊兵衛がのんびり相づちを打つ。確かめずにいられなかった。

「もしや、一緒に行ってくれるのか」

「まあ、な。能州には良い温泉もあると聞いた。墓に半分、入ってしもうた親父殿が、是非にと言うたので仕方なくよ」

「なにを言うておられるのか。昨夜の祝宴では、途中から水を飲んでいたではありませんか。泥酔しては明日にひびくと言うておられましたな。能州行きを楽しみにしていたのですよ」

「よけいなことを、ぺらぺらとよう喋るわ。おれはひとりで行くと言うたのに、いやや、冥土の土産に能州へと言うたから仕方なく」

万歳《まんざい》まがいの会話を、数之進は遠慮がちに遮る。

「小萩さんはいかがした？」

言い交わした女子が、気になっていた。まさか能州へ行くために別れたのではないか。一角が言うところの苦労性と貧乏性の業が疼いていた。

「後で来ることになっておる。準備に手間どってしもうてな。女子ゆえ、荷物が多いのじゃ。あれもこれもと言うたので、ええい、面倒じゃとなって先に来た次第よ」

「そうか」

「おれの奉公先については案ずるな。すでに加賀守様より、小姓方としての奉公をお許しいただいた。じつは数之進が能州に戻ると決まった時点でお声掛けいただいてな。一緒に来いと誘われたのじゃ」

「加賀守様が……ありがたいことよ」

あふれ出しかけた涙を瞬きして、こらえた。友と一緒に歩き出すと、浴恩園での場面が甦る。

「姉上と鳥海様は、内裏雛のようであったな」

「うむ。いささか年老いた内裏雛だったがな。あれは百歳雛と考えればよいわ。ともに白髪になるまで仲睦まじくという願いを込めて作られる百歳雛に、おれは見えた。なれど、数之進。昨夜のおまえと世津も一対《つい》の内裏雛であったぞ」

一角は、後ろを歩く世津と伊兵衛を見やった。

「そうであったな、親父殿」

「はい。美しゅうございました。女子の白無垢姿というのは、何度、見ても良いものでございます。寿命が延びました」

「は。まだまだ、長生きするつもりと見ゆる。欲の深い爺じゃ」

「一角殿の父親でございますからな」

伊兵衛が切り返して、みな笑った。風はやや強いが、むしろ火照《ほて》った頰に心地よい。

数之進は西行法師の短歌を口ずさんだ。

浅川を渡れば富士の影清く
　桑の都に青嵐吹く

数之進と一角は、新たな明日に向かって歩き始める。
希望への一歩を踏み出した。

あとがき

『新・御算用日記』三巻目です。

御算用日記はこれで最後となります。『御算用日記　青嵐吹く』から始まって十三巻、その後幕末から明治に変わる時を書いた『御算用始末日記』が三巻。この始末日記は、年老いた生田数之進と早乙女一角に孫たちが加わったシリーズです。孫たちとの掛け合いを入れた一風変わった雰囲気が、面白いかもしれません。

今回は文中に棒手裏剣が登場します。秋葉原のカレー店〈スープカレーカムイ〉の経営者・諸橋カムイさんが主催する『劇団カムイ座』の興行に時折、お邪魔するのですが、そのときに明府《めいふ》真陰流《しんかげりゅう》手裏剣術の宗家・大塚《おおつか》保之《やすゆき》先生と知遇を得ました。侍のたしなみだったという棒手裏剣を少しだけですが登場させました。

そんな裏話を頭に入れて楽しんでいただければと思います。

自分よし、相手よし、世間よしの三方よし。

金がなければ智恵を出せ、智恵がなければ汗を出せ。

民富めば国富む、民知れば国栄える。


主人公の数之進は、こういう諺《ことわざ》や論語を自分の核として持ち、改易寸前の貧乏小藩に潜入して御家騒動や財政難などの問題を手助けし、立て直しを図るという内容のお話です。商人《あきんど》侍《ざむらい》作品の魁《さきがけ》ではないかと自負していますが、いかがでしょうか。

「おれはおまえの身体、おまえは頭。二人でひとりじゃ」

盟友の一角が折に触れて口にする言葉です。数之進は加賀藩の勘定方に奉公していたとき、後に上司となる鳥海左門に見出されて幕府御算用者となりました。今で言うところのヘッドハントでしょうか。条件は、二人の姉——富美と三紗が作った三百五両の借金を幕府が肩代わりするというもの。金で買われたようなものですが、潜入探索した諸藩だけではなく、江戸の町でも『お助け侍』として少しずつ噂が広まっていきます。

最初は資料を読み、それを的確に活かすだけでもう、大変でした。潜入する大名家と市井《しせい》の話を織り込むのは、想像以上にむずかしく、時間がかかります。ただ、地力がついたかな、とは感じています。楽になったとまではいきませんが、楽しめるようになりました。

物書きとして成長させていただいた作品だと思っています。今回でシリーズ十九巻目。区切りよく二十巻まで書きたかったのですが……。

カバーをお願いしていた村上豊先生が、二〇二二年七月二三日。旅立たれてしまわれました。ちょうど『一つ心なれば』の資料読みを終えて、さあ、書くぞと気合いを高めていたときの訃報《ふほう》でした。

衝撃が大きすぎて、頭が真っ白になってしまい、とにかく『新・御算用日記』の三巻目は書けない、やめるしかないと思いました。私は、村上先生に描いていただくことが、物書きとして一つの目標でしたから。

村上先生の絵は、書き手を選びます。

ライトノベルズではお願いする機会がなく、時代小説を書き始めました。すぐには閃《ひらめ》かなかったのですが、『御算用日記』のプロットが浮かんだ瞬間、「これだ！」と思ったのです。その通りでした。

書き終えた原稿を読んだ当時の編集者が、「最高に面白いです。カバーはどうしましょうか」と言ってきたとき、村上豊先生にお願いしたいと言ったところ、「あ、もう、ぼくも今、絵が浮かびました。他の方はいないですね」となって即決していただいた憶えがあります。

村上先生の絵が、大好きです。

軽妙洒脱《けいみょうしゃだつ》な味わい深い作品に、いつも励まされました。何巻目のときだったでしょうか。

「資料をしっかり読み込んでいて、じつに面白い！」

という村上先生からのお褒《ほ》めの言葉を、担当編集者から聞いたときの嬉しさといったら……まさに天にも昇らん気持ちとは、ああいうことを言うのでしょう。煮詰まったとき、辛《つら》くなったときに、どれほど励まされたことか。

お目にかかったのは、銀座〈和光〉で開かれた画展にお邪魔したときの一度だけでしたが、お描きになる作品そのままの、おおらかで他者を包み込むあたたかさに思わず笑みが出ました。できれば、もう一度、お目にかかりたかった。

残念です、本当に残念です。

今回、ご遺族の許可を得て、画集『四季』に収録されていた『ひなまつり』を使わせていただきました。刊行月が三月というのも、良かったように思います。

ありがとうございました、村上先生。

私は、先生にカバーを描いていただいて、幸せでした。いつも次はどんな絵になるんだろうと、ワクワクしながら待ちました。その楽しみはもうないのだ、新たな絵は拝見できないのだと、今も自分に言い聞かせている日々です。

百歳まで長生きしてほしかったです。

あらためてお悔やみ申しあげます。村上豊先生、本当にありがとうございました。

令和五年一月

●参考文献

「外来植物が変えた江戸時代　里湖・里海の資源と都市消費」佐野静代　吉川弘文館
「江戸時代　人づくり風土記（25）滋賀　ふるさとの人と知恵」農文協
「江戸城御庭番　徳川将軍の耳と目」深井雅海　吉川弘文館
「殿様の左遷・栄転物語」榎本秋　朝日新書
「江戸の庭園　将軍から庶民まで」飛田範夫　京都大学学術出版会
「江戸の花競べ　園芸文化の到来」小笠原左衛門尉亮軒　青幻舎
「心が温かくなる日蓮の言葉」大平宏龍　ＰＨＰ新書
「殿様の通信簿」磯田道史　朝日新聞社
「宮廷女性の戦国史」神田裕理　山川出版社
「江戸人の教養　生きた、見た、書いた。」塩村耕　水曜社
「近江商人と出世払い」宇佐美英機　吉川弘文館
「人の暮らしを変えた植物の化学戦略　香り・味・色・薬効」黒柳正典　築地書館
「プラントハンター　東洋を駆ける　日本と中国に植物を求めて」
アリス・Ｍ・コーツ　遠山茂樹訳　八坂書房
「紅茶スパイ　英国人プラントハンター　中国をゆく」
サラ・ローズ　築地誠子訳　原書房

「別冊歴史読本　柳生一族　新陰流の剣豪たち」新人物往来社
「次男坊たちの江戸時代　公家社会の〈厄介者〉」松田敬之　吉川弘文館
「江戸の組織人　現代企業も官僚機構も、すべて徳川幕府から始まった!」
山本博文　朝日新書
「百万石と一百姓　学農　村松標左衛門の生涯」清水隆久　農文協
「江戸時代　人づくり風土記(17)石川」農文協
「江戸の備忘録」磯田道史　朝日新聞出版
「江戸怪奇異聞録」広坂朋信　希林館
「江戸の怪異譚　地下水脈の系譜」堤邦彦　ぺりかん社
「すぐわかる　茶室の見かた」前久夫　東京美術

この作品は徳間文庫のために書下されました。

徳間文庫

新・御算用日記

一つ《ひと》心《こころ》なれば

2023年3月15日 初刷

著者 六《りく》道《どう》 慧《けい》

発行者 小宮英行

発行所 株式会社徳間書店

東京都品川区上大崎三—一—一 〒141—8202
目黒セントラルスクエア

電話 編集〇三(五四〇三)四三四九
販売〇四九(二九三)五五二一

振替 〇〇一四〇—〇—四四三九二

印刷
製本 大日本印刷株式会社

ISBN978-4-19-894841-2 (乱丁、落丁本はお取りかえいたします)